ハヤカワ文庫JA

〈JA1031〉

マルドゥック・フラグメンツ

冲方　丁

早川書房

6864

目　次

マルドゥック・フラグメンツ

０９《オー・ナイン》の委任事件担当官として活躍するウフコックとボイルドを描く。
マルドゥック・スクランブル・プレストーリイ第１弾

マルドゥック・スクランブル“１０４《ワン・オー・フォー》”

初出：ＳＦマガジン 2003 年７月号

監視カメラの映像に映るのは、学校の体育館で行われたスポーツイベントの様子と、そこに現れた三人の少年の姿だ。少年の一人は、生まれつき膝が曲がりきらない右足を引きずるようにして歩き、オートマチックのピストルを構えて撃ち始める。残りの二人も銃を抱えてイベントに参加し、灰色の映像に「タン・タン・タン・タン」という踊るような音を響かせた。パニックに陥った生徒たちが逃げ出し、その他の生徒たちはベンチの下で頭を伏せて微動だにしない。

それから少年たちは陽光が輝く外へ出た。総計千二百発を超す弾丸を撃ち、二十六名の死傷者を出すと、少年たちは屋上に昇り、三角形を作って互いに銃を向け合った。

彼らが同時に撃つ姿をテレビ局のヘリコプターが映し出し、ハイスクールに通っていたアイリーンに、二週間後に膝の矯正手術を受けるはずだった弟の結末を、図解入りで教えてくれた。

アイリーンが、整理のついたデスクの前で深呼吸すると、急に当時の映像が脳裏に甦ってきた。これまで常にアイリーンを脅迫し、悩ませ、悲しませ、そして前へ進ませてきた映像だ。

それを振り払おうとしたとき、傍らから声がかかった。

「もう行くのかい、アイリーン？」

アイリーンは、その男より先に腕時計を見た。午後八時十分。急がないとボディガードたちが、オフィスにやってきてしまう。

「ええ。デスクを片付けに来ただけだから」

男は、アイリーンの肩で揃えた赤茶色《ヘンナ》の髪や、鳶色《とび》の目や、青いスウェットシャツや、ゆったりした白いパンツを、神経質な眼差しでつつき回していた。自分が付き合っていた女性を改めて値踏みするように。こうむった損害を確認するような目で。

「今日は、あの屈強な男どもは連れていないのかい」

「彼ら、駐車場で待ってるわ。遅くなったから急がないと」

「うん……いや実は、さっき君のこと、研究所の主任に訊いたんだ。どうやら……再雇用は、期待しないほうが良さそうだ」

結局それが、男の言いたいことだった。アイリーンのとった行動の愚かさを、図解入りで教えてくれようというのだ。

「職は見つかったわ。法廷騒ぎが終われば、私は教師よ」

「そう？　ずいぶん早いな。大学の臨時講師か何か？」

「もう少し、有意義な仕事よ」

それが中学校の理科の教師であることは言わず、男が勝手にその未知の仕事に対する嫉妬の火を燃やすに任せた。

この男がナイーブで優しかったのはいつのことだろう。先輩である男の実績を超えたアイリーンに、同僚として、また恋人として数々の嫌がらせをしてきた挙げ句、全てを捨てて戦う決心をした彼女の解雇に、真っ先に賛成した男だった。

「あなたも仕事を探しておいたほうが良いかもしれないわね」

にっこり笑って言うと、男はたちまち狼狽《ろうばい》をあらわにし、

「君は、会社を――この研究所を潰す気じゃないんだろう？」

アイリーンは黙って微笑み、バッグを肩に担いだ。

「後悔するぞ、アイリーン！」

悲鳴じみた声に手を振って返し、アイリーンは、男と会社と研究所の、二度と戻るつも

りのない三者に、背を向けた。

　後悔なんて。アイリーンは下降するエレベーターの中で少しだけ笑った。もう十年以上も、その感情に襲われ続けてるのに。

　それよりも切実なのは、恐怖だ。自分の人生は、これで終わりかもしれないという恐怖。それが人を無分別にする。恋人に実績を超えられたことで嫌がらせに走ったり、たった十四年間の人生に絶望して同級生に弾丸を放つような無分別に。

　その恐怖を拒絶し、アイリーンは一つの選択をした。

　それをすれば研究者生命は無に帰すぞ、という恐怖を何度も突きつけられた末に——トップの成績を誇る研究者だった自分を捨て、違法クローン薬の内部告発者《インサイダー》となることを選んだのだ。

　その結果アイリーンは現在、ＡＴＧＣ研究所から守秘義務違反に関して訴訟文を読み上げられ、テレビでバッシングされ、マルドゥック市《シティ》が指定する警備機構《ハムエッグ》のボディガードに一日中つきまとわれたりしているのだった。

　だがそれも、あと数回の裁判までだ。

　しかもそれらはもはや、アイリーンの裁判ではない。

　アイリーンは単に職を失っただけだが、ＡＴＧＣ研究所とその親会社は多くの訴訟を抱えることになった。アイリーンの役目は、自分が関係した研究がビジネスとして利用される過程で、幾つもの違法行為があったことを証言するだけだった。

その馬鹿騒ぎの決着が、すなわち新たな人生のスタートだ。

静かな充実感に満たされながらエレベーターを降り、地下駐車場に停めた車へ向かったとき——

ふいに、違和感に襲われた。いつもなら、すぐに近寄ってくるはずのボディガードたちが現れないのだ。アイリーンは不安がじわりと湧くのを覚えながら足早に車へ向かい、すぐに車内に座るボディガードたちを見つけ、ほっと息をついた。

だが、彼らがマネキンみたいに動かないのに気づき、車の数メートル手前ではたと立ち止まった。実際、彼らはマネキンと同じ状態かもしれないと推測するのに、さらに数秒かかった。

引き返せ——心のどこかが叫んだ。走れ。だが動けなかった。

恐怖に人生を左右されるな——心が怒鳴った。これは効果があった。アイリーンはバッグを放った。そして走り出しかけた。

かちり。この世で最悪の金属音が、すぐ横で響き、アイリーンの動作と思考を止め、ついでに人生まで止めようとした。

気づけば、頭から顎先まで覆面をした人物が、音もなく忍び寄り、円筒形の消音器を差し込んだ銃口を突きつけている。

「やめて――」

反射的に両手を顔の高さに上げた。その一秒が、アイリーンの命を救う効果をもたらした。手が、銃口を遮《さえぎ》ったからだ。

覆面の人物が、銃を構えたまま、すっと位置を変えた。

突然その銃を、ひょいと誰かがつかんだ。

さっと、銃身を後方にスライドするや、それだけで、オートマチックのピストルの上半分が、面白いぐらい綺麗に外れた。

覆面の人物が、銃身の半分を奪った相手を見上げて、大いに狼狽し、後ずさった。アイリーンも、その男が上から手を伸ばす姿に、ぽかんとなっている。

巨軀の男だった。白に近い髪を短く切り揃え、昏《くら》く眠るような目で上から見つめている。目を逸らさず、こつこつと足音を立てて駐車場の天井を歩き、柱を垂直に降り、地面に足をつけ、

「通りすがりの者だ」

ぼそりと、そう説明する義務があるというように、言った。

「ただしあと九分弱で承認が下りる。生命保全プログラムに従い、俺がアイリーン・ジョステスの身柄を確保する。現在の状況は、その過程での偶発的な出来事に過ぎない」

その解説の途中で、覆面の人物が、腰の後ろから新たな拳銃を抜くや、無言で男に向かって引き金を引いている。

銃声が轟き渡り、アイリーンは悲鳴を上げた。

「無駄だ」

男がまっすぐ歩み寄り、アイリーンのそばに立った。

覆面の人物は、立て続けに撃っている。だが、弾丸は一発たりとも二人に当たらず、全てあらぬほうへと飛んでゆく。

「俺は、疑似重力発生装置を内蔵している。壁面歩行や、銃弾の軌道を逸らす防衛力を、行使することができる」

男が、携帯電話の機能でも解説するみたいに告げた。

「ただし、現在これ以上の協力は許されていない。——走れ」

「なんですって？」

アイリーンが聞き返した。弾を撃ち尽くした覆面の人物が、慌てて弾倉を取り替える。

男が、駐車場の一角を指し示した。

「承認まで、あと七分だ。それまであれに入っていろ」

そこに、旧式の電話ボックスが、ぽつんと光を灯している。

「法務局《ブロイラーハウス》の人なら今すぐこの銃を持ってる人を逮捕して！」

「それは許可されていない。走れ」

男が言うと同時に、けたたましい銃声が響いた。

アイリーンは悲鳴を上げて走り出し、緑色の電話ボックスが灯す明かりの中に入ると、大きな音を立ててドアを閉めた。

そしてふと正気に返り、改めて考えた。

——電話ボックス？　地下駐車場に？　そんなものがいったいいつ設置されたのか？　それ以前に、そもそも銃撃を受けているのに、電話ボックスに飛び込んで効果はあるのか？

「あと六分五十秒。それまでここにいて頂けますか、レディ」

いきなり声をかけられ、アイリーンは大きな悲鳴を上げた。

「生命保全プログラムの適用が承認されるまでの間に起こった、ちょっとした偶発的な出来事だと思って」

「生命保全プログラム？　証人保護プログラムじゃないの？」

恐る恐る言葉に出しながら、アイリーンは声の主を探した。

狭い電話ボックスの中にあるのは、もちろんケーブル式電話だ。もしヒマならアクセスして時間を潰せとばかりに、電話の画面には市のネットサービス画面が表示されている。

その画面が明滅し、アイリーンの見ている前で、電話がしゃべった。

「証人保護プログラムではカバーできない事態が発生した。あなたは今、相当の武力を有する相手に狙われている。あなたがサインした書類には事件の深刻化への対処として非常《スクラン》時《ブル》法案が適用される旨が明記されていた。説明は受けてるはずですが」

「深刻化……？　ボディガードが死んだこと……？」

「我々がここに駆けつけたときすでにボディガードは殺されていた。この駐車場の警備員も同様だ。死者五名」

アイリーンが息をのんだ。そのとき電話ボックスの壁が撃たれた。駐車場のあちこちから覆面をした者たちが一人また一人と現れ、銃を手に近づいてくる。先ほど天井を歩いた男は本当に通りすがりだったというようにいつの間にか姿を消していた。

アイリーンがパニックに陥る一方、電話が穏やかに言った。

「防弾仕様なので、安心して欲しい。あなたの生命が狙われていることが明らかで、しかも並大抵の武器では防衛不可能と判断された場合の法案の適用が、あと一分ほどで承認される」

「ちょっと……ちょっと待って、いったい何の法案？」

「マルドゥック・スクランブル――マルドゥック市《シティ》が独自に採用する、人命保護のための緊急法令だ……あと四十五秒」

「緊急法令――？」

「その一つに、禁じられた科学技術の使用が許される法案がある……あと三十秒」

「禁じられた科学技術？　私が何の証人か知ってるの？」

「科学技術の違法使用に関する告発者だ……あと十五秒」

「その私を守るために、どんな法案を適用したですって？」

「スクランブル－０９《オー・ナイン》。それが、あなたの選択だ」

電話が告げ、その画面が、申請の受諾書面を明らかにした。

「時間だ。ただ今よりあなたは我々の保護対象として承認された。そのままじっとして。敵武力を避け、逃走する」

いきなり、アイリーンの体が前につんのめった。

風景が移動し、覆面の者たちが立ちすくむ様子を視界の片隅に確認したとき、アイリーンはようやく事態を悟った。

なんと電話ボックスが、四つの車輪を生やし、猛スピードで移動し始めたのだ。あっという間に駐車場を横切り、シャッターの閉まった出口へ向かって疾走したかと思うと、ゆるやかにカーブを描いて、まるで初めからそこにあったかのように停止した。

「困った。出口を塞がれた。これでは撃退するしかない」

電話がぼやく。アイリーンは、ボックスの床にひっくり返った状態から慌てて立ち上がり、大声でわめいた。

「いったいどこから電話ボックスを操作してるの？」

「操作ではないんだ。これが俺であり、俺の一部なんだ」

「なんですって？　いったいあなたは何なの？」

「ウフコック。そしてこいつが相棒のボイルドだ」

すると天井からあの大きな男が飛び降り、地面に着地した。

「敵を制圧する。変身《ターン》だ、ウフコック」

男が、電話ボックスを叩く。アイリーンはぽかんとなって、

「変身《ターン》――？」

「あんたではない。こいつのことだ」

「敵の制圧よりも、脱出を優先したいものだが、ボイルド？」

途端に、辺りに銃弾が飛び交った。

「敵は煮え切っている。お前が協力しなければ単独でやる」

「やれやれ……では比較的、火力の弱いものにしよう」

電話ボックス全体が、ぐにゃりと形を失い、ぱっと花が開いたようにアイリーンの姿を現した。アイリーンが慌てて駐車場の床に降りると、電話ボックスだったものがするするとひっくり返り、また別のものがこちら側へと現れた。

渋みのある赤い目に、金色の体毛、太り気味の腹をズボンとサスペンダーで支え、なん

と二本足で立ってお辞儀する。それは実に、一匹の、手のひらサイズのネズミだった。

「こんにちは、アイリーン。これが、〝反転変身《ターンオーバー》〟――体内の亜空間に貯蔵した物質を、反転させて、変形する機能です」

アイリーンは思わず、銃で脅されたような悲鳴を零《こぼ》した。

「ネズミに対する女性の嫌悪感を計算に入れていないのは、明らかに俺を設計した科学者のミスだと思わないか、ボイルド」

「遊ぶな、ウフコック。応戦しないせいで敵が接近してきた」

ボイルドが屈んで、ネズミを手に乗せた。ネズミ――ウフコックが肩をすくめ、ぐにゃりと体を歪《ゆが》ませ、

「非殺傷兵器にしよう。こちらに負傷者が出たわけじゃない」

言うなり、瞬く間に、黒いライフル型の銃器に変身《ターン》した。

「ここにいろ」

ボイルドがアイリーンに命じ、無造作に敵に向かって歩んだ。

その身に銃弾が集中するが、全て軌道を曲げられ、かすりもしない。かと思うと、ボイルドのライフルが火を噴き、一人が全身に青白い火花を散らして倒れた。どうやら電撃弾らしい。

次々に敵が倒される様を、アイリーンは呆然と見守った。

「半熟卵《ウフコック》と――固ゆで卵《ボイルド》……？」

まさしくそれが、彼らの名前だった。


銃撃戦を五分ほどで済ませると、ボイルドという名の大男が、ウフコックという名のネズミを肩に乗せた姿で、シャッターを開き、アイリーンをようやく外に連れ出した。

「駐車場で倒れている彼らの逮捕は警察に任せよう。我々は、速やかにあなたを法務局《ブロイラーハウス》が指定する避難用のホテルに案内する」

ウフコックが言う。アイリーンはおっかなびっくりうなずき、ボイルドの先導に従って夜のマルドゥック市《シティ》の幹道に出た。

ふいに赤いオープンカーが彼らの目の前で停まり、

「やあ、事件当事者の身柄は、無事に確保できたようだね」

運転席で声を上げたのは、ひょろりと痩せた男だった。髪をまだらに染め、電子眼鏡《テク・グラス》をかけている。

「僕はドクター・イースター。彼らのメンテナンス担当だ」

運転席の男が言った。ボイルドが助手席に座り、アイリーンは後部座席に招かれながら、肩をすぼめて訊いた。

「メンテナンス？」

「ボイルドとウフコックは二人とも特殊技術の塊だからね。専門医が必要ってわけ。僕ら三人が、あなたの安全を保証する」

男——ドクターが、車を発進させた。

「禁じられた科学技術が使用されるって聞いたけど……」

「僕らは大勢の仲間たちと一緒に、ある科学戦略研究所にいたんだ。しかし戦後の兵器否定論争のせいで、まとめて廃棄処分になりかけた。そこで僕らを救ったのが、スクランブル－09《オー・ナイン》というわけ」

「緊急法令の担当官が、違法技術の使用者ってこと……？」

「人々を危機から守り、自分たちの有用性を証明することで、僕らは合法性を保ってるんだ。犯罪者がゴミ掃除の奉仕をして、自分たちが無害《クリーン》であることを示すのと同じかな。そのために犠牲になったメンバーもいるけど、今も君を守る十分な戦力を保持している」

アイリーンは大きくかぶりを振り、困惑を表明した。

「私が告発したのはただの違法薬よ。殺されるってなに？」

「すでに、あんたを消すための武力行使が準備されている」

ぼそりとボイルドが口を挟む。アイリーンがきっとなった。

「私は戦争をしてるわけ？」

「相手は州兵だ」

「なんですって？」

怒りの顔で目を剝くアイリーンを、ドクターが宥《なだ》めて、

「まぁまぁ。正確には、州兵を隠れ蓑にした武装集団さ」

だがアイリーンは、顔中を疑問符にして身を乗り出した。

「納得のいく説明が欲しいわ」

「火器管制局も取り締まれない、憲法で認められた自衛のための合法的武装を整えた、原理主義色の強い政治集団だよ」

「原理主義色……？　進化論否定信者とか？」

「似たようなものかな。彼らは政治集団であると同時に、自分たちを『神の火』などと呼び、最後の審判における悪魔との戦いに備えて、日々、重火器の扱いを修得しているわけだ」

「そんな連中が、私に何の用があるの！」

あまりの馬鹿馬鹿しさに怒りが湧いたが、ドクターはいたって真剣に、

「あなたは現在、彼らの商売に打撃を与えようとしている」

「商売――？　違法クローン薬の？」

「違法クローン薬に関連した、幹細胞の扱いだ。彼らはそれを『生命の泉』と呼び、独占的な目玉商品にしている」

アイリーンは目をみはった。

「『神の火』は妊娠中絶には反対だが、実際に中絶されたものは仕方ない、何とか生き返らせてあげようという集団だ」

「生き返らせる……？」

「他人の一部としてね。神経や臓器の再生、老化防止、若返り……胎児の幹細胞のクローニング活用は実に幅広く効果的だ。違法クローン薬の製造過程で、それを見ただろう？」

「あれは成人の骨髄から採取した幹細胞じゃ……」

「成人幹細胞を使用して、ATGC研究所が売り出すような効果の高い薬が製造できる可能性は、極めて低いよ」

「そんな……」

「クローン薬の違法性は、人間すなわち命の境界線をどこに引くかってことさ。細胞が分裂を繰り返す過程でそれは人間として認定される。百細胞期以前にね。だがクローン薬として最も有効な成分は百細胞期以後の幹細胞だ。わかるだろう？」

バックミラー越しにドクターが皮肉っぽく笑いかけてきた。

「その政治集団は、妊娠中絶時に廃棄される幹細胞の大がかりなリサイクルショップを運営し、莫大な利益を上げている」

「それで私は戦争に巻き込まれてる？　いくらなんでも……」

「一発四千万ドルの大陸間弾道ミサイルを使って君を殺しても、必要経費だと認められるくらいの超ビッグビジネスさ。そいつを叩き潰すチャンスを、君は与えてくれたってわけだ」

　アイリーンは軽い頭痛を感じて、こめかみに手をあてた。

「私はただ、違法クローン薬の可能性に気づいて、個人的に調べただけよ……。怖くて調査をやめようとした自分が許せなくて、さらに調査したら、どんどん怖くなってきて、気づいたらもうやめられなくなっていたわ……」

「あなたの行動が、全ての端緒となった。実に素晴らしい」

　ウフコックが言う。アイリーンはかぶりを振った。

「胎児を、何の許可もなく使うなんて……」

「まぁ、死ぬしかない命を再生させるという点では、人道的かもしれない。ただし、幹細胞を手に入れるため、故意に、誤った遺伝子診断を下している病院が複数存在するのは確かだ」

　ドクターの言葉に、アイリーンは、さらにぎょっとなった。

「あなたの子供は奇形の可能性がある。エイト・セブン・ダーツ式ルーレットの一番当たりやすい的か、あるいはもっと高い可能性が、とね。もちろん実際は診断さえしてない。堕胎を勧めて手に入れた幹細胞を、商売に使用しているってわけ」

「吐き気がしてきたわ」

「まあ……そんなわけで、我々は、その某武装集団を撃滅し、大がかりなリサイクルショップの運営にまったをかける」

「お好きにどうぞ、私は裁判に出て証言するだけよ」

「良かった。恐がって出廷を拒んだらどうしようかと思った」

ウフコックが実に素直そうな調子で言う。

「怖くなんかないわ。ここで下ろして」

有無を言わさぬ口調に、ドクターが訝《いぶか》しげな顔になる。

「ここで？　ホテルまで送って引き続き護衛を……」

「その武装団体みたいに、私まで、違法兵器の塊みたいなあなたたちを引き連れて歩けって言うの？　早く停めてよ！」

アイリーンが怒鳴って運転席を後ろから叩いた。ドクターが慌てて、人でごった返す歓楽街の道路脇に停車させる。

ドアを開くアイリーンに、ボイルドが、言った。

「すでに死者が出ている。奴らは手段を選ばない。危険が高すぎる」

淡々とした口調である分、ひしひしと緊迫したものが伝わってくる。だがアイリーンは歩道に立つと、両手を開いて言った。

「いったいどこに武装した集団が？　こうして立ってるだけで爆撃されるとでも？　私は、自分の身を守るために一秒間に二十発も弾を出すようなものを身近に置きたくないの」

「わかった、一秒間に五発にしよう」

ウフコックが、ボイルドの肩の上で、にやりと笑う。

「ゼロよ」

アイリーンが威嚇する。ウフコックがしょぼんとなった。

「あなたたちの有用性とやらのために協力するなんて真っ平よ。だいたい、私がどんな団体に所属しているか知らないの？」

「所属……？」

ウフコックが首を傾《かし》げた。ボイルドが眉をひそめる。

「１０４《ワン・オー・フォー》よ」

ドクターが、うっと呻《うめ》いた。ウフコックがさらに訊いて、

「なんだい、それ？　１０４《ワン・オー・フォー》？」

「銃器撲滅を推進する非政府団体だ」

ぼそりとボイルドが言う。ウフコックが、ぎくりとなって、

「なんで、それが１０４《ワン・オー・フォー》なんだ？」

「団体発足の年の銃死平均数が、一日で百四人だったからよ」

アイリーンが、ぴしりと言って、車のドアを閉めた。

雑踏の中へ去ってゆくアイリーンを、赤いオープンカーに乗った三人組が、ぼんやりと見送った。

「参ったな……銃の完全否定派だ。彼女の肉親が、確か、銃で大惨事を起こしてるんだ」

ドクターが溜息をついた。ウフコックが手を広げてわめく。

「だからといって、彼女を放置することはできないぞ」

ボイルドが、うっそりと腕時計を確認し、言った。

「次の開廷まで、八十二時間……襲撃には十分な余裕だ」

それから三人は目を合わせ、ゆっくりとうなずき合った。

アイリーンは、すっかり住み慣れた感のあるホテルに戻り、乱雑に放り出された荷物の真ん中で深々と溜息をついた。

告発してからというもの、マンションを引き払い、荷物をここから七百マイル離れた新たな住まいに送り、本人は最低限の荷物とともに、かれこれ数週間もの間、法務局《ブロイラーハウス》の経費でここで暮らしているというわけだった。

一度に色々説明されたせいで気持ちが落ち着かず、苛々しながらシャワーを浴びるうちに、またぞろ当時の映像が脳裏に浮かんできた。灰色の映像に映る弟の最期——一瞬、自分もああなるのではという恐怖が背骨を貫き、慌ててその考えを振り払った。

この十年間で決めたこと、とアイリーンは口の中で呟いた。

第一に、弟と同じことはしない。決して弟を責めない。そして第三に、迷ったときはあのとき死んだ命のことを考える。そうすれば、何があっても冷静でいられる自信があった。

落ち着いて、現実を了解しよう。死者五名。自分が告発を決めたせいで、強大な武力を持った存在が動き出した。

その現実を受け入れろ。少しずつ、ゆっくりと。

アイリーンはシャワーから出て、バスタオルを巻いただけの姿でベッドに座り、テレビで見た瞑想《メディテーション》の仕方を真似して息を吸ったり吐いたりするうちに、落ち着いた気になってきた。

何となくそういう気になること――それが気分を変える有効な手段なのを、アイリーンは、両親がテレビのインタビュー漬けにされたり、色々な本が書かれたり、ニュースで我が家が何度も映されたりするたびに、両親とともに学んできたのだ。

十分に落ち着いてから、ルームサービスで遅い夕食を頼んだ。

そのとき、ふと、妙な音に気づいた。

こつ、こつ、こつ、と、外から何かが近づくような音がするのだ。

部屋は七階にある。アイリーンは眉をひそめて立ち上がった。急いで服を着て、カーテンをどけ、窓を開いた。五インチほどしか開かないようになっているが、それでも十分、ホテルの壁を歩いて、下からやってくるボイルドの姿が見えた。

「ただの通りすがりだ。これは偶発的な出来事であり……」

ボイルドの解説を無視して、思い切り音を立てて窓を閉めた。

苛々しながらカーテンを閉ざし、大きく、それこそ過呼吸になるのではないかと思えるほどに息を吸い、長々と吐きながら、散乱した荷物の間からテレビのリモコンを見つけ出した。

テレビをつけてニュースを観るうちに、世の中には、悲劇と喜劇と恐怖が限りなく存在していることがわかり、かえって冷静になってきた。やがてルームサービスが運ばれ、テーブルの上に夕食が並べられるのを見守り、ボーイにチップを渡す頃には、シャワーを浴び終えたときのように落ち着いていた。

だがテーブルの前に座ると、またもや妙なことに気づいた。

ディナープレートに銀の蓋がされたものが二つ並んでいるのだ。アイリーンは眉をひそめながら一つ目を取り、そろそろ食べ飽きた気もするステーキセットを確認しながら脇へ避《よ》けた。

それから、もう一つの蓋を手に取ると、

「ダダーン」

コメディアンみたいな様子で万歳するウフコックがいた。

「注文ミスね」

アイリーンは冷静に言った。これ以上ないくらい冷静だった。

「いや、注文通りだ。あなたは卵料理を頼んだから……」

アイリーンは無言で蓋を閉めようとした。

「待ってくれ、そう煮え切らないでくれ」

「煮え切ってなんかいないわ。あなたたちが私をふかしてるのよ。私が１０４《ワン・オー・フォー》だって知った上で、何をしようっての？」

「ふかし芋《アイリーン・ポテト》というわけだ。潰《マッシュ》したものは俺の好みだ」

アイリーンが蓋を閉めかけ、ウフコックが焦った様子でわめいた。

「危機的状況にあるにもかかわらず、君が武装を拒絶したことは実に素晴らしい！」

アイリーンが、ぴたりと動作を止めた。冷ややかな光を目に溜め、サスペンダー姿の金色のネズミを見つめた。

「あなたは俺の存在理由を、明確に表明している。あなたにこそ、俺を使って欲しい」

アイリーンは蓋を持ちながら両腕を組み、かぶりを振った。

「意味がわからないわ」

「じゃあ、少しだけその話をさせてくれないかな。その蓋は上下を逆にして、テーブルの隅に転がして置いておこう」

アイリーンは冷静にそのことを考え、そしてその通りにした。

「食べ終わったら一緒にあなたも片付けてもらうわ」

ナイフとフォークを手に、ウフコックと向き合った。

「頼むから俺は食わないでくれ。どうぞ、食事を進めて」

ウフコックが両手でステーキを指し示すので、アイリーンはそちらにざくっと音を立ててフォークを突き立てた。

ウフコックはちょっとびっくりしたように目を丸くしつつ、

「すなわち、拒絶反応だ」

と言った。アイリーンは力を込めてステーキを掻き切った。

「だからなんの話？」

「こんな話がある。昔、ある科学者が、全ての州法に適用可能な銃の安全装置の設計を任された。この難しさがわかるかな？」

「州ごとに銃器の安全装置の合法性は全く違うわ」

「その通り。ある地域では二二口径の拳銃に安全装置をつける義務があるかと思えば、別の地域では安全装置のついた銃は不良品扱いだ。そんな状況下で、全ての法に適用されるような安全装置を作ることになった」

「銃に引き金がついている限り、無理よ」

「だがその科学者はユーモアがあってね。規格が錯綜する製品を設計する代わりに、兵器の安全装置を全て外し、兵器自身に状況を拒絶する機能を与えたんだ」

拒絶する機能――？　とアイリーンはステーキを噛みながら口の形だけで訊いた。

「読唇術は得意なんだ、構わずその状態でいてくれ。そう……状況に適応するだけが進化ではないとその科学者は考えた。状況を拒み、より自分に適合した状況を目指すことを反恒常《アンチ・ホメオスタシス》性として位置づけ、生命の特権の一つとしたんだ」

アイリーンはステーキを飲み込み、ウフコックを見つめた。

「渡り鳥は状況を否定して他所へ移動する。亀は状況を否定して自閉し、変化を待つ。そして俺は、状況や使い手によっては変身《ターン》する武器を選び、時として他者の使用を拒む」

「あなたは……いったい、何なの？」

「あらゆる状況下で人間が正しく生命を保全できるよう開発された、万能道具存在《ユニバーサル・アイテム》だ」

アイリーンは小さくうなずき、食事を続けた。まるでそれが彼女の恒常性だとでもいうように。そしてウフコックのにこにこした眼差しが反恒常性となって影響を与えた。

「つまり、あなたを銃と一緒にして悪かったってことね」

アイリーンが言う。ウフコックは照れたように頭を掻き、

「できれば、食器と一緒にされるのも拒絶したいんだが……」

「まぁ、良いわ。たまには、喋るネズミが一晩部屋にいても……人生は長いんですもの」

にこりともせず言った。敵対する相手には微笑むが、こういうときはむしろつっけんどんになるのが、アイリーンの性格だった。

《ホテル周辺で奴らが集合し始めた。位置は――》

ドクターの声を携帯電話で聞きつつ、ボイルドは垂直の街の夜景をぐるりと見回した。

「了解、位置を確認した。これから牽制にあたる」

携帯電話を懐に収めると、ボイルドは壁面を歩き、地上へと降りていった。その、こつこついう足音が聞こえ、アイリーンは、許可を貰ってソファに座るウフコックを、じろりと見た。

「あー……ボイルドのことは気にしないでくれ」

「地面と向き合いながらの散歩というわけね。体内に兵器に応用可能なものを設置するなんて……噂では聞いてたけど、戦中の軍の研究って、本当に非人道的で非常識だったのね」

「まぁ……しかし過ちだったとしても、その結果生きている我々は生存し続けなければならないんだ。ボイルドの体内の装置は血流と完全に融合していて、取り外せば死ぬしかない」

「ハンプティ・ダンプティ、落っこちたってところね」

「そう。砕けたかけらが生き続けて人生の意味を探している」

「前向きなのね、あなた」

「君ほどじゃないさ」

アイリーンは、かすかに笑った。このお喋りネズミの存在をいつの間にか許容し、むしろここにいて欲しいと思っている自分を発見して驚くほどだった。

ニュースが、いつものバッシングを始めるのを見てチャンネルを変えようとしたが、ふと、そのままにしたくなった。

ウフコックの反応が見たかったのだ。

ニュースは、親会社を告発したアイリーンに対するバッシングに満ちていた。そんな放送が流れること自体、敵の経済力の巨大さがわかるというものだ。

アイリーンの出生地、学歴、恋愛関係、就職のいきさつなどを色々と指摘し、そして最後に決まって、あの事件を放映した。

アイリーンはまるで十年前にタイムスリップした気になった。弟が銃を手にイベントに乱入する姿。それを今また繰り返し見せられている自分が不思議で、それこそボイルドのように、天井の辺りに本当の自分がいて見下ろしている感じだった。

「両親には災難ね。娘までニュース沙汰になるなんて……」

ふいに弟の画像が消え、アイリーンにとって最も触れて欲しくない箇所に錆びた爪を差し込むような論調が開始された。

デザイナーズベビーという言葉が何度も口にされ、姉と弟の差と今回の事件を、最悪の印象になるようにわめき立てた。

「無理をする必要はない。そろそろチャンネルを変えて、状況を拒絶しても良いんじゃないかな」

ウフコックが、穏やかな声で言った。アイリーンは少しだけニュースを見続け、それから、科学番組にチャンネルを変えた。

「おせっかいネズミさんは、今のを見て、どう思ったかしら」

「メディアを通して物事の関係を独自に解釈しようとする意図は明確だが……あれでは君の行動の意義が説明できないな」

アイリーンは肩をすくめようとして、ふいに腹の底からこみ上げてくるものを感じた。反射的に顔をしかめるが、すぐそれに失敗し、くくっと笑い声を零していた。

「テレビが言う通りよ。私、デザイナーズベビーなの」

「遺伝子の配列異常がないかを調べてから出産する――」

「もっと手の込んだものよ。何パターンかの胚を作ってから妊娠するの。それ以外の胚は全て廃棄よ。父母は私と同じような研究者だったから、そういうのに抵抗はなかったって。でも弟のときは自然に任せた……というよりも、単に出来たのよ」

「ああ……」

「お前は綺麗に生まれたと父は言ったわ。でも弟は……」

そう言いながら、心の中で、冷静に、と何度も繰り返した。

「弟は生まれつき足が弱くて、手術する予定だったの。でもある日、弟は手術することを拒否したわ。それより学校を休みたいって。父母も私も、ミドルティーンのくせに休学するなんてって思ったわ。そんなことなら足を綺麗に治して、学校に行きなさいって。それが勇気だし義務だと思ってた。そして弟は……」

アイリーンは息を呑み、脳裏に当時の映像が甦るのに耐えた。

「弟は、膝の手術に幹細胞が使用されることを知っていたのかもしれないって気づいたのは研究者になってからよ。堕胎された子の細胞が使用されるのを知って……自分と同じように綺麗に生まれなかったものが利用されることを……」

「君の弟さんは、真面目に生きようとしていたんだと思うよ」

「休みたかっただけなのよ。学校も会社も研究所も、ルールや価値観に対して綺麗でいなければ人生が崩壊すると言ってくるわ。でも弟は、ほんの少しだけ休みたかっただけなのよ」

「弟さんは、何とかして生きようとしていたんだろう……」

「私が研究者になったのも、遺伝子のデザインがどういうものか知りたかったからよ。自分のルーツを確かめたかったの」

アイリーンは顔を覆い、深く溜息をついた。

「１０４《ワン・オー・フォー》に入ったのも、今回の告発も、結局は、自分に対する救済措置よ。あのまま違法クローン薬は必要だと自分に言い聞かせていたら、気が狂っていたかも」

「俺もそうだ。だから、ここにいる」

アイリーンはゆっくりと顔から手をどけ、ウフコックを見た。

「俺の存在を、狂ったことだというヤツが沢山いた。俺は本当にそうなのか確かめたくて、生存の意味を探し回ったが、いまだに答えはわからない。自分の有用性を社会に証明することで答えようとしているが、答えはまだまだ遠い所にある」

「どうしたらいいと思う……？」

「時間をかけて答えを探すのは人間の持つ知能の特性だ。ネズミは本来、昨日のことなんて覚えてもいない」

「私のことも、すぐに忘れるかしら？」

「俺の記憶力をテストしたいなら、あなたが八十歳になったときに今日のことを訊いてみてくれ。俺はすぐに、君が悲しみを背負いながらも前に進もうとしていたと答えるだろう」

アイリーンは敵意も警戒もなく囁いた。

「私も、あなたみたいな煮え切らない《ウフコック》人になりたいわ」

ウフコックは目を丸くしながら、肩をすくめた。

「急《せ》かされる人生を拒絶するのは、けっこう大変なことさ」

《ボイルド？　相手はまだ生きてるか？　皆殺しは、事件当事者の心証が悪すぎるぞ》

ドクターの声が響く携帯電話を耳にあてたまま、ボイルドはうっそりと塗装会社に扮装した小さなビルから出た。ビルの内装は、今や銃撃の跡によって完全に塗り替えられている。

「死者はいない。大半は逃走した」

《敵が買収したテナントはそこで最後だ。先手は打てた》

「敵はバリケードを吹き飛ばすためのロケット弾を用意していた。本気で攻めてくる」

《まさかホテルを戦場にする法なんてないさ》

ドクターが気楽な調子で言った。

翌日、アイリーンはウフコックをハンドバッグに入れたまま、一日中、法務局《ブロイラーハウス》で無数の書類を整え、くたくたになってホテルに戻った。エレベーターで七階に上がり、部屋に入って催涙スプレーに変身《ターン》したウフコックをバッグから取り出し、テーブルの上に置いた。シャワーを浴びて眠りについた直後、事件が起きた。

部屋の電話が鳴り響き、飛び起きて受話器を耳にあてると、

《あいつら、ホテルを戦場にする気だ。急いで逃げろ！》

ドクターの雄叫《おたけ》びが、アイリーンの耳をしたたかに打った。

《買収だ！　奴らがホテルを一寸刻みに買ってるんだ！》

もはや受話器を耳にあてなくとも聞こえる声量だった。

アイリーンは啞然となって、ナイトスタンドの下で腕を組むウフコックと目を合わせた。

ウフコックは受話器に近寄り、

「それは確かか？　戦場にするためにホテルを買収する？」

《すでに、地下一階、前庭、フロント、大階段、一階から四階の全部屋と、最上階である十二階、そして十一階の全部屋が、奴らの私有地になった。客は一人もいない！》

「あー……実に馬鹿げた状況に聞こえるんだが」

《大陸間弾道ミサイル一本分の、半分以下の費用で済むのさ》

「そう言われると、効率が良い方法に聞こえるから不思議だ」

《なんてこった、五階と六階が買われた！　奴ら、私有地で軍事演習を行う許可を法務《ブロイラーハ》

局《ウス》に要請しやがった！　二百名にのぼる兵員リストが次々に承認されていく！》

「冷静になれ、ドクター。ここは七階だ。何とか阻止しろ」

《僕らの財産じゃ無理だよ！》

「やれやれ、この都市は金さえあれば何をしても良いのか？」

《決まり切ったことを言うな！　七階が買われた、逃げろ！》

「以後の通信は俺を仲介しろ。アイリーン、俺を持ってくれ」

「あなたを使うの？　応戦しろって？　絶対に嫌よ！」

「うーん……では、どんなのなら良いんだろう」

「引き金を引くと、弾丸が発射されるものは、絶対に嫌。そんなものを手に持ったら吐くわ。本当よ。カレッジの銃訓練セミナーで、私、船酔いみたいになったのよ」

「わかった、善処する。とにかく俺を手に持ってくれ」

アイリーンが恐る恐るウフコックを手のひらにのせると、たちまちぐにゃりと歪み、ぴったり手を覆う黒い手袋に変身《ターン》した。

「さあ、急ごう」

アイリーンは呆気《あっけ》に取られつつ、身支度を整え、部屋を出た。その途端、ずん……という鈍い音と振動が伝わってきた。

かと思うと、手袋から直接ドクターの声が響き出し、

《ボイルドが地下でエレベーターを破壊した。現在、そこで応戦している。ウフコックは、アイリーン・ジョステスをつれて最も安全な場所に移動するんだ》

「私が、この子をつれてるんだけど」

アイリーンが、防火扉を開いて非常階段に出るなり、

「敵意が臭う。下から来たぞ」

ウフコックの言葉とともに下方から大勢の足音が響いてきた。

「足止めしよう。君が許容しそうな武器を用意する」

ぐにゃりと手袋の手のひら部分が歪み、黒い野球のボールみたいなものを出現させた。

「ベイリンググレア・レーザーを放射する球状弾だ。敵の目を眩《くら》ませられる」

「失明したらどうするのよ」

「暗闇で暗視ゴーグルを使っていない限りそれはないが……」

その瞬間、ばちっと音がして、いきなり視界が真っ暗になり、ぼんやりとした非常用電灯に切り替わった。

アイリーンはこれまでの人生で最高に冷静になって言った。

「他にないの？」

ぐにゃりと黒い球が消え、今度は白い球が現れた。

「活動抑止兵器《ADW》だ。約百ギガヘルツの電磁波を放射し、皮膚に痛みを生じさせる」

「どの程度の痛みなの？」

「個人差はあるが平均持続時間は二分間だけだ。トラウマになる可能性は低い。敵は上からも来ている。急ごう」

「まるで百細胞期の胚が人間かどうかの議論ね。曖昧だわ」

アイリーンは溜息まじりに、手すりから球体を放った。

「二百人の兵が接近している状況では、なかなかの議論だ」

ウフコックが言うと同時に、下方で幾つもの絶叫が上がった。

《八階と十階が買われた。急いで九階に行くんだ》
ウフコックとアイリーンの溜息が重なった。
「だんだん本気で馬鹿馬鹿しくなってきたんだが、ドクター？」
《敵はそれだけ煮え切ってるんだよ》
「私有地内でも、正当防衛は適用されるはずだな？」
《奴らは軍事演習をしてるだけなんだ。被《こうむ》害を被る僕らのほうが悪いってことになる》
アイリーンは黙って肩をすくめて階段に向かった。
「ボイルドはどうした？」
《地下からの敵を撃退したが、三階から上に向かうことはできないんだ。飲み物の自動販

売機が置いてあるから。他企業が設置した物品の付近で、交戦の可能性がある許可は取れないよ》
「この都市は、人命よりも自動販売機のほうを優先するのか？」
《そういう状況を作り上げている人間がいるってことさ》
「マルドゥック市《シティ》だけで年間数千件の恐怖症患者が出る理由がわかる気がするな。君たちは互いに権利を主張しすぎだ」
「私だって極貧国に援助するより靴を買う権利を主張するわ」
つっけんどんに言ってアイリーンは階段を上がり、九階の防火扉を開いた。扉を閉める前に、さらに球を階下に向かって投げている。今度は二つ。少し気が立っていた。
《九階の四号室を、僕の名義で価格交渉中だ。立てこもれ》
「ふむ、新しいオフィスの候補物件というわけだな」
ウフコックが真面目な口調で言う。アイリーンは大急ぎで走って部屋に入った。ドアを閉め、テレビや机や冷蔵庫で塞ぐと、
「俺が手を貸そう」
ウフコックが鉄骨と鎖を出現させてあっという間にバリケードを作り上げた。
《敵が凄い価格で買いに来た。立ち退き要求を出されそうだ》
「完全に塞いじゃったわ。どうしようもないわよ！」

《急いでバスルームに行ってお湯を出すんだ。熱湯を。そしてその中に手を突っ込め》
「なんですって？　ヤケドするじゃない！」
《早く！　そんなに酷いヤケドじゃなくていいから》
アイリーンは顔をしかめて、バスタブの湯を出し、深呼吸してからその中に素手のままの左手を突っ込んだ。そして慌てて引っ込め、洗面台で水を出して手をひたし、唸った。
《熱かったかい？》
「当たり前よ！」
「赤くなっている。軽傷だが、明らかにヤケドだ、ドクター」
《よし、物件の下見中に正当な配慮もなく見学者をヤケドさせた件で訴訟を起こす》
「……なんなのよ、それ？」
《訴訟が起きた時点で競売はストップする》
「本気で言ってるの？」
《もちろん。よし、法務局《ブロイラーハウス》の自動窓口が訴訟の申請を承認した。君は、うっかり蛇口をひねっただけで信じがたいほどの熱さの湯を大量に浴び、いちじるしく肉体的精神的な苦痛を被った。競売は一時中止。被害者である君はそこに待機。間もなく、不動産側の弁護士が、そこに到着する》
アイリーンは、めまいがしそうな気分に襲われた。

「誰か、この世は狂ってるって、ちゃんと言って！」

その要求に応じるように、バリケードの向こう側で、機関銃の音が盛大に鳴り響いた。

「ベッドサイドまで後退するんだ、アイリーン」

アイリーンは床を這って、慌ててウフコックの指示に従った。

「確信的な臭いがする。強力な火器でバリケードを破る気だ」

「どうするの？」

「窓際に移動して。そう、そこで膝を抱えて、うずくまって」

アイリーンはそうした。あまりの馬鹿らしさに涙がにじんだ。心底休ませてくれと叫びたかった。だが世界はぎっちり嚙み合った歯車のモザイク模様みたいなもので、隙間に潜り込んでもじきに歯が嚙み合って潰されるのが目に見えていた。

アイリーンは弟の名を呼んだ。ドアの向こうで、ぱしゅっという音とともに迫撃弾が発射され、バリケードを爆砕した。

アイリーンはそれらがスローモーションのように見えた。

ドアがめくれ返り、テレビが火花を噴いて飛び散り、鉄骨も鎖も砕け散って宙に舞った。破片と衝撃波と炎が迫る寸前、右手袋から防壁が球状に広がり、アイリーンを完全に包み込んだ。光が消え、音が消え、ふわっと体が浮かんだ。防護壁に包まれたアイリーンの体は、次の瞬間、爆圧によって窓ガラスをぶち破って外に放り出された。

べりっと音を立てて誰かが防壁を破った。まるでジャガイモの皮でも剝くみたいに。光が零れ、音が戻ってきた。アイリーンは膝を抱えたまま、夜空を見上げた。

「じっとしていろ」

ぼそりと声がした。視線を動かすとそこにボイルドの顔がある。アイリーンは咄嗟《とっさ》に状況を理解し、思わず息をのんだ。

窓から放り出されたアイリーンを、壁面に立っていたボイルドが、受け止めたのだ。

「室内の移動許可は出なかったが、壁上の移動許可はすぐに下りたらしい」

ウフコックが言う。地上の遠さを目の当たりにしたアイリーンが低く悲鳴を上げた。

「撃退するぞ、ウフコック。あの部屋は、俺たちのものだ」

「ドクターが購入したのか？」

「分譲契約だ」

ふむ、と呟き、ぐにゃりとアイリーンの手袋が歪んで、ウフコックに変身《ターン》した。ぴょんとボイルドの左手に乗ると、その姿がみるみる、巨大なドラム式機関銃へと変わった。

「ちょっと、やめて、そんなもの使わないで」

慌てるアイリーンを子供みたいに右腕に抱え、もう一方の手に機関銃を握り、ボイルドは爆破された窓の下に歩み寄った。

「不必要な戦闘はなるべく避けるんだ、ボイルド」

ウフコックが言うが、ボイルドは全く耳を貸さず、

「正当防衛だ。黙って使われろ、ウフコック」

有無を言わさぬ様子で、武装した人間がひしめく部屋へと、直角に歩み入った。天地が九十度回転し、機関銃が炸裂音を連発した。呆然とする敵の兵士たちがあっという間にな ぎ倒され、反撃してくる銃弾は全てボイルドの周囲で軌道を逸らされた。

爆破されたドアの向こうの廊下で、誰かがロケット弾を飛ばしたが、それは馬鹿げた轟音とともにこの部屋と隣の部屋を地続きにしただけで、ボイルドの歩みを全く止めはしなかった。まるで生きて会話する戦車のように、ボイルドはまっすぐに歩み、敵を掃討した。

「やめて！　これじゃ弟と同じよ、同じことよ！」

わめきちらすアイリーンが、ようやく下ろされた。

防護壁のかけらが、ぱらぱらとアイリーンの全身からこぼれ落ちる。気づけば残敵は完全にこのフロアから逃げ出していた。

アイリーンは、すすり泣きながら周囲を見やり、そして、ぽかんとなった。ボイルドも、周囲で倒れる敵兵の様子に、異常を感じて眉をひそめ、手にした機関銃を見つめた。

ウフコックが言った。

「敵が重火器ばかり揃えて、防弾の用意が手薄なのはドクターから報告されていた」

ぐにゃりと変身《ターン》して金色のネズミが現れ、ボイルドの手の上で、アイリーンに向かって、にやりと渋い笑みを見せた。

「特製のスラッグ弾だ。骨折した人間はいるかもしれないが、死者はいない。危機的状況にもかかわらず、迎撃を拒絶する君は、実に素晴らしい」

アイリーンが顔をくしゃっと歪め、泣くとも笑うともつかぬ顔になった。

「ただのゴム弾で、この状態か……所詮は、実戦経験のない私兵だ」

ボイルドが、どこか残念そうに、気絶した兵たちを見回していた。


「今回のことで、よくわかったわ。私は一生、銃は要らない」

アイリーンが、寂しげにウフコックに向かって囁いた。

「だから裁判が終わったら、あなたともお別れね」

襲撃から一夜明けた、別のホテルの一室だった。

決して買収されないとドクターが請け負ったホテルだ。なぜならオーナーが脱税をしているから、買収に応じてその帳簿が明らかになるようなことにはならないのだと。その皮肉な世界の皮肉なベッドで、アイリーンは大きく手足を伸ばして言った。

「あんな馬鹿馬鹿しい騒ぎ、もう一生御免だわ」

「あなたのお陰で、ATGC研究所のさらに上の親会社を叩くことができる。ありがとう」

「……親会社？　なんだかまるで、それが目的みたいね」

「オクトーバー社――俺たちがいた研究所の、研究者が創設に関わった会社だ。今回の違法クローン薬の技術も、もとは俺が生まれた研究所のものだった」

アイリーンが目を見開き、それから、くすっと笑った。

「あなたも私も、同じところから生まれたってわけね。遺伝子診断技術によって生まれたデザイナーズベビーと、銃の安全装置の代わりに生まれたあなた。姉弟みたいなものよ」

「まぁ、そうとも言えるな。生命の全てがそうであるように」

アイリーンが笑った。だんだんその声が大きくなっていった。

「あなたのお陰ね。二百人の兵隊に襲われたのに馬鹿馬鹿しいとしか思わなかった。今思い出してもおかしいわ。ホテルを丸ごと買うなんて。いったい幾ら使ったのかしら」

「あのホテルをすぐに売却して損失を補塡するつもりらしいが、買い手がつかないようだ。なにせ軍事演習に使われた建物だから、売るにも色々と規則がある」

神妙なウフコックに、とうとうアイリーンは大声で笑った。

「本当におかしい、本当に世の中狂ってる」

腹を抱えて笑うアイリーンに、ウフコックが驚いた顔になる。

「こんなに笑ったの……弟が死んでから初めて」

途端に涙が溢れた。気づけば笑いながら泣いていた。

「十年も、笑うことも泣くこともまともにできなかったわ」

そう言いながら涙が止まらなかった。横になったまま膝を抱え、声を上げて泣いた。

「綺麗に生まれたなんて言われる自分が、心底嫌だった。弟が死んでから、何もかも信じられなくなった」

「綺麗に生まれても、綺麗に生きられるとは限らないさ」

「そうね、本当にそうよ」

泣きながら、アイリーンはまた少し笑った。そしてこみ上げてくる不安のまま訊いた。

「裁判が終わった後、私、教師なんてできるかしら。弟と同じ年齢の子供たちに囲まれるなんて、私、気が狂いそう」

「休んで良いよと言ってやれなかった弟の代わりに、それを言ってあげるチャンスだと思うよ」

ウフコックは、実に平然として言った。

「弟でも妹でも甥でも姪でも。人間は家族を作り、社会を作る。動物だってそうしてる。人生が迷路だとすれば、ネズミだって過去の学習からより良い道を見つけ出す」

アイリーンは、子供みたいに、寝転がったまま涙を零して小さくうなずいた。

「生活が落ち着いたら、あなたに手紙を書くわ」

「あー……それは嬉しいんだが、事件当事者以外の人間と連絡を取ることは、まだ俺には許されていないんだ。そのうち俺の有用性がもっと証明されれば、自由に文通やメールのやり取りができるようになると思うんだけど……」

「なら、そのときまで、あなたのことを覚えているわ」

アイリーンが言って、小さな金色のネズミの姿を見つめた。

「そして八十歳になったら、今日の私がどうだったか訊くの」

ウフコックは大きく手を開き、うなずいた。

「約束しよう」

それからアイリーンは眠った。

灰色の映像を夢に見て、世界で叫ばれる悲鳴を耳にした。

そして、世界がいつでもそうであるように、繰り返し訪れる夜明けが、どの方角へ進むべきかを、それとなく囁いていた。

ウフコックとボイルドは、少女ローズの凍てついた心に挑む。
マルドゥック・スクランブル・プレストーリイ第2弾

マルドゥック・スクランブル“-200”

初出：ＳＦマガジン2004年２月号

「私、ここで死ぬの？　ウィル？」

少女が冷笑を声にふくませて訊いた。ブロンドの髪を三つ編みにして垂らし、青い目を冷ややかに細めて、ホテルの窓から夜のマルドゥック市《シティ》を見つめている。その左手だけが白い手袋に包まれ、素肌の右手が、手袋の上から左手の甲に触れていた。

「味方はじきに来ます、ミズ・ローズ」

男の律儀で誠実そうな返答に、少女は目に皮肉の光を浮かべ、

「今のうちに遺言書にサインをしておく？」

「いえ……数日の辛抱です。きっと無事に家に帰れますよ」

男はあくまで穏やかに微笑している。まだ若く、焦げ茶色の髪も目も艶やかで、長身にダークカラーのスーツをきちんと着込んでいた。その襟に留められた弁護士のバッジを少

女が見やって、ひやりとするような声を零《こぼ》した。

「追いつめられた気分しかしないわ。貴方がどうして付き合ってくれるのか不思議なくらい。お祖父様の遺言に、私に親切にしろとでも書いてあったの、ウィル？」

「あなたが言うことを聞かないときは、叱ってくれとも」

親しみのこもった返答だった。だが少女は無感動に、ベッドの四隅を囲う天蓋の鉄枠に触れ、相手を挑発するように言った。

「安っぽい飾りね。死に場所としては好みじゃないわ」

「嬉しい言葉だ。好みの場所を見つけるまで諦めないで」

「諦めてたらとっくに体中を切り刻まれてるもの」

そう言って、少女は白い手袋をした左手を掲げてみせる。

「それより灯りを消して。夜景が綺麗よ、ウィル」

「あまり窓に近づかないで、ミズ・ローズ」

「ミズをつけるのはやめて。一緒に夜景を見る気はある？」

少女が肩越しに振り返る。電波のように目に見えぬ刺激のこもった視線だった。腕も脚もひどく細く白い。頬も首筋も青白く、少女の生来の病気が濃密な死の気配を漂わせる一方で、それは強烈な誘惑を感じさせた。

だがそれでも男は動かず、困ったような顔でいる。

「お祖父様の遺言に、私の肩を抱くなとでも書いてあった?」

そのとき男の懐で電話のコール音が響いた。男は後ずさり、

「失礼します、ミズ・ローズ」

少女は冷たく微笑し、顔を窓に向けた。

「私の遺言の値段を決めてきなさい、ウィル・クロケット」

そう言いながらワンピースの帯を解き、ホックを外した。ファスナーをおろし、ほっそりとした肩があらわになる。その肌にアルコールが燃えるような青白い火と薫りを感じる前に、男は部屋を出ていった。


ウィル・クロケットは廊下に出て電話を手に取り、事務所からであることを確認しつつ、エレベーターと少女のいる部屋の両方のドアが見渡せる位置に立った。

「まだ護衛は来ないのか。緊急要請の書類を作成したはずだ」

相手に先んじてウィルは言った。すると同僚が苦笑しながら、

《書類が承認されるのは今夜で、護衛の派遣は明日以降だ》

「遅い。この数ヶ月で彼女の親族十人以上が殺されたんだ。彼女の父親はエアカー並みに高価なボディガードを揃えていたんだぞ」

《落ち着けよ。その程度のおとぎ話でおたおたするんじゃない。知ってるか、先月の事件

じゃ、ある企業が内部告発者を殺すために、相手が宿泊するホテルを買い取って私有地だと言い張ったうえに、二百人の私兵を送り込んだそうだ》
「お前のジョークを聞いてる場合じゃないんだ」
《俺だって騎士道精神を拝聴してる場合じゃないさ。ローズ・ソルヴェの遺言管理人としての仕事はどうなってる？》
「事務所は本気で十七歳の女の子に遺言を書かせる気か？」
《おいおい。死人の手紙を法のころもでくるんで遺族のディナーに振る舞う仕事に、相手の歳が関係あるか？　お前はソルヴェ社の前CEOから遺言管理人に選ばれた顧問弁護士だ。事務所の宝だ、ウィル。お前に求められているのはローズ・ソルヴェの遺言作成とその祖父の遺言管理義務で、それはたまらないビジネスになるぞ。ソルヴェ社の重役連中から遺言の公開交渉が殺到して、お前も事務所も大きなメリットを――》
「よしてくれ」
《お前こそよせよ。あの子の寿命は長くても――》
その言葉の途中でウィルは通話を切り、喉の奥で呻《うめ》きながら電話を懐に収めた。部屋に戻ると、灯りは消えていた。
ごつい天蓋《つぼみ》の下の暗闇で、ベッドのシーツの中央がローズの体のフォルムを浮かばせ、滑らかな蕾のように膨らんでいる。

寝ているのか寝たふりをしているのか、確かめたい気持ちを抑えて声はかけなかった。黙って入り口に立ち、カーテンを開け放した窓から見える夜景に目を向けた。街の灯りは、宝石箱をひっくり返したというより、火の粉をまき散らしたようだった。

ウィルはバスルームに入り、冷たい水で顔を洗いながら弁護士の鉄則を反芻《はんすう》した。トラブルと一体化してはならない——まったくもって手遅れだ。良くも悪くも同じ状況が無限に続くことはありえない——そう切に願う。自分の生命とビジネスは自分で守らねばならない——実にその通りの状況だった。

一晩、ローズを守れば護衛が来る。そう心の中で繰り返しながら鏡の中の自分を見つめ、左脇に触れた。そこにある小型のピストルが、体の一部となって脈打つように感じられた。自分は人間を撃ったことなどないし、そのことを幸福とも思っていた。だがそれが何だというのだろう。この一晩、彼女を守れるだけのガッツは自分の中にだってあるはずだ。

ウィルはこの四年間を思い返した。有望な若手弁護士として初めてソルヴェ家を訪れたとき、ローズは十三歳だった。彼女の青い目がたたえる冷たい孤独の光は当時からウィルを惹きつけ、氷の棘《とげ》のような冷笑は彼女の歳とともにいっそう鋭く脆《もろ》くなっていくように思われた。その冷笑の底にある、彼女が背負う生来の業のことを知ったウィルは、若くして遺言管理人の地位を得た名誉よりも彼女のそばにいられることに喜びを覚えたのだ。そう——あの一輪の凍れる花を守るガッツが自分の中にあると信じるのに、それ以上の理由などいるものか。

蛇口をひねって水を止め、顔を拭こうとタオルに手を伸ばしたとき——からん、と小さな音が響いた。

反射的に背後を振り向いたが誰もいない。ふと足もとを見た。バスタブと洗面台の間に排水孔があり、蓋が外れているのだ。

眉をひそめて、ステンレス製の蓋に手を伸ばした。

刹那、ぬるっと何かが排水孔から飛び出した。まるで青い蛇だった。驚いて声を上げかけたが、青いものに口を塞がれた。

顎を砕かれそうなほどの力だった。ぬらぬらとした何か——青い表皮の下で不気味に収縮するそれが人間の手であると理解するのに数秒かかった。その間にも直径十センチにも満たない排水孔から腕が伸び、肩が、そして異様な突起が現れた。

その突起が蛸の頭部のように膨らみ、黄色い目が、きょろっとウィルを見上げた。鼻はなく、魚のような鼻孔だけがあった。

ウィルは顎の痛みに耐えて懐からピストルを抜き、夢中で撃った。驚くべきことに化け物の胸がへこみ、飛来する弾丸の圧力に従って布のようにはためいた。水中で蛸を殴りつけるように手応えがない。弾丸は化け物の背後の壁にめりこみ、銃声が反響してウィルの聴覚を奪った。

化け物の体がぬるっと元に戻る。銃を握るウィルの右手首を、もう一方の手でしっかりと押さえつけ、男とも女ともつかぬ妙に静謐《せいひつ》とした青い顔の中でそこだけ赤い唇を開いた。口の中は排水孔と同じような黒い空洞で、歯は一本もなかった。

その口から何かが放たれた。触手のように長い舌が、小型の注射器械に巻き付いた状態で現れ、ウィルの首に針を刺し込んだのだ。化け物の舌が注射器械の引き金を引き、ピストン部が中の液体をウィルの体内に注ぎ込んだ。

ウィルは声にならぬ叫びを上げた。舌と注射器械が、ともに化け物の口の中に引っ込んだ。ごくりと注射器械を呑み込む。

化け物の赤い唇がかすかに吊り上がった。まるで子供を寝かしつける親のような穏やかな微笑みを浮かべ、手を離した。

「ローズ……」

たちまちブラックアウトが訪れた。ウィルは身を翻《ひるがえ》してバスルームのドアノブにしがみつき、意識を失って倒れた。

突然の銃声に、はっと身を起こしたローズ・ソルヴェは、

「ウィル？」

バスルームから転がり出るウィルに、目をみはった。

倒れたウィルの体を踏みにじるように人影がバスルームから伸びると、途端にローズの青い目が冷ややかな光を帯びた。

「私を殺しに来たのなら、姿を見せて」

影が音もなく動き、ローズの前に現れた。全身が様々な濃淡の青さで満ち、一糸まとわぬ姿で、隠すべき性器もなかった。胸も腹も収縮し、頭部さえもがへこんでは膨らんでいる。黄色い目がローズをとらえ、奇妙に静かな表情を向けてくる。

ローズの表情には驚きも嫌悪もなく、恐怖の声一つ洩らさなかった。倒れたウィルをいま一度見つめ、小さく囁いた。

「ウィル……眠る前に、せめて肩を抱いて欲しかったのに」

そうして自らベッドを下りようとした途端、声が飛んだ。

「動かないで下さい。申請書類の承認まであと二分です」

ローズと青い化け物が、ぴたりと動きを止めた。

「……誰？　どこから喋ってるの？」

「あなたのすぐそばです。承認まであと一分四十秒」

「すぐそば――？」

ローズがはっと、ベッドに付けられた、ごつい天蓋を仰いだ。

「そこにいるの？」

「ええ、ここにいます。あと一分二十秒」

ベッドの天蓋が喋った。そうとしか言いようのない声だった。

化け物の喉が鳴り、口からいきなりナイフの柄が現れた。青い指が柄を握り、銀色に光る丸い刃を喉からぬるっと引き抜く。

「あの人、口から何か出したわ」

「高電磁《ハチソン》ナイフ――熱学式の切断器具です。あと一分」

「青いクラゲみたいな人が聞いたこともないナイフを口から出して近づいてくるけど、私はじっとしているべきなのね？」

声に冷笑の響きをたっぷりふくませてローズが訊く。

「あー……依頼者は予想したよりも冷静だ、ボイルド」

「なら、お前が相手をしていろ、ウフコック」

天蓋の言葉に、窓から返答が来た。青い化け物が振り返る。外の壁の上で直角に立つ男の姿に、ローズはぽかんとなった。

「十五階の窓の外に大男が立ってるわ」

「疑似重力発生装置を内蔵したただの通りすがりです」

天蓋が言った。窓の外の男が銃を抜き、ローズは息をのんで身構えた。

「大丈夫。落ち着いて下さい、お嬢さん。あと三十秒」

「お嬢さんはやめて。それよりクラゲが窓へ向かっていくわ」

「では、ミズ・ローズ——クラゲも大男も心配いりません」

「猫なで声もミズをつけるのもやめて。ウィルみたい」

「俺も猫は苦手だ、ローズ。さて、時間だ」

「え——?」

「書類が承認された。あなたは我々の保護下に入った」

その言葉とともに銃声が轟いた。窓ガラスが木っ端《こっぱ》微塵《みじん》に砕け、化け物が蛸のような形状になって弾丸をかわす一方、

「嫌、銃は嫌よ!」

ローズが冷厳と叱咤した。途端、天蓋から鉄格子が伸びてローズを囲み、鉄枠に沿って鉄条網がびっしりと生え出した。

鋼鉄の茨《いばら》で覆い尽くされるベッドに化け物が気づき、ナイフを振り上げたが、そのときにはもうベッドごと少女を外部から遮断していた。

ナイフが振り下ろされ、ばしっと爆《は》ぜるような音がしたが、中のローズには何も見えなかった。

「防弾防刃、見かけは安っぽいが、防衛力は十分」

陽気な声とともに、茨の中が、ぱっと暖かい光で満ちた。

「私をこんなもので囲んでどうしようっていうの？」

鉄の繭《まゆ》に覆われたような光景をローズが咎《とが》める。すると、

「マルドゥック・スクランブル－０９《オー・ナイン》——生命保全プログラムの一環として、平常は違法とみなされる科学技術の使用を許可する緊急法令です。それがあなたに適用された」

「科学技術の使用……？」

「俺の使用が許可されたんですよ。俺は、あなたを守るためならどんなものにでも変身する、万能道具《ユニバーサル・アイテム》存在だ」

鋼鉄の茨の外では激しい格闘の音が響いていた。やがて、

「逃げられたな、ボイルド」

天蓋が言った。外から、ぼそりと男の声が返ってきた。

「シェイプシフター相手では、この程度の銃では効果がない」

「……シェイプシフター？」

「軟体型のサイボーグのことです。ひとまず撃退したようだ」

天蓋が答える。鋼鉄の茨がほどけて天蓋へ消え、部屋の惨状があらわになった。壁に弾痕が穿《うが》たれ、床には真っ二つになったミニバーが転がり、ぶちまけられたグラスの破片を踏みしだいて立つのは、先ほど外の壁にいた男だった。

短く刈った白髪に、沈むような光をたたえた灰色の目。腕も脚もローズの胴より太く、

収縮する鋼《はがね》のような肉体をしていた。その分厚い手が、ぐったりするウィルの襟首をつかんでいるのを見て、ローズが訊いた。

「……生きてるの？」

「脈は正常だ。いつまでその姿でいる気だ、ウフコック」

「人前に出る心構えというものが必要なんだ、ボイルド」

言い訳がましい声とともに天蓋がぐにゃりと歪み、するすると縮んで中央部がベッドに降りてきた。天蓋が消え、代わりに現れたのは、なんと金色の毛並みを持つ一匹のネズミだった。

二本足で立ち、太ったお腹をサスペンダーで支え、赤い目に渋い笑みをたたえている。

そのネズミが、ごほんと空咳をして、

「えー、お嬢さん、俺は……」

「二つ質問があるんだけど、いい？」

冷ややかなローズの声に、ネズミは鼻白みつつ、うなずいた。

「最初の質問。半熟卵《ウフコック》と固ゆで卵《ボイルド》って、何かの合言葉？」

「えー、固有名詞です。俺がウフコックで、こいつがボイルド」

と、小さな手で自分と大男を指さしてみせる。

「じゃあ、ウフコック。二つ目の質問。さっきのセンスのないベッドの鉄枠と、今の姿と、どっちが本当のあなた？」

「あー……これが俺の通常の形態で……」

ローズはぞんざいにうなずくと、真面目な顔のまま冷然と言った。

「私、やっと安心したわ」


ウィルは頬に柔らかな感触を覚え、目を開いた。顔を上げると、ローズの冷淡な微笑に出くわした。

「薬で眠らされただけですって。命拾いしたわね、騎士さん。あちらが護衛の人たちよ」

ようやくウィルは、見知らぬ部屋のベッドでローズの脚にしがみついている自分を認識した。ギャラリーがいることを理解したのはその後だった。慌てて振り返ると、小さなネズミを肩に乗せた大男と、髪をまだらに染めた白衣姿の男がいた。

最初に喋ったのは——ネズミだった。

「申請は承認された。生命保全プログラムを我々が司《つかさど》る」

胸を張って告げる金色のネズミに、ウィルは絶句した。

「彼、ウフコックっていうのよ」

ローズが助け船を出す。ネズミがにやりと笑みをウィルにくれた。ぎょっとしてベッドの上で仁王立ちになるウィルの手を、まだらに髪を染めた男が愛想良く握って床に降ろしてやった。

「僕はドクター・イースター。こちらのウフコックとボイルドのメンテナンスおよび、事務全般が担当だ。あなたの書類は非常にスマートに作成されていたよ、ミスター・ウィル。お陰で書類承認の二十時間以上も前に行動がとれた」

「二十時間も……？」

「そう。あなたが予約したホテルの部屋はカバーしていた。まさか排水管から侵入されるとは思わなかったけど、室内にはウフコックが待機していたからね。この部屋はさらに安全さ。法務局《ブロイラーハウス》が経営している護衛専用のホテルだよ」

「室内に待機……」

ドクターは笑ってうなずき、声を低めてウィルに耳打ちした。

「依頼者のロマンスは見逃すつもりだったけどね。未成年に対する淫行の現行犯で逮捕する事態は少しまずいから」

ウィルは呆気に取られ、背後を振り返るとローズの冷たい微笑がこちらを向いており、慌てて目をそらした。

「詳細を聞きたい。彼を拝借しますよ、ミズ・ローズ」

「ミズはやめて。どうぞ、私の家族が今どこにいるか彼らに教えてあげて、ウィル」

「では護衛を残そう。三人から選んで下さい、ローズ」

ドクターが言う。ローズは、そびえ立つボイルドに顔を向け、その肩の上のウフコックを見つめ、ひょろりと縦に長いドクターを見た。それからウフコックに目を戻し、右手で指さした。手袋をした左手は膝の上に置かれたままだった。

ひょいとベッドに跳び乗るウフコックに、ボイルドが言った。

「彼女が使用可能な武器を聞いておけ」

「お前のように、強力な武器ばかり求めたりはしないさ」

「私、お祖父様の会社で戦車のレバーを握ったことがあるわ」

「あー……製造と組み立てに数ヶ月はかかる。もっと小型のものにしよう」

「待ってくれ。なんでネズミなんだ？」

焦ったようなウィルに、ローズはウフコックを手に乗せ、

「この子、こう見えても沢山の棘を持ってるの」

「その通り。ウフコック一体で、一個師団に匹敵する武力だ」

ドクターが言って、絶句するウィルの肩を叩いた。ウィルは夢から醒めようとするように頭を振りつつ部屋を出ていった。

「ローズが、ソルヴェ社前CEOの孫娘であることは書類で確認済みだ。ソルヴェ社のこともだいたい知っている。あの企業とは、以前、軍の研究所で超伝導体による戦車のレー

ルガンを共同開発したんだ。確か一枚岩が強みの親族経営だったかな」

ドクターが楽しげに言った。ウィルは何とか理性的な表情を取り戻しながらうなずいた。頭の中ではまだあのネズミの威厳と愛嬌が妙に混じり合った声が響いていたが。

「現在、兵器開発は行っていません。戦後の兵器批判で……」

「そうそう。そのおかげで僕らも廃棄物扱いさ。僕なんかスクランブル－09《オー・ナイン》がなければ刑務所行きだったたね」

「なぜ、あの少女は狙われている?」

ボイルドが、ぼそりと話を戻す。

「わかりません。怨恨なのか、ビジネスなのかも……」

かぶりを振るウィルに、ドクターが身を乗り出し、

「一つ面白い点があるね。被害者がソルヴェー族に集中しているだけでなく、資料では殺し方に妙な特徴がある」

まるで試験管の中の出来事を語るような面白がり方で、

「彼女の父母に叔父や叔母、いとこたちまで全員が睡眠薬を投与されたうえで裂傷を負い、失血死してる。この七面鳥の血抜きみたいな面倒くさい殺し方には、明らかに儀式的傾向が見られる。かといってギャングの脅しや、殺人鬼が自分の性癖を誇示するのに比べると異常なほど落ち着いているんだ。むしろ事務的に人を殺していると言って良い。これに何

か心当たりは？」

ドクターの解剖学的好奇心とも言える態度を見せつけられ、ウィルは内心でちょっと眉をひそめつつ、うなずいた。

「一つだけ……今おっしゃったことに該当する項目があります」

「項目というと……君の仕事にまつわることだね」

ドクターが弁護士特有の言い回しを指摘する。何気なく、かつ的確で、相手に身構える余裕を与えない鋭さだ。この男は法廷に出る才能があるなとウィルはちらりと思いつつ、

「はい。ローズの祖父――ソルヴェ社前ＣＥＯの遺言です」

「親族が死ぬときは、血を抜けとでも言ったのかい？」

冗談めかしたドクターに、ウィルもまた何気なく、的確に相手のペースに割り込むべく、はっきりとうなずいてみせた。

「はい。そのとおりです」

ドクターがぽかんとなった。ボイルドが訝しげにウィルを見つめる。ウィルは、その二人を均等に眺めながら、静かな声でこう言った。

「クライオニクスという技術をご存じですか」

「ウィルが提案したの。あなたたちに助けを求めることを」

ローズの手の上で、ウフコックは大仰に肩をすくめてみせた。

「それが最善の選択であることを証明するのが俺の有用性だ」

「有用性……？」

「俺が存在して良いことの証明で、失敗すれば廃棄処分だ」

「私を守れないと、棄てられるってこと？」

「天秤《てんびん》の皿の一方に俺の任務遂行の義務が、もう片方に俺の生存権が乗っているんだ」

「もし棄てられたら、私の隣りで眠るといいわ」

ローズは微笑して言った。穏やかなようでいて、ひどく剣呑《けんのん》なものを秘めた微笑だった。

ふと、ウフコックは目を細め、

「君から、恐怖や悲しみの匂いが全くしないのはなぜだろう」

「……匂い？」

「俺の種族は、相手の体臭で感情を察するんだ」

ローズはちょっと目を丸くし、自分の体に鼻を向けた。

「私、どんな匂いがするの？」

「寂しさと安心……希望を感じているが……迷ってもいる」

ローズは、まじまじとウフコックを見つめた。ウフコックはローズの視線の変化に少ししょんぼりしたように、

「君は両親を失い、親族を皆殺しにされた。にもかかわらず、怖さも悲しさも……怒りさえ感じていないのは、なぜだろう」

ローズはぱちぱちと瞬きした。驚いたのではなく、むしろ相手の質問を、奇妙に思うような顔だった。

「だって……みんな眠っているだけだもの」

「あれは……あんなのは技術じゃないよ。ただの……信仰だ」

ドクターが呆れ返り、ボイルドを振り返った。

「冷凍遺体保存《クライオニクス》だよ。いつか甦るための」

だがボイルドは釈然としない顔でいる。ウィルは淡々と、

「ローズの祖父は、クライオニクス財団と呼ばれる非営利団体と共同で、超伝導における冷却技術を利用したシステムを開発させました。人体を一瞬でガラス化するためのものです」

「再生信仰か。じゃ、まさか前ＣＥＯの遺言というのは……」

「親族が死んだ場合、全員クライオニクス処置せよと」

ドクターが呻いた。ボイルドが身を乗り出し、

「死体は再生しない」

「そこを科学でどうにかするってわけさ。保存期間は？」

「二百年です」

「ワオ、二百年後は死人が生き返る世の中になってるわけか」

だがボイルドはまだ、この話にぴんとこない顔でいる。

「なぜ死体を凍らせる？」

「一つは、不治の病に罹《かか》った場合で、未来に治療法が発見されたときのためです。もう一つは老衰に至っても、いつか若返る技術が発見されたときのための肉体保存で……」

「凍れば人は死ぬ。凍った内臓器官は細胞レベルで破損する」

「ええ……ですから結果的な安楽死になります。財団の主張では、ナノマシンによって遺体を健康な状態に保ち、かつ再生時に、凍害での損傷を回復させるとか……」

ドクターが天を仰いだ。ボイルドは真面目な顔で、

「凍害を回復させるほどの技術で、なぜすぐ治療しない？」

「そんな技術は存在しないからさ。今はまだね」

「はい。いわば未来を夢想する高価な埋葬です。現在、財団のもとで四百体弱が保存され、ローズの遺族も全員そこに……」

「未来こそが天国か……。科学が信仰の表現となる偉大な瞬間だな。で、前ＣＥＯが遺族全員を保存する理由はなんなの？」

「未来で甦っても、孤独は耐え難いと……」

「永遠の家族ってわけか。参ったな」

呆れ返るドクターの傍らで、ボイルドが巨体を乗り出した。

「それで、死体の凍結と、今回の殺人と何の関係がある？」

「クライオニクスでは、遺体の血液を人工血液と交換します。水の分子が整列しないよう未結晶のままに保つ血液です」

「そんなものがあるのか？　ドクター？」

「凍害保護物質をふくむ血液は自然界に存在するさ。冬眠するカエルの血とかね。ただし人間の血とは根本的に違うよ」

ボイルドは、うっそりとウィルを見つめ、言った。

「……血抜きが、殺害方法の共通点か」

「はい。血液が徐々に体外へ流出する失血死が、クライオニクスには最適だそうです」

ドクターは思案顔で電子眼鏡《テク・グラス》を指で押し上げ、

「確かソルヴェ一族が殺され始めたのは、数ヶ月前に前CEOが死去した直後からだったね……」

「はい。いずれの殺害もこの三ヶ月以内に起こっています」

「ふぅん……前CEOの遺書で示唆された、殺害方法ねえ」

「遺書の内容に関しては守秘義務が課されており……」

「承知してるよ。僕らが負う義務については、うんざりするほどね。じゃ、ソルヴェ一族が死んで得をする人間は誰？」

「経済的な面で言えば、契約上、ソルヴェ家の生命保険金の一部は、受取人がクライオニクス財団になっています」

「ソルヴェ家の人間が死ぬたびに財団は大儲けってわけか」

ドクターが両手を高く上げ、降参のポーズを取った。

「七面鳥の血抜き、遺書、クライオニクス、生命保険金。いくらなんでも出来すぎだ。むしろクライオニクスに反対する人間が、見せしめとして儀式的殺人を行ってる可能性だってある」

ウィルは肩をすくめ、全く同感であることと、提供できる材料はそれで全部であることを示した。ドクターが唸る一方、

「疑問がある。なぜあの少女が最後になった？ 他の者より後回しになった理由は？」

ボイルドがじっとウィルの顔を見て言った。途端にウィルは目を伏せた。ボイルドの視線に込められたプレッシャーに負けたのではなく、純粋にウィル自身の気持ちからだった。

「凍結症患者を殺す必要はないと思ったのかもしれません」

ボイルドがまた眉をひそめる一方、ドクターは目を丸くし、

「凍結症か——母親が覚醒剤中毒だと生まれやすいけど……」

つくづく的確でずけずけとした指摘に、ウィルは内心の苦々しい思いを押し隠して、言った。

「彼女の母親はドラッグ・カウンセリングを受けていました」

「それも、守秘義務かい？」

ウィルが無言でうなずく。そこへボイルドが低い声で、

「あの少女はそれほど重症なのか？」

「自覚症状のない糖尿病患者と同じです。ただインシュリン投与は効果がありません。生まれつき毛細血管が未発達で、血栓が多発し、その結果、体の各所で凍傷の症状が出ます」

ボイルドは、そこで初めて、重々しくうなずいた。

「彼女の左手の手袋は……それか」

「すると君たちはクライオニクス信者ってわけか。だが、不治の病はともかく、老化は病気ではない。生命の必然だ」

真面目ぶった調子のウフコックに、ローズはくすっと笑って、

「お祖父様は、老化と死は、克服すべき病気だと言ってたわ」

「死を否定した価値観は俺にはわからない。俺は自分の死を理解して初めて生を知った」

　ふと、ローズが笑みを消した。冷ややかさを帯びる眼差しの底に激しい光がやどり、ウフコックを射抜くように見つめた。

「どういうこと？」

「ネズミは生きる限り体重が増え続ける。俺はいつか自分自身の体重に潰されて死ぬ」

「それが、死を理解したってこと？」

「いや、死は理解できない。俺はただ、自分がいつか死ぬことを理解したんだ。この命には限りがあるということを」

「そのとき、あなたはどう思ったの？」

「それまでとは違う、赤い血が流れた気がした。その血が言うんだ。お前は生きている。何かをなせと。それ以来、俺は何者で、何をすべきなのかといった探し物をするようになった」

「探し物……それがあなたの生きる理由？」

「生きてゆく上での理由だ。俺はあるとき突然、自分が生きていることに気づいたんだ。いつか死ぬことを理解した瞬間に」

「私は……自分のお終《しま》いを知ったとき、体中の血が凍った気がしたわ。どんなふうに生きなければいけないかを理解したとき」

ローズは言った。いつの間にかその顔からあらゆる表情が消え失せ、ただ冷たい光を目に溜めてウフコックを見ていた。

「私の天秤を見せてあげるわ、ウフコック」

ふとローズは右手を伸ばし、左手の白い手袋を、ゆっくりと手首から抜き取り、中身をウフコックに見せた。

「医者からは、この歳で片手の指だけで済んでるのは珍しいって言われたわ。たいていは手も足もなくなってるって」

そう言って、親指しかない左手を差し出した。

四本の指は全て根本から切り取られていた。ウフコックのちっちゃな手が、その切除された箇所をそっと撫でた。

「それでも今のままだと二十歳までもたないそうよ。壊死《えし》する前に、両足を膝上から落としておけば五年は寿命が延びるって。腎臓を切ればプラス五年は人工透析で生きられる。子宮を切ればもう五年。ある医者からは脳だけ生存した状態《ニューロ・サスペンション》なら二百年以上は生きられるって真面目に言われたわ」

「ローズ……」

「指が腐ったとき、対処法は二つあるって言われた。一つは刃物で切ることだけど、もう一つは何だか知ってる？」

「いや……どうするんだい？」

「蛆虫《うじむし》に食べさせるの。無菌養殖の蛆虫たちの中に指を突っ込んで、腐った部分だけ食べてもらうんですって。蛆虫は生きた部分は食べないし、食べた後できちんと傷口を癒着してくれるって。私、それも悪くないと思ったわ。自分の体がどんどん腐っていって、蠅がいっぱい飛び立つの。あなたなら刃物と蛆虫、どっちに体を食べられたい？」

「さあ……君はなぜ刃物を選んだんだい？」

「蛆虫に食べられたら形が残らないから」

にこりと笑ってローズは言った。

「刃物で切れば二百年後にまたくっつけてもらえるわ。これが私の天秤。皿の一方には、私の綺麗な体。もう片方には私の命。この二つは釣り合ってないの。だから片方を少しずつ切り落とすのよ。二百年後、私の天秤が釣り合ったときのために」

ウフコックは納得したようにうなずいてみせた。他にどうしようもないというように。

だが、そこでなおも渋い笑みを浮かべてみせるのがこのネズミの特徴でもあった。

「俺は体が増えることで、君は体が減ることで悩んでる。二人の体を分けたいところだが、悩みが倍になるだけだろう」

ローズは驚いたようにウフコックを見つめた。

「お喋りネズミさんは……自分を生んだ人を恨んだことは？」

「呪詛《じゆそ》を吐いたことはある。だが結局、親がなぜ生んだかということと、本人がどう生きるかということは、別次元の問題なんだ」

「あなたを造った人は、今どうしてるの？」

「殺された。ひどい苦しみを受けて」

ローズは目を細めた。ふと、ウフコックの小さな手が、切り取られた指の痕を優しく撫で続けているのに気づいた。

「彼は苦しみを、罰や因果応報とせず、意志だと言った」

「意志……？　苦しいことが……？」

「この世界で苦しみを取り除けた人間など一人もいない。ただ苦しみを自分の意志として受け入れただけだと。それは矛盾をなくすことが真実であるという考えからの脱却だった」

「矛盾をなくす……？」

「俺は科学によって生まれた。だから科学的な思考が俺にとって真実だと思っていた。全ては矛盾なく説明できると。だがそんなものは科学でも真実でもなかった。大切なのは矛盾と一体化することだった。矛盾は苦しい。しかしそれこそが意志だ」

「蛆虫や刃物に体を食べられるのも意志？」

「その苦しみを通してこそ、君は君になれたんだと思うよ」

宣言するようなウフコックに、ローズは少し唇を尖らせ、

「……少し、難しいわ。結局どうすれば良いのかわからない」

咎めるように言った。

ウフコックはちっちゃな頭をかいて、

「説明の仕方が悪かったかな。俺自身、悩んでる最中なんだ」

ふと、ローズは、かすかに口元をほころばせ、

「煮え切らない言い方。ウィルと同じ。こんな私にペンも紙も渡そうとしない遺言管理人は彼くらいよ。あなたもウィルも、私を守ろうとしてくれるけど、楽にはさせてくれないのね」

「そのせいで煮え切らない奴《ウフコック》と呼ばれてる。ただ少なくとも、君の匂いは感じられる」

「今はどんな匂いがするの？」

「君は生きようとしている。たとえ命がどんな天秤の上にあろうとも。それが君の魂の匂いだ」

ローズはしばらく無言でその言葉の意味を考えた。左手をウフコックから離し、また手袋をはめた。そこでふいに大きな欠伸《あくび》が出た。両手で口を隠し、少し恥ずかしそうにした。

「やっと安心したかな？」

ウフコックがにこにこして言った。

　翌日、ローズの入院のためホテルを出た。移動の必要が今回の護衛を難しいものにしており、ボイルドもウフコックもかすかに緊張する一方、ドクターがのんびりと言った。

「入院期間は、検査に三日。血栓が発見された場合、手術でさらに延びるってさ。例の軟体型サイボーグについては、それらしい人物が何件か浮かび上がってるよ。何らかの依頼で殺し回っているのか、個人的な怨恨か、じきに判明させる」

　ウフコックもボイルドもうなずいている。ローズとウィルが荷物をまとめている間の、短いブリーフィングだった。

「強い義務感の匂いがした。恐らく黒幕は他にいる」

「お前の鼻がそう感じたなら間違いないさ。だいたい頭蓋骨まで軟体化するなんて、脳死さえ気にしない殉教者タイプだ」

「俺なら、そいつが欲しがっているものを与えてやれる。お前が俺の銃になればだ……ウフコック」

　ボイルドが言うと、その肩の上でウフコックは鼻に皺を寄せ、

「あれは……破壊力だけを追求した銃だ」

「銃が破壊力を追求しないなら、世界に引き金は存在しない」

　途端にぴりぴりする二人に、ドクターがやんわりと口を挟み、

「まあまあ、殺し屋を消しても別の殺し屋が来るだけさ。敵の動機も黒幕も不明なまま重

装備してもしょうがないよ」

「敵がいる可能性があるなら、武装する根拠になる」

つまらなさそうにボイルドが返す。最初の接敵で仕留められなかった不満が声に表れていた。ウフコックがむっつりとなる。

ドクターが困ったように猫なで声で二人を宥《なだ》め、

「まだ情報収集の段階さ。敵がなぜウィルを殺さずに眠らせたかも気になる。全部がウィルの茶番かもしれないんだ。もしそうなら殺し屋に大火力を行使しても笑い者になるだけだよ」

ウフコックが肩をすくめ、ボイルドが小さくうなずく。

「いつも通り前衛・後衛で行こう。ウフコックはローズを護衛、ボイルドはウィルと行動。僕はいろいろと探ってみるよ」

ドクターはそう言いおいて、二人が再び険悪にならないうちに、そそくさとホテルを出ていった。

エレベーターのドアが開き、ウィルと一緒に現れたローズが、

「極楽鳥さんはいないのね」

そんなふうにドクターのことを口にし、ウフコックが笑った。

「ドクターは事務仕事が専門でね。病院まで我々が護衛する。その前に、ローズに何か道具を考えて欲しい」

「……道具？」

「病院の実験用ラットと間違われないためにも、君のそばにいられるような道具に変身《ターン》しておきたい」

ローズはしばし無言で考えた。やがてバッグを床に置くと、左手の手袋を外し、指の切断痕もあらわに掌を突き出した。

ボイルドが無表情にその傷跡を見た。ウフコックがひょいとローズの手の上に跳び乗った。そしてウィルの驚嘆をよそに、ぐにゃりと白い手袋と化し、ローズの左手を柔らかく覆った。

「これを預かっていて、ウィル」

ローズがウィルに要らなくなった手袋を渡した。ふとそこで、

「俺が持とう」

ひょいとローズの左手が動き、失われたはずの指がバッグをつかんだ。もちろん手袋に変身《ターン》したウフコックの仕業だった。ローズの目が大きく見開かれ、義指と化した手袋をまじまじと見つめた。あたかも手袋の下で、切り落とされた自分の左手の指がすっかり元に戻って、バッグを持っているかのようだった。

「ローズ……」

ウィルが気遣わしげに呼んだ。今にも彼女が泣き出しそうに思えたのだ。だがローズは、ぱっと花の咲くような微笑を浮かべてウィルを振り返った。そして呆気に取られるウィルに、ひどく明るい声で、こう言った。

「私の体が、帰ってきたわ」


ボイルドが車を運転し、後部座席にウィルとローズが並んで座った。車はドクターが所有する赤いオープンカーで、今は冬の風を避けるため後部からせり出した屋根が頭上を覆っている。ホテルを出て北に向かい、病院まで最短距離を進んだ。

やがて街を両断する河の鉄橋に差し掛かったとき、

「さっきドクターは、このダッシュボードから何か持っていったか？」

ふとボイルドが訊いた。手袋姿のウフコックが怪訝そうに、

「いや、この車には乗っていない。ロビーから直接、タクシーで法務局《ブロイラーハウス》に向かったはずだが……」

そう返すや、ボイルドが運転しつつ左手を懐に入れた。

かちりと撃鉄を上げる音が運転席から響き、ウィルがはっと息をのんだ。ローズが不審そうに皆を見回し、ウフコックが、

「まさか――」

「ダッシュボードの指紋識別式ロックが解除されている」

ボイルドがぼそりと告げた瞬間、助手席のダッシュボードが何かの冗談のように、かぱっと間の抜けた音を立てて開いた。

その一瞬、ダッシュボードの中のものがあらわになり、

「いったい何が――」

身を乗り出したウィルが、ぞくっと全身に鳥肌を立てて凍りついた。ローズが低く声を上げ、車内の全員がその異様さに少なからぬ衝撃を受けた。

ダッシュボードの中の小さな空間に、まるで胎児のように手足を折りたたんだ青黒い人間が、ゼリー菓子の醜悪なパロディか何かのように綺麗に四角くなって収まっているのだ。

敵がその姿でいたのはほんの一瞬だった。黄色い目がダッシュボードの真ん中でぱちりと開き、青い顔がひどく滑らかにその異常に狭い空間から飛び出した。その腕が鞭のように目にも留まらぬ迅《はや》さでしなり、運転中のボイルドを襲った。

ぐん、とボイルドの周囲で空気や座席の背もたれやドアや、光までもが押されて歪む。ボイルドが放った不可視の重力の壁が、危ういところで敵の振るった高電磁《ハチソン》の刃の軌道を逸らした。

同時に、ローズの左手がさっと動き、ウィルの肩をつかんでドアの方へと押しやってい

る。ウフコックのそのフォローが、逸らされた刃の軌道からウィルの首を守った。

火花が散って助手席のヘッドレストが切断され、ついで銃声が車内に響き渡った。ボイルドの左手が銃の引き金を何度か引く間に、その右手が驚くほどの素早さでハンドル脇のディスプレイを操作する。たちまちハンドルが内側に引っ込み、自動運転機能が作動した。その間にシートベルトを解除した右手が、銃を握る左手に添えられている。そして、ぐねぐね動く敵の黄色い目と目の間に狙いをつけ、立て続けに三度、撃ち放った。

ほとんど二秒とかからぬ動作であり、その一連の作業のうち一カ所でも滞《とどこお》れば敵の優位を招く、ぎりぎりの対応だった。

だがその対応を難なくこなしたボイルドは、三度の銃声とともに鋭く舌打ちしていた。眉間という必殺の場所に少なくとも一発は弾丸を叩き込んだにもかかわらず、敵の頭部はそれこそ摩擦係数の意義を喪失させる形状に自在に歪みまくるのだ。

耐え難いほどの硝煙の臭いが充満し、ローズが激しく咳き込んだ。その体に覆い被さるウィルの目にも涙がにじみ、ほとんど何も見えない状態に陥っている。

敵が、銃撃をかわすための奇妙極まりないダンスを踊るなか、

「ウフコック！　俺の銃になれ！」

ボイルドが銃声に劣らぬ叫びを上げた。ローズの左手が持ち上がり、ボイルドに向かって僅かに指が開いたが、その指先には、ためらいがありありと見て取れた。

　ボイルドが再び舌打ちしたとき、金属を灼き斬る凄まじい音とともに助手席のドアが斜めに両断された。ドアの半分が道路に落ちたかと思うと、敵の青い体が車外へ飛び出し、飛び魚のように陸橋の欄干を越えて冬の河へと落下していった。

　助手席のドアが半分なくなったせいで冷たい風が吹き込み、ウィルとローズに有り難い空気をもたらした。

「殺意の匂いがしなかった。いや、何の匂いも……まるで自分が死体だと思い込んでいるように。ただ義務感だけだ……」

　ウフコックの呆然とした声が響くのへ、ボイルドは無表情に、

「たいした煮え切りようだ」

　敵への賞賛とウフコックへの皮肉を込めて、言った。ウフコックが沈黙し、身を起こしたローズが、そっと左手を撫でた。

「ウィルを守ってくれてありがとう。もう少しでウィルの首がなくなって、つぎはぎにしなければならないところだったわ」

　その隣りで、ウィルが感謝とも呻きともつかない溜息をつき、ついで烈風と言っていい冷たい風に、盛大なくしゃみをした。

「たいした敵だ。皮膚の表面を変形させて指紋識別装置を解除するほどの精密な変形能力

……あの狭い空間に何時間も身を潜めていられるメンタリティ。加えて逃走経路も考慮していた」

ボイルドが病院の廊下を歩き、各所をチェックしつつ言う。

「逃走経路ですか？　まさかあの橋が？」

ウィルが敵の異常さに呆然となって訊く。

「襲撃に失敗したら即座に河に逃げ込んだ。ホテルを出るときはダッシュボードの指紋識別装置はロックされていた。あの橋に来たとき奴が内側から解除したに違いない」

「あの箱の中にいて、なんで橋に来たかわかるんです？」

「地面と橋とでは、車が振動する感覚が明らかに違う」

ボイルドのあっさりとした返答に、ウィルは言葉もない。

敵を撃退してのち無事に病院に着いていた。ローズの病室にはVIP用の上階の個室があてられた。自由にシャワーも浴びられるホテル並の仕様だ。ローズがウフコックをつれて検査を受けている間、ボイルドとウィルが病院のチェックにあたった。窓、配管、通風口に至るまで、探知用のシールを貼って回り、

「重さ三十キロ以上の物体の移動を探知する。破損したときもだ。病院内の精密機器に支障はない」

そう告げつつ、ふとボイルドの唇の右端がかすかに上がった。

「電磁波兵器を使用して、敵を仕留めることも考えたがな」

「馬鹿な。病院中の患者が巻き添えになりますよ」

ボイルドの唇がまた少しだけ上がった。冗談らしかった。

「奴は必ず俺の銃で仕留める。トラップで片付ける気はない」

はっきりと唇が上がった。今度は冗談ではなさそうだった。ウィルは重戦車か何かと会話しているような気分になった。

「あれだけ撃たれたのに、すぐにまた襲ってくるでしょうか」

「頭部はフェイクだった。奴は無傷に等しい」

「フェイク？　どういうことです？」

「奴の脳は恐らく胸の辺りにある。頭部は飾りだ」

淡々とした返答に、ウィルは途方に暮れたようになった。

「ですが、あなた方に二度も撃退されて、諦めたのでは……」

「シェイプシフター回路は俺の体にも応用されている」

ウィルは意味がつかめず、ボイルドの無感情な顔を見つめた。

「シェイプシフターとは、形状の変化にかかわらず一定の機能を果たす特殊構造だ。俺の場合、肉体全部が疑似重力を発生させる装置になっている。奴の心も、それと同じだ。状況が変化しようとも必ず機能を果たす。俺にはわかる」

ウィルはやや気圧《けお》されたようになってうなずいた。

「今の話を聞いても、あんたは、まだここにいるつもりか」

「彼女に解雇されるまではね。私もその点ではシェイプシフターとやらと同じです。いけませんか？」

「あの少女は遺言を作成したのか？」

ウィルは、きっぱりとかぶりを振った。

「今、遺言を書くのは不適当です。彼女は人生と戦わなければいけない。冷凍睡眠なんて、自殺願望を促すだけでしかない」

「彼女に死が迫るのは好ましいことではないのか？」

「私はハイエナですか？　なぜ護衛を頼んだと思うんです？」

「あんたが裏で糸を引いていないとは限らない」

ウィルはぽかんとなり、やや間を置いてから、笑いを零《こぼ》した。

「――なぜ笑う？」

「安心したんです。あなた方はプロだ。私を疑うのは当然です。でも、私はまだローズのサイン一つ手に入れていません」

「死のプレッシャーを与えれば遺言を作成させやすくなる」

「遺言は自分以外の誰かへのメッセージです。親族がいなくなった状態で遺言を書くのは、自分の死を受け入れる儀式であり、孤独を癒《いや》す作業でしかない。ローズに遺言を書かせたいなら彼女に顔も見せないのが一番でしょう。そばにはいませんよ」

凛然《りんぜん》と告げるウィルを、ボイルドは静かに見つめ、言った。

「義務感以外にも私情があれば、聞いておきたいだけだ」

「依頼者に私情について訊く護衛は初めてです」

「俺も、依頼者に感情移入する弁護士は、初めて見た」

ウィルはびっくりした顔になった。かと思うと眉を開き、

「あなたも依頼者に感情移入するタイプなんですね」

無表情に黙ったままのボイルドに、微笑しながら訊いた。

「心から愛した相手と死別した経験はありますか？」

ボイルドは、うなずいた。

「恋人ですか？」

もう一度、小さくうなずいた。

「私の場合、妹を病気で亡くしました。妹は、自分が死んだ後はどうして欲しいということをしきりに訴え続けました。妹が死んでからしばらくして、わかったんです。彼女が本当に望んでいたことを。自分のことを忘れないで欲しかったんですよ。妹は、ただ存在していたんじゃない。多くを望み、叶わぬことを悲しみ、様々なことを喜び、楽しんだ人間

として生きました」

「……死は、絶対の安寧だ」

「ええ。妹はもう苦しみません。しかし彼女の苦しみや喜びを私は忘れないでしょう。私にとって遺言は、依頼主が生前に抱いていた感情そのものです。それが遺言管理人としての私情です」

「ローズ・ソルヴェは苦しみから逃れようとしている。妹と同じことをあんたに求めたうえで。あの少女が自分の頭に銃口を向けたとき、あんたが引き金を引かないとも限らない」

ボイルドの無造作な言葉に、ウィルは力なく目を伏せた。

「ローズの人生は苦痛しかもたらさない……。でも私には彼女の死が耐えられない。たとえ彼女がそれを望んでいても……」

「あんたが耐えられないのは死ではなく苦痛だろう」

ボイルドの低い呟きに、ウィルは、はっと目を上げた。

「ウフコックなら、まず相手の苦痛を肯定する」

ウィルは呆然とし、思わず立ち止まっていた。

「苦痛を肯定する……？」

ボイルドは事もなげにうなずいた。ウィルは、その泰然とした顔を凝視していた。

医師たちは、ローズの下半身がどれほど血栓を生じさせやすく、人生に悪い影響しかもたらさないか、とうとうと説明した。そして、まだ決して一般的ではない、電子技術の一大成果であるサイボーグ化という冒険がどれほど有意義かを、優しく、さりげなく示唆してきた。肉体の機械化という、医学的・心理学的・精神医学的・電子工学的な冒険へと旅立つローズという姫君に、野心的な医師たちが騎士となって随行するというわけだ。

「あなたを応援します、ミズ・ローズ。あなたの勇気を」

見るからにやる気満々の医師たちを、ローズはただ無感動に眺め返しただけだった。もちろんローズを待ち受ける大手術には保護者の承認が必要だが、すでに書類は揃っている。後はローズ自身が、残りの空欄にサインするだけで全てが進むのだ。

「父も母も、書類の内容を確認せずにサインしたわ」

検査の合間に、ローズは手袋姿のウフコックにそう告げた。

「仕事だったり、知らない男の人と一緒に旅行したり、忙しかったみたい。指をなくしてから三ヶ月後よ、彼らが私の左手に何かが足りないと気づいたのは。久しぶりに一緒のディナーで、母は、右手だけでステーキを切ろうとするのはみっともないって怒ったわ。今はどっちもマイナス二百度のベッドで寝てるけど……あの二人が並んで寝るなんて娘ながら驚きだわ」

そう言って笑うローズに、ウフコックは丁寧に言った。

「子供の愛し方がわからない親はどこにでもいるものだな。俺を生み出した科学者たちの大半は、俺が喋るとぞっとした顔になった。喋れるようにしたのは彼らなのに。だからといって俺も君も、愛情を求める資格がないわけじゃない」

「あなたはキュートだもの」

「それは君さ。俺の正体は、キュートな肉と鋼鉄の塊だ」

その言いざまに、ローズはくすっと笑った。

「両親があんなでも、みじめな気持ちにはならなかった。ソルヴェ一族は私みたいな子供でいっぱいだったから。誰一人、まともな親はいなかった……まともな家族は」

「ウィルは、君の家族になろうとしているのかな？」

無邪気ともいえる質問だった。ローズは細い肩をすくめた。

「一度だけ、彼の死んだ妹の名前で呼ばれたことがあるわ。ウィルが言うには、うっかりそうしてしまったんですって」

「ふむ？　それは……悪いことなのかな？」

ローズは窓の外の冬空を見上げ、ちょっぴり溜息をついた。

「少し悲しいだけ。きっとそれが、彼がそばにいてくれる理由なんでしょうね。いっそ遺言目当てでいてくれるほうが良かったと思うこともあるけど……」

声が尻すぼみに消え、ローズは検査室に戻った。

検査のため食事もとれずに延々と退屈な時間が過ぎ、日暮れに解放された。

「ときどき、今はまだ本当には生きていないって気がするの。今は間違った人生で、正しい人生は、未来から始まるって」

花の茎のように細い手足から患者服を抜き取りながらローズが言う。ウフコックはローズの左手となって勤勉に働き、

「間違った人生なんてものはない。あるのは不当な状況さ」

入院用に許された私服の着用を手伝いつつ、そう返した。

「花の剪定《せんてい》みたいに手足を切り取られながら生きるのをやめて、眠り姫になりたいのはいけないこと？　マイナス二百度の眠りの向こうに本当の人生があるかもしれないのに」

「クライオニクスは決して安楽死の道具ではないんだろう？」

「違うわ。ボタンをとめてくれてありがとう、ウフコック。二百年後にあなたが私たちを目覚めさせてくれれば良いのに」

「残念だが、俺には二百年も生きる機能はないんだ」

「なら、科学が王子様になって私を正しい体にしてくれるわ」

ローズはそう言って更衣室を出た。検査室を後にした頃にはもう、窓の外では冷たい冬の夕焼けが広がっていた。

「本当は私、遺書を用意していて、いつも持ち歩いてるの」

ぽつんと告げた。ウフコックは黙って真意を嗅いでいる。

「左手の指がなくなったとき、ウィルに内緒で、書き方を調べて書いたの。怖くて悲しくて沢山泣いたけど……書き終えた後は何も感じなくなった。ウィルに教えてあげたら喜ぶかしら」

「いや……悲しむかもしれない」

「そうね……あなたが来なかったらきっと黙ってたわ。あなたのせいで少しだけ悲しい気持ちを思い出したの。死んだ後に残す言葉……ウィルのお仕事に必要な、私の文章とサイン。私がウィルに与えてあげられるものは、それくらいしかないんだってこと」

《そちらの状況はどうだい？》
携帯電話の向こうのドクターに、
「ローズが遺書を出し、一時、ウィルがパニックに陥った」
ボイルドが、病院の屋上に出ながら、ぼそりと言った。
《遺書？　死ぬ前の下準備か？　ウィルは受け取ったのか？》
「今、法務局《ブロイラーハウス》で手続きをしている。問題は内容だ。ソルヴェ家以外の者のクライオニクス処置を示す一文があった」

《なんだって？　誰を凍らせるんだ？》

「一名——人物名は空白のままだ。該当者がないままローズが死亡した場合、遺言管理人が空白に名を連ねる権利を持つ」

《……いやはや、前代未聞のラブレターだな。それで？》

「ウィルは受諾した。死ねばローズの隣りで冷凍される」

　ドクターが絶句し、感心したような呆れたような嘆息を零す。

「後は、ローズに心的外傷後ストレス障害に似た症状が出た」

《は……？　ＰＴＳＤ？　なんでまた？》

「指を切られる痛み……左手の幻肢痛だ。指の切断時に抑圧されたストレスが、ウィルとのやり取りで顕在化したらしい。ウフコックがローズの指のふりをすることで治まった」

《たいした有用性だよ。ウフコックの面目躍如だな》

「依頼者の一時的な心情を成果と思いたがる、ウフコックの甘い癖が出ただけだ。状況を変える力を発揮したわけではない」

《手厳しいな。依頼者の心象を良好に保つのは大事さ》

「あいつの本質は、あいつ自身が引き金だということだ。あの少女の手ではあいつの力は発揮できない」

《ウフコックもたまには引き金じゃなく、指になってみたいのさ。こちらの報告だけど、クライオニクス財団は動機としては真っ黒だね。ソルヴェ家の金で大規模なナノマシン開発に着手し、遺体収容規模も拡大してる。確かに二百年は安泰かも》
「シェイプシフターのほうは？」
《有力候補が一名。変形する姿から〝クラゲ〟《ゼリー・フィッシュ》と呼ばれる殺し屋で、噂じゃどこかの大物が専属で飼ってるらしい》
「クラゲ……」
ボイルドは、ふと顔を巡らせた。屋上からローズとウフコックがいる病室を見つめ、ぼそりと重い声を放った。
「もう一つ……別ルートで調べてみろ」

「あなたたちのせいで凍ってたものが溶けてぬるくなったのよ……あんな痛みを感じるくらいなら凍ってたほうが良かった」

ベッドの上のローズが零す。まだ目元が赤く腫れ、声に嗚咽《おえつ》の名残があった。その左手で、手袋姿のウフコックが笑った。

「凍傷は痛みが後から来る。回復している証拠だ」

「心まで痛いわ。ウィルがあれを……あんなふうに受け取るなんて思わなかった」

「君がどんな姿になろうと、その苦しみを共に愛したい——素晴らしい言葉と笑顔だった。

ウィルからは真実の匂いがした」

ローズの頬が震えた。ぎゅっと唇を引き結び、窓の外を見た。

「……まだ、ウィルは手続き中？」

「仮手続きを終えて、今頃こっちへ戻ってきているだろう」

ローズはベッドから出て、スリッパを履いた。

「どこへ行くんだい？」

「……電話するの。ウィルにやめてって。私は一人で眠るから。あの遺書を受け取ってくれただけで満足だから」

ぼうっとした声だった。廊下に出て、ふと左手に手を当て、

「あなたは、ここにいて。私一人で話したいから」

「指の痛みは、大丈夫かい？」

ローズは、試すように手袋を引き抜き、

「ぴりぴり電気が走ってるみたいだけど……大丈夫」

そう呟きながら、廊下のベンチの上に置いた。

「ウィルに、こちらは問題ないと伝えてくれ」

ローズは唇を固く結んだまま返事もせずに、ぺたぺたとスリッパを鳴らしてＶＩＰ用の通話自由な電話へ歩いていった。受話器を右手で取り、左肩で挟んでから右手で番号を押

した。

ふとローズが手を止めた。同時に、灰色の公衆電話の側板が、ことりと音を立てて外れた。ローズが声を上げる間もなかった。

電話の中からぬるりと飛び出した青い手がローズの口元を押さえた。ついで全身を現すや、もう一方の腕にローズを抱え、慌ててネズミの姿に戻ったウフコックの目の前で、そのまま窓を開いて外に出ると、蛸のような動きで配管をつたって姿を消したのだった。

「公衆電話の内部に潜伏していただと？」

階段を駆け下りながら、さすがのボイルドも意表を突かれた顔で訊いた。携帯電話の向こうからウフコックが、息も荒く言った。

《また匂いがしなかった。ダッシュボードより小さな空間にいながら苦痛さえ匂わないんだ。本当に人間かと思いたくなる》

ネズミの姿に戻って直接自分の体から電波を発信しながら、大急ぎで廊下を走っているのだ。

ボイルドが階段を下りた。廊下をウフコックがぜえぜえ息を吐きながら二本足で走ってくる。ボイルドが、さっと拾い上げ、

「どっちに消えた」

ウフコックが小さな手を廊下の窓のほうへ向けた。ボイルドは素早く身を翻し、一方の手で携帯電話を操作してドクターに連絡を取り、

「敵がローズを連れ去った。まだ病院内にいる可能性が高い」

《緩やかな失血死が敵の狙いなら生存の可能性は高い》

すかさずドクターもそう返してきた。

「俺が頼んだルートでの調査は？」

《続行中だ。通話記録を片っ端から調べているよ》

「この病院からの通話も加えろ。こちらは追撃に専念する」

「通話記録？」

ウフコックが訊く。だがボイルドは答えず、

「俺の銃になれ、ウフコック」

「だが……あれは強力すぎる銃だ」

「敵は煮え切っている。俺よりも遥かにな。奴は何度でも来る。撃退など無意味だ。俺にお前を委《ゆだ》ねろ、ウフコック。暗い箱の中で殺しの瞬間を待ち続ける人生に終わりを教えてやる」

なおもウフコックは悄然としていたが、やがて、

「……一撃で仕留めてくれ」

ぐにゃりと変形し、見る間に鋼鉄の塊を現していった。

「それが、武器の本質だ」

ぼそりと呟き、ボイルドの手が、鋼鉄を握りしめた。


ウィルは書類と花束を手に病室へ戻ってきた。胸につかえていたものが取れたような晴れ晴れとした気分だった。遺書を渡されたときはとうとう死を覚悟したかと衝撃を受けたが、その一節に自分が関わっていたことがウィルを昂揚させた。

その昂揚が、自分をビジネスの舞台から跳躍させ、ローズが本当にいる場所へ辿り着かせたのだと思った。ローズの遺書は、彼女が生きる意志の表れだ。ウィルはそう信じた。

それを受諾することがウィルが与えてやれる祝福であり、苦痛を肯定するというボイルドから告げられた言葉こそ啓示だった。そう、彼女を愛するということは彼女の苦痛をも愛するということだ。それは今までにない答えだった。ローズが背負う耐え難い人生を、ウィルは今こそ受け入れた。二人でそれを受け入れるのだという思いが胸の内で膨れあがった。今まで確信を持とうにも持てずにいた思いが、一気に固まった気分だった。

病室に入ると灯りはなく、ローズがベッドで寝ているのがわかった。ウィルは書類をそっと机に置き、メモ用紙にメッセージを書き込むと、花束とともにナイトスタンドのそばに置いた。

そしてローズを見た。ローズもウィルを見た。黄色い目で。

青く光る手が、毛布を跳ねのけ、ウィルの顎をつかんだ。

鼻も歯もないあの青い化け物の顔が、奇妙に静謐とした表情をたたえてウィルを覗き込み、その一方の手が、バターナイフのように刃の丸い高電磁《ハチソン》ナイフを現す。

「だめよ！　ウィルはやめて！」

突然、シャワー室から声が上がった。ウィルの視界の隅に、シャワー室のパイプにつながれたローズの姿が映った。

ウィルは慌てて懐のピストルを握ったが、信じ難い力で壁に叩きつけられ、衝撃で取り落としてしまった。

ウィルが呻いたとき、部屋の窓の外に大きな影が出現した。

窓ガラスが粉々に砕け散り、ボイルドの巨体が横殴りに飛び込んできて化け物の肩をつかみ、ウィルから引き剝がした。

ウィルは顎を押さえて壁をずり落ち――そして、見た。

息をのむほど巨大な拳銃だった。小型の戦車砲のごとき銃を右手に握りしめたボイルドが、化け物の胸に向かって引き金を引こうとしていたのだ。だが化け物の肩がゼリーのように、ぬらぬらと変形し、ボイルドの手から逃れた。ナイフを握った右手がゴムのように伸び、一瞬でボイルドの背後に回った。

刃が空を切った。ボイルドが疑似重力を発生させ、その巨体が、上方へと、急激な勢いで落下したのだ。

ボイルドはくるりと半回転し、天井で膝をついた。その背で、上着がシャツごとすうっと切れ目を走らせ、肌を覗かせた。

化け物はすかさず手足を変形させて部屋のパイプに絡みつき、蛇のように天井のボイルドに迫っている。その二人の怪物の目まぐるしい動きに、ウィルもローズも呆然として声もない。

化け物の振るうナイフをかわしざま、ボイルドが素早く壁に向かって跳んだ。そこへ化け物が、注射器械を舌で投げた。

光芒が走り、それを銃で打ち弾いたボイルドが、さらに別の壁を蹴った。ラグビーボールのように角度を変えて跳躍し、身をひねって床に着地するや、天井のパイプを猛烈な速度で這い進む化け物が、狙い澄ましたように跳びかかってきた。だがボイルドもまた、その瞬間を狙っていたように左手を突き出している。

異変が起こった。化け物が、宙で見えない手に突き飛ばされたように壁に叩きつけられ、そのまま動けなくなったのだ。

ボイルドが左手をかざしたまま、化け物へ歩み寄った。

化け物が、踏み潰されたクラゲのような姿になった。目に見えない疑似重力の壁が、化け物を押さえつけているのだ。

「お前があと五キロ重かったら、この手は使えなかった」

ボイルドが言った。ふと足を止め、さっと、のけぞった。

その喉元で、何かが鋭く空を切った。化け物の舌が、割れた窓ガラスの破片を絡め、ボイルドの喉を切ろうとしたのだった。

血がにじむ喉元を、ボイルドは、銃を握った指で撫でた。

その顔に、本人も意識せぬ凄まじい笑いが浮かんだ。

「楽しんだか」

がちりと、もの凄い音が響いた。ボイルドが拳銃の撃鉄を上げたのだ。化け物は黄色い目をかっと見開いている。

ボイルドが拳銃を構えた。同時に、化け物を押さえつける疑似重力の壁が消えている。化け物は、右へも左へも跳ばず、真っ直ぐボイルドに向かって跳びかかってきた。

ボイルドは疑似重力を銃身に集中させ、衝撃の支えとした。その太い指が、ひどく柔らかく引き金を引いた。爆弾の炸裂のごとき轟音と閃光が、化け物の体を魔法のように消し飛ばした。

銃弾を受けた壁に亀裂が走り、千切れ飛んだ化け物の手足が一瞬遅れて床に転がった。

ウィルもローズもその銃声に耳をつんざかれたようになっている。ボイルドの疑似重力が銃身を覆っていなければ、鼓膜を破られていたかもしれない。

「なんて銃だ……」

ウィルが呆然と呟いた。ボイルドは、かすかに唇を吊り上げ、

「六四口径――俺だけの、オンリーワンだ」

それから、シャワー室のローズへ歩み寄った。

ローズは猿ぐつわを必死にふりほどいたらしく、口元が赤くなり、噛みきろうとした跡の付いた布が首から垂れていた。

「あのクラゲのように……欲しがっているものを、与えられたいか？」

ボイルドが声を低めて尋ねる。もののついでに助けてやろうとでも言うように。だがローズは、青い目に蔑《さげす》むような冷淡な光を込めて巨大な銃を見つめ、言った。

「私が欲しいものと違うわ。私は眠ることで正しい姿になりたいだけ。跡形もなくなりたいわけじゃないの。あなたの天秤には何もなさそう」

ボイルドは、小さくうなずいた。かと思うと、

「終わったか？　ボイルド？」

銃から、ウフコックの声が上がった。

「約束通り、一撃だ」

ボイルドは急に全てに興味を失ったように返した。すると銃がぐにゃりと形を失い、代わってウフコックが現れ、

「ああ、ローズ。無事で良かった。俺のミスだ。許してくれ」

申し訳なさそうに詫びる様子に、ローズは優しく微笑した。

「どうしてこの部屋だとわかったの？」

「敵の嗅跡を追ううちにプランを実行しようとする匂いがして、直感でウィルも殺す気だと判断したんだ。この部屋は、俺たちの目をくらまし、ウィルを待ち伏せするのに絶好の場所だ」

ボイルドがローズのいましめを解いた。ローズが左手を差し伸べると、ウフコックはその掌に飛び降り、手袋に変身した。

ローズはそのまま真っ直ぐウィルに歩み寄り、膝をついた。

「ローズ……痛かったろう」

ウィルが赤くなったローズの口元を撫でる。

「あなたのせいで痛み出した指ほどじゃないわ」

ローズは目を細めてウィルを見つめた。二人の目が無言で会話した。やがて静かに頬を寄せ、導かれるように口づけ合った。

部屋の外で人が集まる気配がしたが、銃声を恐れて誰も入ってこなかった。ふいに携帯

電話の呼び出し音が鳴った。ローズとウィルが身を離し、音のほうを見た。ボイルドは二人の視線に押しのけられるように背を向け、懐の携帯電話を取り出した。

ローズが立ち上がり、ベッドサイドの花束を手に取った。

「……素敵な薔薇。ありがとう、ウィル」

赤い花束を抱え、メモ用紙に書かれたメッセージを見た。

〝二人の未来へ――ウィル〟

口元に微笑を残したまま、ローズの目から何かが消えた。

ウィルが歩み寄り、優しくローズの肩を抱いた。

その瞬間、ボイルドが振り向き、叫んだ。

「ローズを拘束しろ、ウフコック」

ローズは、左手に花束を抱えたまま、すっと膝を屈めた。ウィルは訳がわからず、咄嗟《とっさ》にローズの傍らにしゃがみ込んだ。

「まさか――よせ、ローズ！」

ウフコックが叫んだとき、ウィルの首筋へローズが手にしたものを振るった。真っ赤なものが宙を舞った。赤い花弁――化け物の高電磁《ハチソン》ナイフが花束を灼き切り、そしてウィルの首元で、ローズの右手の刃を、左手が、つかみとめていた。

「ローズ……」

ウィルが力なく呼んだ。かちりと固い音が響いた。ボイルドが、ウィルの落としたピストルを構え、撃鉄を上げたのだった。

「待て、撃つな、ボイルド！」

火花を散らして刃を止める左手――ウフコックが叫ぶ。

ウィルはのろのろと目を動かし、ボイルドがローズを狙う様に愕然となった。そして目をローズに戻し――言葉を失った。

「あなたが私の隣りで眠ってくれる最後のチャンスだったのに」

ウィルが見たこともない冷然とした顔でローズは囁き、

「……わかったの？」

銃を向けるボイルドに訊いた。ボイルドが、ぼそりと言った。

「シェイプシフターの正体と、殺害の依頼者が判明した」

ウィルが息をのんだ。ウフコックは懸命に刃を止めている。

「通称〝クラゲ《ゼリー・フィッシュ》〟――本名カーシャ・ソルヴェ。ソルヴェ社前CEOの妻だ。ローズと同じ凍結症患者で、手足を切除する過程で殺人衝動が顕著になった――そうだな」

「そう……彼女が私の病気の因《もと》……私の未来そのもの。お祖父様は最後まで彼女が欲しがるものを与え続けていたわ」

ローズが言う。ウィルは凍りついたまま動けない。ナイフの刃が火花を噴きつつ手袋の指を――ウフコックを切断してゆく。ボイルドの声が重く響いた。

「ドクターが前ＣＥＯの通話記録を洗い、殺し屋の連絡窓口をつかんだ。ソルヴェ一族の殺害依頼者は前ＣＥＯとローズだ」

「なぜ……」

息を荒らげ、苦痛に耐えるように顔を歪めるウィルに、

「殺したんじゃないの……正しい姿にしただけよ、ウィル。家族みんな、とっくに凍りついてたもの。お祖父様は死ぬ前にもう一度、家族を一つにしようと決めたの。そして私が、お祖父様の遺志を継いで、狂ったお祖母様にみんなの居場所を教えたわ」

そうしてローズはひどく優しく微笑み、

「私で最後よ、ウィル。これが私のお終い」

その瞬間、全ての指が切断された。ウフコックの叫びが乾いた銃声にかき消された。ボイルドの放った弾丸がローズの握る刃を撃った。刃に亀裂が走り、火花を散らして砕けた。拍子にローズの手が振りかぶられた。刃を握ったままだった。そしてローズはもう、ウィルを狙ってはいなかった。

ウィルがローズにとびつき、ウフコックが新たな指を生やして止めようとした。だがそれよりも早くローズは、砕けた刃でひょいと自分の首筋を切った。バイバイと手を振るよ

うに。

血潮が迸《ほとばし》った。部屋が真っ赤に煙り、ローズの血がウィルの頭から胸までを赤く染めた。ウフコックが姿を現し、包帯に変身《ターン》してローズの首に巻き付いた。

「さようなら、ウィル……本当の未来へ行くわ」

全てが赤く生命の色に染まるなか、自分を抱き上げるウィルの頬にそっと触れながら、ローズは掠《かす》れ声で最後の遺言を告げた。

「ベッドにつれていって……正しい姿で目覚められるように」

その手がだらんと垂れ下がった。ローズは目を閉じた。

ボイルドが呼んだ医者が部屋に飛び込んできたが、できることは何もなかった。ウィルはまだローズを抱いていた。

ウフコックがほどけて床に転がり、ローズの血の海の中で、ぐにゃりと金色の毛並みをあらわにした。そのウフコックをボイルドが抱き上げた。ウフコックは震えながらボイルドの胸に体を押しつけ、すすり泣いた。その赤い雫《しずく》に濡れた小さな背を、ボイルドの太い指が、そっと撫でた。

《どうした！　どうなった、ボイルド！》

携帯電話の向こうでわめくドクターに、ボイルドが告げた。

「彼女は選択した。止められなかった」

ドクターが沈黙した。代わりにウィルの叫びが上がった。医者がローズの死を宣告し、ウィルの口から呪詛が溢れ出た。

だがそのウィルもやがて沈黙した。のろのろと上着から手袋を取り出すと、それをローズの左手にはめてやった。

ウィルは赤く染まったローズを抱いて立ち上がった。

その手で、マイナス二百度のベッドに寝かせるために。


「ローズの親族の素行を調べてみたけど、ひどいもんだ。ほぼ全員が何らかの依存症で、互いに憎しみ合ってる状態だった」

ドクターがぼんやりと、巨大なコンクリートで出来た施設を見上げて言った。ハイテク魔法瓶の貯蔵施設——クライオニクス財団の冷凍遺体保存所だった。ボイルドは無言で立ち、その肩でウフコックが睨むように財団のロゴを見つめている。

「マイナス二百度の家族愛か……もし目覚めたときはほかに知り合いが誰もいないんだ。お互い仲良くなろうって気になるかもね」

「幻だ……。死を背負う者が死をばらまいた……それだけだ」

ボイルドの無感情な返答に、ドクターが長々と溜息をついた。

「なぜ、彼女が怪しいと思ったんだい？」

「最初の襲撃のとき、彼女は殺し屋をクラゲと呼んだ。だが、俺はやつに銃弾を撃ち込むまでクラゲには見えなかった。彼女はあの時点で殺し屋の異名を知っていた。それに……彼女は自分を眠らせて欲しがっていた」

「科学が……眠り姫を目覚めさせることを祈るべきか悩むよ。人間感情と科学がもたらす強迫観念は結合の一途を辿ってる。万能となれ、矛盾をなくせ、幸福は完全なかたちでやってくる。そのために対象を操作し尽くせば、人も物も本質を失うのに」

「だからこそ我々は矛盾と一体化し、社会に身を投じた」

ウフコックは、しかめつらで大粒の涙を浮かべながら言った。

「たとえ何度敗れても。それが有用性の証明になると信じて」

「ウィルは……自分が死んだらローズの隣りで眠る気かな？」

「そういう強い意志の匂いがする。だが彼は生きている。いつか葬られる場所を変える気になっても誰も責められはしない」

「ウフコックは……彼女が本当に目覚めると思うか？」

ウフコックは尖った鼻をじっと宙に向け、目を閉じた。

「もう彼女の魂の匂いはしない……確かなのはそれだけだ」

やがてローズを眠らせたウィルが建物から出てきた。一度だけ建物を振り返り、ウフコックたちと合流した。事後処理に遺言の管理――ウィルの仕事は沢山あった。ウィルが再び振り返りたくなるかどうか、ウィル自身にもウフコックにもわからなかった。

資金洗浄疑惑のある賭博師の傍らには、ひとりの少女がいた。
伝説の闘いへとつながる、ウフコックとバロットの邂逅

Preface of マルドゥック・スクランブル

初出：Newtype Library 冲方丁（角川書店）2010 年 12 月

1

大勢の欲望の匂いが渦を巻く中で、少女は〝無〟になりたがっているようだった。あらゆる感情を持たない一個の物体に。永遠にその場に立ち続ける人形にでもなってしまおうとするような心の沈黙が、少女の体の鼓動すら止めてしまいそうに思えた。

そのせいでウフコックは、ひどい恐怖を感じた。

といっても死の匂いは——肉体が死んだときの匂いそのものは——ウフコックにとって恐怖ではなく悲しみの対象だった。むしろ、生きながら心だけ死んでゆくような者の匂いに恐怖を感じるのだ。生命を放棄しようとする者に特有の匂いが、そばにいる人間にも影響を及ぼし、知らず知らずのうちに少しずつ生きる意志を失わせるような気がして。

それは周囲にいる者すべてを——巧みに変身《ターン》して男と少女に気づかれずに近づいたウフコックをも——死の呪縛の道連れにしたがっているようだった。自殺願望を抱かせるとか、人を破滅的にさせるといったことではなく、たとえば力の限り生きねばならない肝心な瞬間に、何もかも諦めて楽になろうとする気持ちを芽生えさせてしまうたぐいの呪縛だ。

とはいえ少女は生き延びることに必死になっているようには見えなかった。むしろ大切に扱われていると思わせるような姿をしていた。高価な衣類やアクセサリーや化粧品で飾られ、幾つもの宝石を手にして佇《たたず》んでいるのだ。宝石は手を飾るためではなく、ただ持っていた。ブルーダイヤをあしらった同じデザインの指輪たち――それをショーの間中ずっと大事に手の上に置いておくことが彼女のもっぱらの仕事だった。

指輪の持ち主である男は、劇場のようなゲーム・フロアの一角でブラックジャック・テーブルの椅子《シューズ》の一つに座って、他のプレーヤーたちとチップの額を競い合っている。

周囲では何十人もの観客が群がるようにして、カジノと大口《ハイ・ローラー》のプレーヤーたちの勝負《ディール》に興奮していた。勝負の様子は各フロアのモニターで中継され、ブースで飲み物を手にひとやすみしている他の客たちの目にもふれる仕組みになっている。

それが男の商売《ビジネス》だった。ゲームで稼ぐ賭博師《ビジョン》ではなく、それを管理することが。男はこの店の――『エッグノッグ・ブルー・カジノ・リゾート』の――オーナーであると同時に、ショー・ギャンブラーでもあった。客寄せのためにゲームの大会を催し、最後の決戦ではオーナー自ら勝負に参加するのだ。オーナーが自分のカジノを守るためにゲームをしている、と思うことで観客はますますゲームへの興味を植えつけられる。自分にもカジノを倒し、一攫千金を手にするチャンスがあるのではないか、という幻想を抱かされるからだ。カジノにとって、大口のプレーヤー《ハイ・ローラー》たちが単に、じゃんじゃん高額の賭け《ディール》を行うだけでは確実な収益にはならない。そうした〝超高額の賭け〟をショーとして見せることで大勢の一般客の欲望を煽り、ゲームに参加させて莫大な金額を吸い上げるのだ。

オーナーである男以外にも三人のプレーヤーが席にいて、ディーラーが配るカードの一枚一枚に集中している。テーブルから少し離れたところで少女が彼らの様子を見つめているが、目はほとんど何も見ていなかった。乱気流の中のエアポケットのように彼女の心は空白だった。あるのは〝無〟の匂いだけで、確信や手掛かりがつかめるとは思えなかった。

観客の中に紛れ込んだドクター・イースターも、ウフコックと同じように男と少女をマークしていたが、今後のプランの参考になるようなものは何もつかめていないようだ。それどころかドクターまでもが退屈しのぎにゲームのほうに集中している匂いがかすかに届いてくる始末だった。

ウフコックもドクターも、少女のことはまだろくに知らなかった。ターゲットはオーナーである男だからだ。その情報を持ってきたのはビクター・ネヴィル上級地方検事補だった。彼は、まだ成立してもいない事件をウフコックとドクターに担当させたがっていた。

「シェル＝セプティノス。若手のカジノ経営者であり、腕利《プロフェッショナル》きの資金洗浄《マネーロンダリング》係だ。少なくとも私と部下たちは、彼の悪事《ビジネス》を確信している」

ネヴィル検事補は言った。

マルドゥック市《シティ》のミッドタウンにあるセンター・ストリートのオフィスでのことだ。オフィスは、ドクターが応接用にあつらえた部屋だ。瀟洒《しょうしゃ》なビジネスビルの十二階にあり、登録データからは持ち主がわからないようになっている。

本当のオフィスはウェストサイドの隠れ処《シェル》にあって、住居も兼ねていた。市が競売に出した元死体安置所《モルグ》の建物を買い取ったのだ。誰もそんな場所に０９《オー・ナイン》法案の事件担当官が住んでいるとは思わないだろう。その昔、オフィスの住所を公開していた頃、敵対した相手から重大なハッキング攻撃を受けて壊滅状態になったことがあった。隠れ処は、そうした攻撃を未然に防ぐためであり、何より、保護した証人の安全を守るためのものでもある。

「前回も、似たようなことを言われたけどね、ネヴィル検事補」ドクターが肩をすくめて言った。「でも結局、保護すべき証人は僕らの手を離れてしまった」

ネヴィル検事補は悪びれもせずあっさりうなずいた。

「あと一歩だった。国税局の働きアリどもが群がって来さえしなければ、今もあれは我々の事件だったんだ」

「あなたが保護証人を別の組織に渡してしまったんだよ」ドクターは呆れ顔になった。「僕らは連絡すらもらえなかった。お陰で、突然消えた保護証人を、急いで探し出すはめになったんだ」

「すまないと思っているよ、イースター。急に事態が変わってね。それで迅速な対応を迫られたんだ。私ではなく、私の部下がね。それにしても国税局が保護証人を確保したことを、よく数時間でつかんだな。ウフコック＝ペンティーノ氏の仕事かね？」

「まあね」

ドクターは笑みをふくんで返した。ネヴィル検事補が〝謎の事件担当官〟に興味津々であることはわかっているのだ。

「保護証人にぴったりくっついているのが彼の仕事だから」

「今回の件も彼に頼めるかね？」

「事件が成立しさえすればね。僕らはいつでもチームで動く」

「私も、彼と連絡は取れるかね？」

ドクターは、携帯電話を取り出してみせた。

「必要とあらば、いつでも彼と話すことはできるさ。ただし彼の存在は、あなたにとっても正体不明《アンノウン》であるべきだ」

「もちろんだ。彼の安全のためにもね」

そう言ってネヴィル検事補は微笑んだが、いつか正体をつかんで利用するつもりでいることは明らかだった。どこにでも潜伏し、驚くべき情報をつかむウフコック＝ペンティーノと呼ばれる謎の人物の正体を。

ウフコックはこれまでにも何度かネヴィル検事補と話したことがあった。逆探知不能の携帯電話を通してそうしたのだ。ネヴィル検事補が部下たちに通信を逆探知させていることはわかっていた。データ上では電波はどこからも届いていなかった。通信記録すらみつけられなかったのだ。そのため彼らはそろって、ウフコックが超一級の電子戦のプロであると思い込んでしまった。誰も、ボスが耳に当てている携帯電話そのものが変身《ターン》したウフコックであると見抜くことはできなかった。

「この事件は上手くいけば非常に大きなものになる。よく考えてみてくれ」

ネヴィル検事補は立ち上がった。そして人なつこそうな笑みを浮かべてドクターにウィンクしてみせながら、こう付け加えた。

「やつはオクトーバー社ともつながっている。ぜひ一緒にケーキを焼こう」

「いつだって、パーティ《ケーキ》へのお誘いに感謝しているさ、ネヴィル検事補」

ドクターも負けずに愛嬌をたっぷり込めて微笑み返し、立ち上がってドアを開けてやりながら言った。

「しかも、カジノのショー《ケーキ》とはね。僕らも最新の事件《ホット・ケース》には飢えているんだ。やり手のショー・ギャンブラー《ピース・オブ・ケーキ》というのは、いかにも美味そうな魅力的な商品《ホット・ケーキ》に見えるよ」

「君たちには朝飯前の仕事さ。まあファイルを見てくれ。君なら気に入るはずだ。他に必要なファイルがあればすぐに渡す。やつに気づかれないまま近づく《タッチ・アップ》ことは可能だな？」

「まあね。事件性があるかどうか判断するためにも、そうする必要があるだろうね」

「私とも、連絡を密に《キープ・イン・タッチ》するようお願いするよ」

若い検事補はまた一つウィンクしてオフィスから出て行った。ドクターはドアを閉め、デスクに戻ってモニターを覗き込んだ。部屋の内外での不審な電波や機械の作動は検出されなかった。ネヴィル検事補が盗聴器や集音装置を配置していないことを確かめてから応接用のソファに座り、携帯電話をテーブルの上に置いた。

「どう思う、ウフコック？」

「あの検事補は、我々以上に事件に飢えている」

携帯電話が声を放った。ついで、ぐにゃりと変身《ターン》し、一瞬で金色のネズミがテーブルの上に現れ、ちょこんと腰を下ろして言った。

「嘘の匂いはしなかった。大がかりな法的闘争への強い期待を抱いている。ただし、彼の態度がどう変わるかはわからない」

ドクターはうなずいた。

「何しろ〝ムーンフェイス〟ネヴィル検事補だ。状況に合わせて、いくらでもころころ態度を変える、月のような《ムーンフェイス》人物さ。頭が切れすぎるほど切れるんだ。とはいえ、月の軌道計算が可能であるのと同じように、彼も基本に忠実だ。〝金と女を追え〟ってね。まあ、前回はそれで空振りに終わったわけだけど」

ウフコックはうなずいた。その事件もネヴィル検事補が持ち込んだものだった。エアカー用の高架道路建設にまつわる利権について、内部告発者を守るというのが事件の構図だった。だが結局、内部告発者は、職を失ったり命を狙われたりするプレッシャーに耐えられなかった。それで告発者ではなく、密告者になることを選んだのだ。国税局は、裁判で証人を召喚するということを好まない、ゆいいつの機関だ。

保護証人となるべきだった人物は国税局のスパイとして、告発すべきだったビジネスにいまだに従っている。おそらく今後ずっと、何も変わらないままだろう。

事件は中途半端のまま消滅し、ネヴィル検事補は証人を譲る代わりに、国税局から何らかの情報提供を得た。おそらくこうして新たな事件をドクターに手渡すに足るだけの情報を。だが、ドクターとウフコックは何も得ることができず、有用性の証明どころか、徒労感を押しやるのにひと苦労させられたものだった。

「とはいえ、俺は何の武器にも変身《ターン》せずに済んだ。それは幸運だ。誰も傷つかなかった」

ウフコックは真面目に言った。自分に言い聞かせているようでもあった。

「でも僕やネヴィル検事補にとっては、せっかく出塁したのに、後続のバッターが空振り続きの気分さ。それにネヴィル検事補は諦めちゃいない。彼にとって資金洗浄《マネーロンダリング》事件は、大の得意技だ。彼自身、金が大好きだしね。そのラインに沿って、何としてもホームベースに滑り込み、検事局での出世の足がかりにしたいんだ。たとえ誰かに犠牲フライを打たせてでも」

「彼からは、俺やドクターを犠牲にしようとしているような匂いはしなかった」

「そりゃ彼にとって僕ら0 9《オー・ナイン》法案のメンバーは、高給取りの一軍選手だもの。そうそう使い捨てにはできないはずさ」

「では誰を犠牲にすると？」

「検事局でこっそり聞いた話じゃ、ネヴィル検事補は、どこかの誰かを囮《おとり》捜査に使いたがってるんだって。あるいは潜入捜査に。でも軌道に乗りそうにないみたい」

「よほど強引な手を使わない限り無理だろう」

　ウフコックが言った。いまどき危険な捜査に志願する一般人などいない。裏稼業を知る者ならなおさら、その悲惨さを知り尽くしている。罪を許してもらう代わりに、より大きな罪を犯させられるからだ。そのせいでますます八方塞がりになる。

「犬《スパイ》とわかればギャングの標的にされるしね。死刑執行の書類に自分からサインするようなもんだ。しかし、あの検事補だったら部下に命令させて無理にでも誰かを巻き込みかねないな。本人はシロでも、身内に犯罪を犯した誰かがいれば、その罪を取引材料にするとかしてね」

　ドクターはネヴィル検事補が置いていったファイルをぱらぱらめくりながら言った。ふとその手が止まり、

「金と女……か。こりゃまた、何の冗談だ？」

プリントアウトされた写真の一覧をつまみ上げた。ウフコックがテーブルの上を歩き、しげしげと見上げた。一枚の紙に、六人の異なる顔写真が並べてコピーされていた。

みんな若い少女だった。まるで〝行方不明者〟リストのポスターだった。忽然と消えた子供たちを探すため、保護者の要請で、福祉局が作成するようなたぐいのポスターだ。

「自殺、自殺、行方不明、自殺、行方不明、自殺——みんな十七歳以下だぞ？」

ドクターが顔写真の下に記された言葉を一つずつ読み上げた。完全に呆気に取られているようだった。

「このターゲットの男のしわざか？」

ウフコックが、ファイルの一番最初の紙をちっちゃな手でめくりながら訊いた。

「普通はそう思うさ。六人だって？　なんてこった。今まで誰一人として、この事態に事件性を感じなかったのか？」

「全て自殺や失踪として処理されている。しかも男の調書記録がない……いや、なんだこれ。記憶喪失……？」

今度はドクターが、ウフコックが引っ張り出した紙を覗き込んだ。

「こりゃ、驚いたな……A10《エー・テン》手術の後遺症だ。記憶障害のせいで罪に問われてないってのか。見ろよこのファイル、市警の資料室のプリントつきだ。過去の未解決事件《コールド・ケース》から事件を引っ張ってきてるんだ。ネヴィル検事補のやつ、これを最新の事件《ホット・ケース》に焼き直すつもりだぞ」

「そこまで事件に飢えているのか？　これでは、過去のできごとをネタにして事件をでっちあげている可能性だってあるぞ」

ウフコックがファイルについたかすかなネヴィル検事補の匂いを嗅ぎながら言った。

ドクターが唸った。

「検事局じゃ出世レースの真っ最中だ。強引な手を使ってでもリードしたいんだよ。何しろ、次期局長の最有力候補だった若手検事補が、グランタワーで毒を浴びせられて死んだんだから。誰もがチャンスだと思ってるのさ……」

そこでふいにドクターの顔色が変わった。ファイルをばらばらにしてテーブルに並べ、腕組みして眺めた。それから、合点したように大きくうなずいた。

「カジノの資金洗浄《マネーロンダリング》についてのファイルがない。必要なファイルがあれば渡すと彼は言ってた。きっと、ここにはない、事件を成立させられるだけのネタをつかんでるんだ」

「ふむ……」

ウフコックは考え込みながらテーブルに座った。ドクターはすでに乗り気になっているようだった。ファイルを再びまとめながら、浮き浮きとした調子で訊いてきた。

「どうする、ウフコック。ここは一つ、ケーキを焼いてみるかい？」

ウフコックは赤い目で、じっと男の顔写真を見つめ、言った。

「本当にターゲットにすべきかどうか、嗅ぎわけてからだ」

2

そのために一ヶ月ほど時間がかかった。まずは男の背景を調べ上げる必要があったし、ドクターやウフコックも、ネヴィル検事補も、他に解決すべき事件を幾つも担当していた。

男の背景は、広範囲にわたる資金洗浄《マネーロンダリング》の実在を示していた。出世欲にかられた若手の検事補がでっち上げた幻想ではなかったのだ。カジノのプール金は、企業の隠れ蓑《みの》的な資産運用だった。だが資金調達の仕組みを完全に解明することはネヴィル検事補にもできていなかった。そのためには、囮捜査の志願者をネヴィル検事補が手に入れるか、ドクターやウフコックが保護証人を確保するしかなかった。

結局、男を最有力ターゲットとする決め手となったのは、ウフコックの嗅覚《はな》だった。あらゆる手段の中で、最も男に接近できるものを選んで実行したのだ。

そうするとウフコックが決めたのは、ある変化が起こったからだった。

男が、新しい少女を手に入れたのだ。

「七人目だ」

ドクターは興奮してそう断言した。

「過去のパターンにぴったり一致する。わざわざ福祉局や市警に賄賂をつかませて、補導された家出娘の保護手続きをするか、逮捕された未成年娼婦《ティーン・ハロット》の保釈手続きをするんだ。そして何ケ月か後には、少女は自殺するか失踪する。もしこの青ヒゲ野郎の犯罪傾向が加速しているんだったら、この新しい子が、数週間か数日で犠牲者のリストに加わる可能性だってあるぞ」

「問題は、少女がやつの資金洗浄《マネーロンダリング》に関係があるかどうかだ、ドクター。これまで少女たちが男の犯罪を手伝うことを承諾し、そのせいで死にいたっている可能性もある」

「少女が望んで共犯者になってるかどうか、見抜くには時間がかかるよ。その間に、少女が殺されるかもしれない。どうする？　もし少女が共犯で、しかも生命の危機にさらされているんだったら、僕らが確保すべき保護証人としては最高の相手だぞ」

ウフコックはうなずいた。

「俺が行こう」

最初はグラスに変身《ターン》した。カジノのドリンク・ブースでのことだ。ドクターが席を立ってしばらくして、グラスの姿のまま厨房に運ばれた。そこで人目につかぬよう、素早く、もっと高価なグラスに変身《ターン》し、ＶＩＰルームに運ばれていった。それからカジノのチップや、幾つかの装飾品になって、人の手から手へと渡り、多くの人間の匂いを嗅ぎとった。ネズミは体臭で相手の感情を読み取る。その心を。特殊な嗅覚を使い、どの人間がどういった立場にいるかを読み取り、特定の人間に狙いをつけるのだ。そしてその人間が次に手にしようとしているものに、迅速に変身《ターン》して拾わせる。

それがウフコックの潜入捜査だった。検事局のどんな人員にも真似のできない潜入だ。ターゲットに近づくのに丸一日かけた。グラスになり、ペンになり、腕時計になり、シャンパンのコルクになった。ディーラーたちが手入れするための爪やすりや、甘皮ばさみにもなった。このときは全部で二十六種類の道具に変身《ターン》し、男に近づいた。カジノの経営者、シェル＝セプティノスに。そのそばにぴったりくっつき続け、さらに男にとって、最も心を許せる道具になることを決めた。

ただの道具ではない。相手の最も自然で、警戒のない感情の匂いを嗅ぐことのできる道具だ。人間は、同じ人間やペットといった生きている相手にだけそうした感情を発するわけではない。多くの道具に対しても、心を開くのだ。

そうした道具になることで、あたかもその人間と深く話し合うかのように、感情の匂いを詳細に嗅ぎわけることができた。ときには本当に、相手が話しかけてくることもある。もちろん返事は求めていない。日記に自分だけの言葉をつづるように、こっそりと、ひそかな独白を道具に対してささやきかけるのだ。思い出の品や、たまたま手に入った高価な物に向かって。ときには心を閉ざした犯罪者ですら、特定の道具に対しては無防備になる。

何に変身《ターン》すればいいかは、過去の調査で見当がついていた。問題は、相手が見抜く可能性があるということだ。変身《ターン》したウフコックであるということではなく、模造品であるかどうかを。あるいは、いつの間にか一つ多くなっているということを。

男は見抜くだろうか？　短い間であれば大丈夫だろう。だが長くそばにいれば必ず見抜かれるという確信があった。男は用心深い性格で、賭博師《ピジョン》としての目も確かだった。

それで、チャンスは一回だけ──その一日だけ、と決めた。それ以上はごまかせない。今は男にどんな違和感も与えるべきではなかった。その後で事件を担当したとき、男が厳重に警戒して攻略不能になってしまうのはまずいからだ。

どのみち何日も相手に近づき続けて証拠を収集する必要はなかった。どうせ法務局《ブロイラーハウス》が認めないからだ。道具に化けて人に近づくネズミの証言など、この都市《まち》では誰も求めてはいない。それがウフコックの潜入の限界だった。ネズミは証人になれず、あくまで都市を放浪する傍観者でいるしかないのだ。

その現実はしばしばウフコックの心を傷つけたし、その傷は、保護証人の生命を守り通すことでしか癒されなかった。たとえ法務局《ブロイラーハウス》が認めなかったとしても、多くの保護証人は、ウフコックにも人格があるということを認めてくれる。有用性のある、価値ある人格の持ち主であるのだということを。

だがその少女に限っては、ウフコックの存在と有用性の証人になってもらうのは難しそうだった。

少女は何も求めていなかった。自分の命にすら、大した価値を感じていないのだ。それは危険なことだった。自分の命に価値を見いだせない者ほど、他人の価値を否定するからだ。自分自身の焦げ付きに従って、幾らでも他人を犠牲にしてしまいかねない。あるいは、そういった者たちの中には、小動物を格好の獲物とみなすやからだっているのだ。この都市で動物虐待はほとんどの場合、罪ですらなかった。この少女も、もしかすると、ただいっとき気分が良くなるというだけの理由で、動物をこづき回して悲鳴を上げさせようとするかもしれない。

特にネズミを。

そう思うとウフコックは暗澹《あんたん》たる気持ちになった。自分から望みを絶とうとするような少女の匂いに、ウフコックのほうが悲鳴を上げたくなっていた。

逆に、ターゲットである男からは何も嗅ぎとれなかった。特殊な脳手術と、その後遺症のせいで、本当に記憶がなくなっているのだ。感情の残滓《ざんし》すら嗅ぐことができない。どんな罪の匂いも、この男からは綺麗に洗浄されてしまうだろう。実に厄介な相手だった。

この男が、少女に危害を加える可能性があるかどうかもわからなかった。こんな無味無臭の心からは何もつかめない。むしろ少女の心のほうが危険に思われた。どう考えてもこの少女は、保護証人としては不適切なのだ。そのときの気分で、自分から事件をひっくり返してしまいかねない。その行為が少女自身を危険にさらすことになると言っても、理解すらしてくれない可能性があった。

果たして、どんな事件の成立がありうるのだろうか、とウフコックは今や希望の持てない心で思った。彼女を保護することで逆に事件が悲惨なものになる場合だってあるのだ。

昔、ある青年を保護したときの記憶が、ウフコックにそうした悲惨な結末を予感させた。

その青年は、ほとんど保護証人になることを決めておきながら、最後の最後で、自分を虐待する者の命令に従った。自分を傷つける者に、完全に支配されていたのだ。

そして、ウフコックやドクターが最も信頼していた人物を撃ってしまった。青年を守ろうとしていた人物を。

ウフコックは、そのときのことを思い出してひどく悲しくなり、ますますこの事件の成立は困難だという思いに襲われた。

穏健な福祉に任せるべきだろうか、という考えがちらりとよぎった。だが、それで終わりにはならない。未成年者保護法違反を訴えて男の手から少女を引き離したとしても、少女のほうから男のもとに戻るだろう。男だけが自分を守ってくれると信じて。

あるいは男だって、その程度の罪なら幾らでも揉み消せるかもしれない。

それとも、けちのついた少女を手放すだろうか。そうなれば少女は庇護者を失い、再び何も持たない者としてストリートに放り出される。多くの家を持たない子供たちのように。そうしたことになって欲しくはなかった。少女の幸運を祈るしかない結末になるなんて。ウフコック自身が我が身に願うのと同じ幸運を。

せめて少女自身が、正しく自分を守ることを決意してくれれば、事件の成り立たせようはあるのだ。しかし、いったいどうすれば少女の心を変えられるのかわからなかった。

いつの間にかターゲットのシェル＝セプティノスではなく、少女の心にばかり気を取られているうちに、ショーはクライマックスを迎えていた。

結末は完全にウフコックの予想した通りだった。オーナーであるシェルが最も勝ち、残り三人のプレーヤーは手持ちのチップをほとんど使い尽くしてしまった。

テーブルの一角には、これみよがしに店が誇る巨額のチップが――十数個もの百万ドルチップが――並んでいるが、誰の手も届かなかった。もう少しで届くという瞬間もあるにはあったが、それも結局はシェルとカジノが用意した幻想に過ぎない。

何より、シェルを除く三人のプレーヤーのうち、一人はシェルとぐるなのだ。馬鹿な賭け方をわざと行うことで、残り二人のプレーヤーの正常な判断を狂わせるのが彼の仕事だった。

ゲームを生き残ったシェルが立ち上がると、周囲から拍手が起こった。欲望の匂いがいっそう強くウフコックの嗅覚を刺激し、辟易《へきえき》させた。

そのとき、いきなりそれが現れた。

強烈な匂い——二種類の匂いが。

一つはシェルだった。計画された勝利を味わおうとする貪欲さの匂いよりも強く、突如として底知れない暗闇が口を開いたように発されたのだ。

狂気の匂いが。

ウフコックは鋭くそれを嗅ぎとった。罪の匂いを。記憶が消えても、消されず残っていたものだった。男にさらなる罪を犯させるであろう、途方もない心の空虚さ。

男は空っぽだった。記憶がないという以上に、空っぽの心を埋め合わせるものをいつでも求めていた。それは少女の〝無〟の匂いよりもはるかに危険で、底知れなかった。

この男は、必ず少女に危害を加える——ウフコックの中ではっきりとその確信が芽生えた。この男は危険だ。これまでに何度も人を殺している。ドクターが口にした通りに。青ヒゲ野郎。六人の消えた少女たち。犯人はまぎれもなく、彼女たちを保護したこの男だ。

そしてもう一つの匂いが、ウフコックに確信以上のものをもたらした。事件がどうなるかというのではなく、ウフコック自身が、どうしたら良いのかという決心を起こさせられたのだ。

少女の匂いによって。

いや、その前に声があった。

「……なんで、私なの？」

ほとんど声にもならない、吐息のようなささやきだった。

少女のその声は、観客の拍手と歓声にすっかりかき消されてしまっていた。ウフコックだけがそれを聞き取った。少女は、男に向かってだけその問いを発しているのではなかった。全世界に向かって問いかけていた。あるいは少女自身に向かって。

その答えのないささやきとともに、ウフコックは確かに、少女の生命の匂いを嗅いでいた。その匂いはウフコックがこのとき抱いていた考えを残らずひっくり返してしまった。

この少女は生きようとしている。

死んでゆく自分に、何とかして耐えようとしているのだ。

〝無〟になろうとしているのではない。〝無〟で自分を覆っていた。失われる一方の生命を守るために。あるいは、傷ついてばかりの自分の魂を守るために。それ以外に自分を守るすべはなかった。そういう状態に置かれるというのはこの上なく悲惨なことだ。しかし彼女の行為そのものは正当だった。自分を正しく守っているのだ。すでに。たった一人で。

それは素晴らしいことだった。ウフコックは何かとてつもない輝きにふれた思いを味わった。人間の魂の匂いを、久々に嗅いだ気がした。

それだけで十分だった。ウフコックだけが少女のささやきを聞き、秘められた心を嗅ぎ取った。まさにそれで十分なのだ。事件の始まりを告げるものとしては。

シェルがテーブルに背を向けて少女がいる場所へ近づいてきた。ショーが終わり、一度きりの潜入も終わった。

シェルが少女の頬を撫で、その名を口にした。同時にウフコックも、少女の名を心の中で呟いていた。

ルーン＝バロット。

俺は彼女を守るために俺を使ってもらうだろうという思いが、そのほんの一瞬で、揺るがぬものとなった。

それが少女の事件の——あるいはウフコックの事件の始まりとなった。

3

囮捜査についてぴんときたのは、少女とシェルが専用の控え室に——広々としたオーナーズ・ルームに——入ったときだった。

ネヴィル検事補が、捜査のために一般人を志願させようとしているという情報と、少女の存在がぴったり重なったのだ。それは確かなことに思われた。おそらくネヴィル検事補は、シェル＝セプティノスが新しい少女を手に入れようとするとにらんでいた。それで、適当な少女をみつくろい、シェルのもとに送り込みたがっていたのだろう。

未成年の少女を。本来なら許されていない危険な囮捜査——だが検事局では、禁じられた捜査手法が一時的に許可される場合があった。０９《オー・ナイン》法案が、禁じられた科学技術の使用を許可するように。

だがネヴィル検事補は、なかなか志願者を見つけ出せなかった。そのうちシェルのほうが先に新しい少女を手に入れてしまったのだ。

では今後、ネヴィル検事補はどうするだろう？

この少女に近づくに違いない。

そして潜入捜査官に仕立て上げるだろう。

少女は拒むだろうか？

拒みたくても拒めないはずだ。ネヴィル検事補は取引を持ちかけるに違いない。少女が拒めそうにない取引を。売春法違反だけでなく、それ以上の何かを。

少女の情報はすでにドクターとネヴィル検事補で共有している。きっと少女の家族が取引材料にされるはずだ。障害を負った父親、アルコール・麻薬救済協会の施設にいる母親、刑務所にいる兄——全員の境遇が、少女の働きによって改善されるかもしれないと持ちかけるだけでいい。少女は承諾する。そして家族のために、ひどい危険にさらされることになる。ウフコックはまざまざと想像できた。少女が、自分に対して無感情になることを自分に命じる様子が。

少女が危機に陥ってはじめて、ネヴィル検事補は、彼女を捜査官に仕立て上げたことをドクターに話し、保護証人にするよう求めるだろう。そのときには少女を救う手だてなど、ほとんどないとわかっているにもかかわらず。あるいはウフコックに、無茶な捜査をさせることも計算のうちかもしれない。ネヴィル検事補のほうでウフコックの正体を探る良い機会になるだろうからだ。

何より、この少女は人目を惹く。ネヴィル検事補が好むメディア戦術にはうってつけだった。最後には、ニュースが彼女を死刑台に導くのだ。ニュースを見たシェルの取引相手は、身の危険を感じて、少女を抹殺しにかかるだろう。ネヴィル検事補は最後まで彼女を守るだろうか？　彼女の事件が解決した後も？

答えはノーだった。それも容易に想像できた。

野心的な若い検事補の計画からも、それ以上に野心的で危険なシェル＝セプティノスの狂気からも、少女は守られるべきだった。少女にとって、シェルもネヴィル検事補も、他に選択肢のない庇護者であるという点では、さして変わりがない。保護されるべき殻《シェル》を選ぶこともできず、操作され、がんじがらめにされるだけだろう。

とはいえ少女にとって、ウフコックの存在もまた、シェルやネヴィル検事補と違いはないのだ。

今はまだ。

果たして少女は、危険を正しく理解し、0 9《オー・ナイン》法案を選択するだろうか。それは誰にもわからない。だがチャンスは与えられるべきだ。

ウフコック自身が彼女のささやき声を聞き、その生命の匂いをかぐチャンスを得たように。彼女自身にも選ぶ権利を与えるべきだった。

そこまでウフコックが考えたとき、突然、少女と目が合った。

少女が、ブルーダイヤをあしらったシグネット型リングの一つを持ち、しげしげと覗き込んできたのだ。

ウフコックはその内部で思わず、ぎくっとなった。まさか、シェルに見破られるというならまだしも、少女がわずかな宝石の輝きの違いを見抜くかもしれないなどとは思いもよらないことだ。それはまぎれもなく少女の素質ではあったが、このときのウフコックにとって戦慄ものの一瞬となった。

やがて少女は小さく首を傾げ、超音波式の洗浄機械に満たされた水の中に、指輪を落とし込んだ。綺麗にすれば、ちょっとした宝石のくすみも消えるだろうというように。あるいはそれでも消えないなら、シェルに異常を告げるべきだろうか——と考えているのが、少女から発される思案の匂いから察することができた。

この少女は正しくものごとを見抜くことに長《た》けている。ウフコックはそれを思い知った。

だからこそ自分を守るゆいいつのすべを——途方もない忍耐を要求される自閉のすべを——自ら身につけたのだろう。

少女が八つの指輪をすべて丁寧に落とし込んでからも、ウフコックは相手の注目を怖れてじっとしていた。洗浄機械の超音波が水面を揺らし始めてやっと少女の視線が離れた。

シェルの指輪に変身していたウフコックは、心の中で思わずほっと胸をなで下ろした。

それから、指輪の姿のまま洗浄機の底面を転がり、叩いた。そうするうちに、二重底になっていた底面が外れた。そして、その下に隠されていた本物の指輪が現れた。

その底面こそ、指輪の前にウフコックが変身《ターン》したものだった。指輪と入れ替わるために。

シェルという男の潔癖さは初期の調査でわかっていた。どういうタイミングで、何を洗浄機に放り込むかということも。

順番はこうだ。まずウフコックはグラスになった。厨房のどこにオーナー専用のグラスが置かれているかはわかっていた。ジンで満たされたグラスの姿で、このオーナーズ・ルームに運ばれ、それから外に出た。グラスはそのままにして、ネズミの姿に戻ったのだ。

そこで最初、シェルが好んでかける変光《カメレオン》サングラスに変身《ターン》した。テーブルに置かれたサングラスを蹴飛ばし、ゴミ箱の中に入れてしまうと、完全に同じ形のサングラスに変身《ターン》したのだ。

だがこれは間違いだった。時間とともに刻々と色合いを変化させるサングラスを、シェルはそれほど信頼していなかった。単にそれはシェル自身が、常に記憶を喪《うしな》って別人になり続けることの投影にすぎないのだ。

それでもサングラスになったお陰で、どの道具が男の本質であるかがわかった。特に念入りに綺麗にするブルーダイヤの指輪たちこそ、シェルがこの世で最も信頼している道具であるということは確かだった。だから、どうにかしてその指輪になる必要があった。

そこで今度は、サングラス姿のまま洗浄機に放り込まれたのをチャンスにした。水中でサングラスの外に出て、底面に変身《ターン》したのだ。

間もなくシェルが綺麗になったサングラスを取り、代わりに指輪を放り込んだ。

底面の一部が穴を空け、するりと指輪の一つを呑み込み、本当の底に落とした。

すぐに穴は塞がれた。ついで底面の一部が、ぐにゃりと変身《ターン》して分離され、指輪になった。それがウフコックだった。指輪姿で待ち、すぐにシェルの右手の人差し指に嵌《は》められた。

指輪の形状も材質も完璧に再現できた。ゆいいつの不安は宝石だ。それだけはウフコックの内部に貯蔵されていない物質だった。そのため可能なかぎり輝きを似せた模造品を造り出さざるを得なかったのだ。その輝きの違いを見抜かれることだけが心配の種だったが、なんとか無事に——男と少女の両方の視線を——切り抜けられたというわけだった。

そして今、二重底の下から本来の指輪が現れると、指輪姿のウフコックが、ぐにゃりと変身《ターン》し——再び底面になった。残された二重底がぴったり重なって、三つ目の底面の下に隠された。ウフコックの上で、八つの指輪が綺麗に洗浄された。シェルのビジネスがそうであるように。洗浄し、綺麗にし、輝かせることが、シェルの人生の目的だった。まさかそのブルーダイヤたちがすべて、人間の遺灰によって輝いているなどとは、そのときはまだウフコックですら察知していないことだった。

少女が指輪を一つずつ取り出し、男の手に嵌めていった。それから今度は、少女自身のアクセサリーが洗浄機に放り込まれた。

その一部に変身《ターン》したのは、咄嗟のことだ。

底面から外に出て、少女が男から買い与えられた、チャームブレスレットの飾り《チャーム》の一つに変身《ターン》し、鎖の輪に加わったのだ。

必ずしも、そうしなければいけないわけではなかった。ほかにカジノから外へ出てドクターと合流する手だては幾らでもあるのだ。だがなぜか少女の手に握られる必要があるような気がしていた。あるいはウフコックの中でそれを望む何かがあった。

チャームの数が一つ増えていることに、少女が気づくかどうか試したかったのかもしれなかった。あるいは少女の生命の匂いが本物であるかどうか確かめたい気持ちもあった。

そしてまた、少女に危害が加えられないよう、いつでも守れる位置にいるべきだという気がしていた。

だがどれも言い訳にすぎなかった。たとえウフコックが少女を守ると決めても、少女自身が0 9法案《オー・ナイン》を選択しない限り、何もできなかった。

ウフコックはただ、少女の手を飾った。

少女はやはり、かすかにブレスレットに違和感を覚えたようだった。だが小さな飾りが一つ増えていることは見抜けなかった。どちらでもいいのだ。飾りが増えていようと、減っていようと。それほど愛着のある品ではないようだった。同時にそれは、買い与えた男に対する愛着の薄さを意味した。少女はただ、男の意思に従うことで身を守ろうとしていた。

ウフコックは少女の手によってカジノの外へ運ばれていった。

そしてエアカー専用のエントランスに出たところで、ぐにゃりと変身《ターン》し、ブレスレットの鎖から飾り《チャーム》の一つである自分自身を切り放して、少女から離れた。

地面に転がったまま、男と少女がエアカーに乗るのを見守った。

二人を乗せたエアカーが発進し、高架道路の彼方へ去ってから、誰も自分を見つけないよう注意しつつ、ぐにゃりとネズミの姿に戻った。

そのまましばらく、エアカーが去った方角を見つめていた。ひどく不思議な感情の匂いを嗅いでいた。それが、自分自身が発する匂いであることに遅れて気づいた。

それは彼女の手に対する名残惜しさだった。もっと彼女のそばにいたかったのだ。その生命の匂いを――魂のありかを感じたかった。それらを守るという意志だけではなく、守れるという確信が自分の中にあることを確かめるためにも。

彼女は俺を必要としてくれるだろうか？

答えはわからなかった。もしかすると、彼女が自分の新しい相棒《バディ》になるかもしれないという期待は、しいて意識しないようにした。かつて相棒が、自分をどんなふうに使ったかという記憶も、心の底に押し込めて表に出てこないよう努めた。

ただ、もう一度、彼女の生命の匂いにふれることができるよう祈った。その生命が正しく守られ、どんな危害も加えられないことを。彼女が、生きるために0 9《オー・ナイン》法案を選択してくれるかどうかは、二の次なのだ。たとえドクターもネヴィル検事補もそれを望み、自分たちの有用性を証明する絶好の機会だとしても――

「だからといって、未成年者が危険にさらされることを望むのも筋が違う」

そう声に出して自分に言い聞かせながら、小さくかぶりを振った。それからウフコックは巨大なカジノの輝きを振り返り、ネズミの姿のまま歩いていった。

ドクターと合流し、嗅ぎとったものを語るために。

ここから始まる事件を。

バロットとの極限の闘いに臨んだボイルドは、その生涯を追想する。
自らの良心であるウフコックを追い求めた、慟哭の記憶を。

マルドゥック・ヴェロシティ Prologue & Epilogue

初出：ＳＦマガジン2004年4月号

　マルドゥック市《シティ》、戦中から戦後へ。
　戦時下の死と熱を免れ／仕掛けられたもの／仕掛けたもの／人、金、物／各グループ、経済効果、建築物／形づくられる天国への階段《マルドゥック》――遙か高みへ／複雑な軌跡／失墜。
　歴史――愚かさを知る者ほど口を閉ざす。
　沈黙の誓い――だが黙っている恐ろしさよりも、忘れてしまう恐ろしさの方が強くなる。
　熱い思い――忘れる前に語るべきものを全て抱いて塵に還る／爆心地《グラウンドゼロ》――到達／虚無／招かれた魂／招かれざる生存（おお、炸裂《エクスプロード》よ）／いつまでも響く／衝撃の波――

9※※※※※※※※

マルドゥック市《シティ》、イーストリバー沿い。つらなる安価な建物、オレンジ色の街灯、コンクリートブロック。その狭間で、銃撃の咆吼を上げる二人の怪物が――男と少女がいた。

巨大な拳銃を握りしめ、目に見えぬ疑似重力《フロート》をまとってビルの壁面に立ち、少女を待ちかまえる男――その左足は膝上から下が消失し、重力《フロート》を足の形にして体を支えている。

全身に白いスーツ――使い手の守護を存在意義とする万能道具存在《ユニバーサル・アイテム》にぴったり守られた少女――両手に銃を握り、右手首から伸びるワイヤーをビルの窓の一つに絡みつかせ、高速で巻き戻す。そして男が撃ち放つ弾丸をぎりぎりでかわし、飛翔した。

少女の体が、壁に立つ男よりも高い位置に躍り出た。男は素早く身をひねり、これまで戦ってきた中で最も年若く、優秀な、類《たぐ》い希《まれ》なるその同胞に向かって、引き金を引いた。

撃針が弾丸を叩くコンマ数秒前――少女の形をした怪物が、壁を蹴った。弾丸が少女の脇腹をかすめ、スーツを抉《えぐ》り取る。衝撃吸収材が火の粉となって飛び散り、肌が灼かれ、弾道に沿って黒い跡を残す。

ワイヤーが、少女の操作《スナーク》で切断された。一瞬、少女の肉体が宙で静止する。暗い夜空に浮かぶ少女の姿に、いっとき男は強い歓喜に襲われた。

ある予感が男の胸に湧き、それにつき動かされるようにして銃口を狙い澄ます。

少女の右手の銃が、ぐにゃりと変身《ターン》し、新たな武器となり――頭から落下してきた。ビルの壁に肩をこすりつけるようにして滑り込んでくる少女に向かって、男が撃った。

炎が燃え上がった。少女の左手の銃から放たれた弾丸が、男の放った弾丸と正面から衝突したのだ。めくるめく火花の向こうで、少女が右手の武器を振るった。高電磁《ハチソン》ナイフが、男の銃撃に従って開かれる重力《フロート》の壁の隙間に正確に潜り込む。

狙いは、男の銃を持つ方の腕だ。男はすかさず身をひねり、もう一方の腕を犠牲にした。右肘のすぐ上を、刃がなぎ払った。激突から離脱へ──少女が落下し、地面にぶつかる寸前、スーツの裾がクッションに変身《ターン》し、柔らかく跳ねた。

スーツの裾を翻《ひるがえ》して少女が歩道に立つ。目の前に切断された男の腕が降ってきたが見向きもしない。右手にナイフ、左手に大口径の銃を握りしめ、ひたと男を見上げる──紛《まぎ》れもない怪物的な姿に、男は、さらに強い、痺れるような歓喜を感じた。

ますます強くなる予感──ここが約束の地、グラウンドゼロかもしれないという思いとともに男は重力《フロート》を消し、宙に身を投じた。まるで解き放たれた一個の爆弾のように。装置が損傷し、壁面に立つと体を守る重力《フロート》に致命的な穴が空いてしまう状態だった。それゆえに──いや、今ようやく有利な位置を棄て、男は、少女目掛けて落下したのだ。

すぐさま少女の体を白いスーツが覆い尽くし、

（ウフコック──）

男の胸に、その名がよぎった。最強の武器──友人であり相棒であった者の名。そして、追憶が訪れた。多くの顔が一瞬にして浮かび、抱き続けてきた思いが甦った。

かつて味方の上に爆弾を投下したときの思い。ぞくぞくするような歓喜と、身を貫くような悲しみ。そしてどんな希望も粉々にすり潰す、後悔の渦。

自分はずっと、己を爆弾と化させ、爆心地へ到達するときを求めていたのだ。友軍を吹き飛ばし、醜く歪《ゆが》んだ生存者たちを生み出したあの瞬間から、ずっと。ある軌道に乗せられ、到達点目掛けて落下し続ける人生の決着を——そして、あのとき自分の口から迸《ほとばし》った、

（おお、炸裂《エクスプロード》よ——！）

祈りの叫びを込めて、男は全ての盾を攻撃に転じ、重力《フロート》の鉄槌を振りかざして落下したのだった。全ての始まりと、多くの失墜の記憶を、胸に甦らせながら。

※8※※※※※※

人生の定義／衝撃とは何か——もたらされた予言。

《「衝撃限界《ダメージ・バウンダリ》理論とは、いかなる衝撃入力がダメージを引き起こすかを見極め、ダメージと非ダメージの境界領域を分ける手法である》

予言者《シャーマン》の吐息／心を失った者の言葉＝無垢なるデータの羅列。

《衝撃は、〈速度変化《ヴェロシティ・チェンジ》〉と〈加速度《アクセラレーション》〉の二つの側面によって定義される。速度変化

とは、衝撃の加速度波形の積分領域のことで、これが衝撃のエネルギー成分である。また
ダメージを引き起こす直前の速度変化を「限界速度変化《クリティカル》」といい、この限界速度変化の
値から自由落下における等価落下高度の範囲が求められ、耐衝撃落下高度が示される》
定義――意味論的に。
《この限界速度変化以下では、加速度レベルがどれほど大きくてもダメージは発生しない。
また、ダメージを引き起こす直前の加速度――「限界加速度《クリティカル》」以下では、速度変化レベ
ルがどれほど大きくてもダメージは発生しない》
風のような囁き《ウィスパー》／最適な定義――衝撃について／男について／過去と未来について。
《すなわちダメージの発生とは、衝撃のエネルギー成分である速度《ヴェロシティ》の二つの軸――「限
界速度変化」と「限界加速度」が、ともに限界値《クリティカル》を超えることをいう》
衝撃の定義／ある男の人生――短絡的なニュース＝静止状態の端的な解説。
『彼――ディムズディル＝ボイルドが、戦時中の政治的奨励と軍事的啓蒙の産物であり、
戦後の戦中批判の焦点ともなった肉体改造を許諾した理由は、失点の回復にある。入隊後、
空挺部隊に志願――配属。のち転属――爆撃部隊のエリート。そして味方の上に爆弾を落
とした覚醒剤中毒者。それがディムズディル＝ボイルドである』

渦巻き《ホイール》の愉快そうな声。

「軍が配給する『どんな疲労も忘れて任務をこなしたくなる薬の、やや行き過ぎた処方』の結果、『優秀だが、このままでは深刻な問題を引き起こす可能性のある兵員』として認定され、『沈黙の誓いを守ることによって年金支給が保証された孤独な退役者』となることを拒み、『失点を回復する最大の効果がある部隊への転属書にサイン』した……か。なるほど。君は、呆れるほど理想的な被験者だな」

髪は極彩色。眼差しは剽軽《ひょうきん》で鋭利。気むずかしげでいて愛嬌のある溜息。〝三博士〟の一人の、高らかな笑い。静止状態に変化の兆し。

彼の紹介——出会い／温もりの存在／金色の体毛／一匹のネズミ／弱々しげな——心。

囁き、渦巻き《ホイール》の声で：「そしてディムズディル＝ボイルドは、その部隊（宇宙戦略想定科学部隊）の研究開発のために中毒からの脱却を決意し、成功した。失点を回復するための研究に参加し、成功した。さらなる研究に参加し、成功した。代わりに何かが失われてゆく感覚に耐えようとし、成功した。精神的・肉体的に、いかなるダメージも生じず、むしろ偉大なポテンシャルを獲得し、新たな軍人の／兵員の／国家の優れた道具の誕生を証明したのだという考えに賛成しようとし、成功した」

囁き、渦巻き《ホイール》の声で：「その部隊（全てが虚構の科学部隊）において、〝錆びた銃《ラスティポンプ》〟と渾名《あだな》されたディムズディル＝ボイルドは、決して孤独ではなかった。得難い友人がそばにいた。その友人もまた彼を必要とした。そして彼とその友人は、ある出来事（人生の静止から解放へ）において同じ方向性を持った」

囁き、渦巻き《ホイール》の声で：「すなわち、戦後の兵器開発批判と、研究所の閉鎖に対し――彼らは、道具と使い手の関係を保つことを決めたのである」

運命の定義／変化――研究所の解体／〝三博士〟／三者それぞれの提唱。

閉鎖「社会とは歴史的推進力によって進行する一つの軌道だ。いかなる社会的試みも、指導者選びも、改革も、すでにある推進力をコントロールすることはできない。それよりも一つの閉鎖された――いかなる推進力の影響も受けない環境において、真に進化した共同体形成を試みよう。それは、世論がこの研究所に求めることと合致する。すなわち我々はここを閉鎖し、いつか外部社会が同じくらいに進化するときまで、永遠に滞留する」

支配「いいえ、優れた指導者の創出は、決して無意味ではありません。無軌道な社会変動を、強い力で方向付けることは、価値観の転換期において極めて有効な手段です。我々はこれまで一部の政治家や軍人が求めるものを造り出してきました。その実績を生かし、今こそ真に民衆が求めるものを造り出すべきです。そのためにはまず民衆に、安価で短期間で本来的な、苦難からの解放を体験させましょう。そうすることで我々の技術は、必ず受け入れられるはずです。そしてその使用を、決して暴走しないように厳重に管理された指導者のもとでコントロールし、社会発展に用いるのです」

同化「いや、社会から逸脱して閉鎖する試みや、社会をコントロールする試みでは、何の有用性も証明できない。そもそも個人の幸福とは、以前からそこにあって個々人を待っている一種の軌道に乗ることをいう。安易に苦痛から解放したところで、それが充実した人生であるとは限らない。社会を思考の対象にするのは良いが、個々人を思考の対象とすれば残るのは物体だけだ。個々人が人生の軌道から外れること――特に生命の危機から守ることこそ、民衆が求めた科学の最初の実際的な成果だ。我々は、自分が造り出したものの価値を自ら定義してはならない。民衆の前に差し出し、民衆に決めさせる。そしてそのために社会的矛盾と一体化するのだ。我々の技術を彼らに帰すために」

加速／戦時下の熱と死を免れた者たちによる都市創造。

囁き、渦巻き《ホイール》の声で：「いつからかディムズディル＝ボイルドは、自分がどこかに向かって落下する一つの爆弾であるという思考にとらわれるようになった。誰もが墜落し、さらなる衝撃の波をもたらす日々において、それが自分の荒れ果てた人生の意義だという思いはますます強く彼をとらえた。かつて味方の上に落とした爆弾——あれが自分なのだ」

失墜／二つの限界値《クリティカル》を超えるセグメント。

囁き、渦巻き《ホイール》の声で：「彼は兵士だった。魂の実存を信奉する——それが兵士の特質だ」

※※7※※※※※※

力の奔流が到来した。

振りかざされた左手——巨大な銃を握りしめるその手自体があたかも一つの砲身であるかのように、男に内蔵された全ての力が白い繭《まゆ》に叩きつけられた。

まさに爆撃だった。白い繭を中心にアスファルトがめくれ返り、路上に亀裂が走った。爆圧が荒れ狂い、衝撃でビルの窓ガラスが一斉に砕け、火花と土煙が高く舞い上がる。

爆撃の恍惚が男の体内を走り、降り注ぐ土くれとともに鎮まっていった。

濛々《もうもう》たる砂塵が晴れ、男は膝の下にある白い繭に見入った。少女の体も顔もすっかり覆われ、生きているのか死んでいるのかさえわからない。

右腕と左足の傷から血が零《こぼ》れ、白い繭を濡らした。男は、甦りゆく追憶に半ば心を委ねながら、弾丸の熱で火膨れした手で銃を握りしめた。かつて何度もそうしたように、

（いたぁ……い、の？）

手のひらに感じる痛みと熱さが、失われた温もりの記憶を呼び起こすことを期待して。

(な……ぜ?)

脳裏に響くやけに澄んだ声、潤《うる》んだような赤い目。金色の体毛を震わせて訊く存在に、あのとき自分の心は確かに揺り動かされたのだという思い。

男はふと自分が泣いているのかと思った。多くの感情が失われた後の、空洞のような心の底に、いっとき、かつての仲間たちの顔が甦った。自分とネズミだけではない。大勢の者が有用性を問うて戦った。たとえその全てが失墜に終わったとしても——そこには、

(あた……たかい)

男が忘れてしまった何かの意味があったはずだった。そして全てが失われた後、男の手にはただ一挺の拳銃が残されていたのだ。

「何も……痛くはない」

男は零れぬ涙に代えて呟きながら、自分の手に残されたものを持ち上げた。そして、白い繭の、ちょうど少女の頭部があるだろう辺りに、銃口をしっかりと向けた。

「俺という虚無を……止めてみせろ」

引き金にかけた指に力を込めた。

そのとき——繭が弾け飛んだ。

まるで卵の殻を破る雛鳥のくちばしのように。舞い散る白いかけらの中、少女が握った

刃が正確に振るわれた。男が狙い定めたため咄嗟《とっさ》に銃身を動かせない、その瞬間を狙って。男の全人生に、刃が潜り込んだ。六四口径――自分にしか撃てない至高の品であり、金色のネズミが最後に残していった魂の残り香であるもの。そのリボルバーの銃身が、少女のナイフによって真っ二つに切断されたのだった。

※※※6※※※※

そしてきわめつけの加速／急激な進展／スクランブル‐0９《オー・ナイン》の成立／実施／解放。

(爆撃せよ。命を守るため。それ以外の命を灰にして)

未曾有の好景気×新たな戦場×開かれたソドムの都市×炸裂の日々＝胸に抱いた語るべきものたち。その顔、顔、顔／記憶に残る言葉、意志、応答。

(はっ、マルドゥック・スクランブル‐0９《オー・ナイン》ときたか。十人と三匹のメンバーで始動……やれやれ、約四分の一が人間族以外とは)

法曹関係者に密かに公開された彼らのプロフィール／永遠に静止した一瞬／沈黙の誓いに封じられた彼らの顔ぶれ／〝三博士〟の一人とともに。

〈盲目の覗き魔《ブラインド・ピーピング・トム》〉＝0９《オー・ナイン》実働部隊の初期リーダー。男／〝針金虫《ワイヤー・ワーム》〟の使い手。

「視覚障害者用ファッション――ぴったり両眼を覆い隠す斬新な帽子をかぶる伊達男。あくのある経歴、冷静な頭脳、見栄えの良さが、リーダーとして最適だった」

元スナイパー／偵察兵／遊撃／上陸部隊の英雄――孤立した戦場と混乱した指揮、接近戦――経歴を語る渦巻き《ホイール》の声。しかつめらしいくせに、どこか愉快そうな声。

「一発の弾丸が彼のこめかみ付近を直撃し、両方の眼窩を真横に貫き、吹き飛ばしたのだ。彼の頭蓋骨は電子義眼の移植手術さえ許されぬ状態になり、研究所は彼に新たな視覚を与えることを決めた。ナノテクノロジーの副産物――彼の体内で生成される〝織虫《ワーム》〟は、空気中に放出されると光学的反射を行う器体として浮遊し、彼の脳に移植された受信器を通して直接的に映像を伝達する。彼はもはや目で見ず、脳で見るようになった」

「彼の脳は、三百六十度に及ぶ複眼視覚を受け入れ、〝織虫《ワーム》〟が入り込める場所ならば――たとえ暗闇でも――どこでも覗くことができる。実際はナノと呼ぶにはやや大きい〝織虫《ワーム》〟は、あらゆる装備は万能でなければならないという軍の強迫観念的な要請により、視覚をもたらすと同時に武器としての機能を持つに至るまで改善が重ねられた」

「敵の宇宙船に丸腰で乗り込む――宇宙空間での装備は少なければ少ないほど良い――ことを想定された彼の力は、偵察と戦闘の両立を主眼として開発された。すなわち彼の体から発生する〝織虫《ワーム》〟は連結して一本の細い針金――ノコギリ刃を持つ〝針金虫《ワイヤー・ワーム》〟を形成し、きわめて遠距離に到達し、高重圧に耐え、鋭利極まりない切断器具となるのだ」

徒手の〈銃騎兵《マスカー》〉＝二輪車部隊出身。女性／最前線で銃が暴発し、両腕を失った機銃兵。

「彼女は、レールガンが過負荷で吹っ飛ぶまで敵に向かって引き金を引き続けたのだよ。その勇敢さに敬意を表し、軍は、彼女に好きなだけ乱射し続けていられる新しい両手をプレゼントすることに決めた。しかも大変に痺れるやつを。彼女に与えられたのは超伝導体を内蔵した機械化義手——極端に増幅された生体電気を発露させることができる手だ。とはいえ電撃は、彼女にとって最も原始的な戦闘手法に過ぎない」

渦巻くように語る声。うきうきとして、淀みなく。

「彼女は両手を失ってなお、文句なしの百発百中を誇る弾丸使い《ブルズ・アイ》だ——ただしもう銃は握らない。その手に乗せられた物体は、圧倒的な電圧がもたらす極任意《ごく》の超伝導により擬似的な凝縮相をなし、音速で発射される。超能力者が意志で弾丸を飛ばすように。彼女の手にかかればコンクリートの破片でさえ機銃の弾丸に等しく、毎秒二百発余の弾幕と化す」

〈拳骨魔《フィストファッカー》〉＝歩兵小隊出身。青年／化学兵器で汚染された部隊の生き残り。

「しなやかな細身、童顔、はにかんだような微笑み、そして三百キロを超す体重がチャームポイントだ。汚染された神経と筋肉を回復させる過程で行われた筋骨強化——きわめて単純な試みだ。つまり、人間の筋肉と骨格の限界を遥かに超えること」

「彼は一ドルコインを紙のように折り曲げ、ねじ切り、一方で柔らかな握手を交わすことができる。その握力は〇・〇〇一グラムから六十トンまで調節可能だ。両拳は雄牛の角のように硬化し、その『鉄拳』は厚さ八十センチの金庫のドアをぶち破る」

〈再来者《レブナント》〉＝歩兵小隊出身。青年／化学兵器で汚染された部隊の生き残り。

「肉体回復のために、彼の全身には、人工的に癌化された胎児の胚《はい》が移植されている。彼一人をレブナントにするために、数千体もの堕胎された胚が用いられた。彼のキャンサード・エンブリオ細胞は、刺激を与えると無限に増殖し、欠損した器官を補うように分化する。胸から下をミンチにしても、翌朝には再び玄関のドアを叩くのだ。彼の特技は、むろん、半不死であること――そして悩みの種は、極端な速度で進む、老化だ」

〈囁き《ウィスパー》〉＝ヘリコプター部隊出身。男／視覚と連動した機体操縦の名手。

「彼は都市戦で撃墜され、負傷し、脳に障害を負った。研究所は彼の脳を治療し、改造し、完全な天才白痴《イデオサヴァン》にした。彼は、脳内に埋め込まれた複数のチップと頭皮を覆う金属繊維を通して、直感でコンピュータを操作し、意味論的データベースを構築する。彼はデータを解析し、改竄《かいざん》し、盗奪するスペシャリストだ。ただし彼自身は、もはや言語を理解しない。他者を理解しない。コミュニケーションというものを全く理解しない。彼は一日中コンピュータと接続され、データが彼の囁きとなり、精神となった。彼は意図しない。ただ予言する。現代のシャーマンだ」


〈才能溢れる愚鈍〉＝研究所所属。男／黒い羊――有望視された研究者。

「彼は直観的記憶力《フォトグラフィック・メモリー》に優れ、改造手術をさせれば右に出る者はいない技能の持ち主だ。09《オー・ナイン》の実働メンバーでただ一人の生身――見ての通り、体重百六十キロの巨漢。タイヤを積み重ねたような腹が魅惑的だ。夢は死体安置所《モルグ》を丸ごと買い取り、自分のオフィスにすること。そして世界中の人間に高い次元への入り口を――改造手術をもたらすことだと記者の前で公言し、人体改造マニアの汚名を頂戴した挙げ句、刑務所行きを宣告された。要するに、刑の実行を免れるために09《オー・ナイン》に救いを求めた、純然たる研究者だ」

〈ハサミ《シザース》〉兄弟＋〈ネジ《スクリユウ》〉＝機械化部隊所属。男たちと一匹の猿。

「彼ら三人は、最前線で心理障害を負った者を集めて作られた機械化部隊の生き残りだ。彼らは三人で一人だ。統一人格――すなわち脳に移植された装置が、彼ら全員の体験＝感情／直感／思考／五感をリアルタイムで共有させ、一つの人格的存在にまとめあげるのだ。彼らは違う場所にいながら常に情報を共有する。お互いの型紙を切り抜き合う、分離不可能のハサミ《シザース》だ。血のつながりはなく、九人いた統一人格部隊は彼らを除いて全員、原因不明の意識混濁ののち死に陥った。そして彼らの統一しきれない人格の〝ゆらぎ〟を司《つかさど》る、〈ネジ《スクリユウ》〉と名づけられた猿——たどたどしいが人語を話す、彼らのアイドルだ」

〈不可視《インビジブル》〉＝優秀な軍用犬《ミリタリードツグ》上がりの改造生物／犬。

「研究所は彼に、究極の隠密性をもたらした。すなわち体表の疑似透明化能力だ。彼は過度に強化された嗅覚、底なしの体力、忍耐力、瞬発力を有する。加えて体毛の一本一本が光学的な疑似透過の効果を発揮し——透明化するのだ。誰の目にも咎《とが》められぬまま接近する殺戮者。彼こそ、人類最古の戦友にして忠実な僕《しもべ》。言語能力を持ち、独自のダンディズムを考察するに至るまで発達させられた頭脳——ジョークを好み、寝酒を所望する」

〈万能道具存在《ユニバーサル・アイテム》〉＝実験動物／ネズミ。

「彼こそ、人工衛星十機分の予算を費やして開発された真の道具だ。金色の体毛を持つ一匹のネズミ——物質の四次元的展開に成功した、オンリーワンのシステムにして人格者。四つに分離して発達した大脳があらゆる値を計測し、その肉体を通して亜空間に貯蔵された物質を反転変身《ターンオーバー》——無数の道具に変身する。だが煮え切らない性格のせいで半熟卵《ウフコック》の渾名《あだな》を頂戴した、自称『考えるネズミ』だ。彼さえいれば、どんな最新兵器も訓練なしで使いこなせるだろう。むろん使い心地の良さは抜群だ。話し相手としても申し分ない」

〈徘徊者《ワンダー》〉＝空挺部隊出身。男／眠らない兵士。

「彼の体内の疑似重力発生装置《フロート》が、三百六十度の歩行を可能にした。元爆撃部隊のエリート――味方の上に爆弾を落とした男、ディムズデイル＝ボイルドとは彼のことだ」

「彼は兵士の無睡眠活動の唯一の成功例だ。多くの兵士が無睡眠活動体となるべく改造され――永遠に眠り続ける生きた死体となった。彼は、熟睡状態と活動状態をきわめて短時間で反復しながら、総体的には常に活動を続ける健康なゾンビだ。眠らない動植物の末路は知っているかね。睡眠物質の働きを抑制された動植物は、ボロボロに腐ってゆく。だが彼は健全だ。完璧すぎるほどに。彼は見事に、覚醒と睡眠の拮抗状態を成立させた――本当の自分は眠ったままなのではないかという疑心暗鬼が、やや根深く残ってはいるがね」

「十一時三十二分――彼が最後に目覚めたときの時刻だ。それが眠らない彼にとって、唯一の時間の区切り――自分の居場所なのだよ」

そして、〈渦巻き《ホイール》〉＝プロフェッサー。０９《オー・ナイン》の創始者――〝三博士〟の一人。

髪は極彩色。眼差しは軽やかで鋭く、気難しく愛嬌溢れる賭博の名手。意表を突く言動／行動。野卑な美男子。饒舌にして寡黙。厳格にして剽軽。厚情にして手段を選ばず。

「それが、私が君たちに課す至上命令だ。つまり、幸福になれ――そして幸福にしろ」

彼のそばでは何もかもぐるぐる回る《ホイーリー・ギグ》。09《オー・ナイン》のメンバーに、新たな／強烈な／きわめつけの人生の軌道をもたらした、極上の運命の輪《ホイール・オブ・フォーチュン》。

「人生は回転する車輪のようなものだ。もし君たちが輪の縁にしがみつけば、君たちは頂点から下降するか、底辺から上昇するかしかない。だが、もし回転軸に居座れば？　車輪がどう回転しようとも君たちは常に同じ位置にいる。そこが君たちにとっての至上の位置だ。車輪の中心――その究極点は、いつどんなときも君たちの中にある」

彼を中心とした、十人と三匹のチーム。馬鹿馬鹿しさもふくめて驚嘆に値する、スペシャルな敗残兵。チャンスではなく、とてつもない悪運によって選ばれた戦士の集団。みな揃って二つの限界値《クリティカル》を超えた。落下が生み出す衝撃――ごく少数の生存者を残して。

※※※5※※※

少女の振るった高電磁《ハチソン》の刃が、かけがえのない鋼《はがね》の芸術品を、一瞬で廃棄物に変えた。刃の放つ熱が弾丸の火薬を炸裂させ、銃身の前半部が一挙に吹き飛んだ。砕け、ねじくれる鋼鉄――圧倒的な殺意の種子が膨れあがって弾けるような爆発に、男はいっとき心奪われた。ばらばらに砕け散る鋼鉄のかけらと舞い上がる火花が、失墜していった者たちの記憶に重なった。

敵であれ味方であれ、男にとってなくてはならなかった者たち——彼ら全員が、吹き飛ぶ銃身のように虚無へ還るさまを、男は、はっきりと見ていた。

加えるに／0　9《オー・ナイン》関係者／法曹界から二人。

検事＝近づけば髪が逆立つほどの野心／自白剤の拮抗薬が都市に蔓延《まんえん》／ゆゆしき事態／自白剤に代わる革命＝識閾《しきいき》検査法の技術提供を条件に0　9《オー・ナイン》を容認／命の危険こそ全ての福祉ビジネスを先導すると確信／〈渦巻き《ホイール》〉に飛び込んだ男／回転の巻き添え。

刑事＝幼児虐待に瞬間的に炸裂／子供が商品にされる現場に飛んでゆく優秀な誘導式ミサイル／ただしそれ以外の犯罪＋賄賂《わいろ》は大歓迎／たとえ誰かが、夢はモルグを買って秘密基地にすることだと戯言を吐いても優しく聞き流す／希代の悪徳刑事。

さらなる／とびきりの加速／オクトーバー社の設立。

〝三博士〟の一人＝渦巻き《ホイール》の元婚約者＝コントロールされた指導者のもとで都市創造を夢見る灰かぶり姫《シンデレラ》。

「たとえば、低所得の労働者が、永遠に低所得の労働者であり続けるよう仕向けることは可能かね？　彼らの子々孫々にわたって？　しかも我々が独裁的だとか差別主義者だとかいった時代錯誤の誹謗中傷を避けられるよう、誰の目にも気づかれないように？」

〝三博士〟の一人の返答／灰かぶり姫《シンデレラ》の独立と跳躍／契約の言葉。

「可能です。十分に」

衛星軌道上に設置された架空の都市をプログラミングする研究＝その一大成果を都市で試みる／仕掛ける／都市機能の拡大を計画的に進行させるために必要な処置＝差別。

「よろしい。君に出資し、君が都市計画会議に優先的に参加できるようはからおう――我々の類い希なる技術顧問として」

マルドゥック市《シティ》の夜明けがまた一つ／落下の軌跡もまた一つ／失墜に向かって。

彼女を迎えたオクトーバー・ファミリー／０９《オー・ナイン》設立者、渦巻き《ホイール》の血縁＝祖父と従弟《いとこ》たち――彼らの顔ぶれと饒舌な名前。

ファインビル＝渦巻き《ホイール》の祖父／オクトーバー・ファミリーの創始者。渦巻き《ホイール》の元婚約者を技術顧問に／遺志を託す。都市を支配せよ。

グッドフェロウ＝オクトーバー三兄弟の長男。渦巻き《ホイール》の従弟。極端な愛嬌。優秀な頭脳。人に肉体的＝精神的打撃を与えることを嗜好／経営者＝サディスト。

ファニーコート＝次男――連邦検事／公明正大な平等乱射主義者／犯罪者の定義づけが

都市成立の要点。ゲイ＋好き者。ギャングの恋人と持ちつ持たれつ／様々なプレイ。

クリーンウィル＝三男――エンターテイメント業界の大物。強欲な変態。幼児趣味／同じ趣味を持つ部下がいると喜ぶアンダーグラウンド志向／やりきれないほどの凡俗。

そしてファミリーの衛星軌道上を巡るコロニーたち／上へ下へ／都市の表へ裏へ。

元俳優＝マルドゥック市《シティ》の市長に立候補――薬漬け。灰かぶり姫《シンデレラ》が調合した薬物で完璧にコントロール／常に幸福／永遠の演技者／素晴らしき民衆の代表。

ガン・ファイター＝銃密売者／タフなギャング／連邦検事の恋人／ゲイ。兵器開発を批判する世論が生み出した新たなビッグビジネスを取り仕切る――『武器よ再び!!』『我々に自衛の権利を!!』『飛び交う弾丸／踊るハート／札束の夢!!!』

王子《プリンス》＝ガン・ファイターの愛人／坊や／自分はゲイだという暗示。その父――末端神経症で指をなくして職をなくす。その母――筋金入りの薬物中毒。その妹――父親に貞操を奪われる。家族のために金を稼がねば／強迫観念的に。

毒婦《ヴァンプ》＝ガン・ファイターの腹違いの妹／超高級娼婦＝殺し屋／死をもたらす〈女狐《ヴィクセン》〉。

母親は免疫不全症候群をもたらすウィルスの巣。

妊娠発覚＝受精卵に狐の遺伝子を移植。非合法のキメラ・ベビーの誕生。狐の遺伝子が抗体を生成。複数の病原体＋ウィルスを保持したまま成長。

その体液／唾液／血液／愛液／涙を介して、致命的な病気を感染。殺すために寝る娼婦――ディムズデイル＝ボイルドの最愛の恋人＝清冽な爆弾／ガラス越しのキス／プラスチックシート越しの愛撫／夢の中での邂逅。

多くの啓示（おお、炸裂《エクスプロード》よ）／沈黙の誓い。

出会い／再会／さらなる加速――オクトーバー社側の実働部隊が動き出す。胸に秘めた思い――宿敵がいることの素晴らしさ。

カトル・カール＝元軍人たち。いまだに続く戦争の悪夢／歓喜。戦争の汚れ仕事の別名――誘拐＋拷問＋暗殺＋脅迫＝四分の一《カトル・カール》が四つ。みな揃って赤いジャケット、金属的なマスク、あるいは化粧――原始の喜びを訴える道化師の集団／シャーマンたちが踊る祝祭／戦闘の狂乱《バトル・フレンジー》をもたらすアンダーグラウンド・グループ。

フリント＝拷問は神聖な文化／カトル・カールのリーダー／元上陸部隊長／軍人たちの偉大なる司祭／ハイテク野蛮人／大量の殺人ムービー《スナッフ》を制作。

味方の誤爆で部下を失った。覚醒剤中毒者が爆撃機で急降下／投入された五百キロの爆弾。劣化ウラン弾の微細な破片が、頭蓋骨を貫いて彼の脳の中にとどまったまま。

その破片がもたらす美しいビジョン——

「世界の中心にそびえる巨大な山に立つ自分がいる。神聖な山の連なり——世界の中心は至るところにあり、万物の回転軸の上昇と下降が、我々に踊れと告げているのだ」

最愛の武器——長刀／最先端技術で再現された石器時代の石刃《フリント》。世界一の名刀《ファイン・ワン》。疾走する車の防弾ガラスごとドライバーの首を刎《は》ねる／刀身内部を走る無数の毛細血管に精油が流れることで加重を安定させ、刃の最適角度を維持。

「ブギーマンが集まって血みどろのパーティ！　それ以外にどんな説明が必要かね？」

命の炸裂＝原始の宇宙《コズミック》ダンス＝多彩な殺人儀礼＝拷問。

グラウンドゼロの在りかを教えてくれるはずだった男／同胞＝爆撃の悪夢をともに見た者。一方は地上で、他方は上空から。

歓喜の狂乱を始めよう／もう二度と、一人の生存者も残さずに／加速／失墜に向かって。

※※※※※4※※※

男は最後にもう一度だけ銃を握りしめた。銃把を除いて、綺麗に消失した残骸を。

気づけば少女の左手の銃が、男の喉元にぴたりとあてられている。

《これが、あなたの充実した人生《サニー・サイド・アップ》……？》

少女が訊いた。悲しげな眼差しだった。その頰で銀の粉がきらきら光っている。

優れた怪物として、最後まで戦い抜いてくれた少女の感情が、かすかに男の胸に響いた。

自分はクズだと教育される兵士たち――その価値は、敵が決めてくれるのだと教え込まれた。得難い友人と同じように、得難い宿敵がいることの喜びが、いっとき、失われた銃の代わりに男の心を満たした。

「彼女は、よくやった」

そう言いながら握り続けていたものを手放した。最後の魂のかけらを。亀裂の入ったグリップが、ごとっと重苦しい音を立てて地面に落ちる。

「最後はお前がやるべきだ、ウフコック」

囁くように告げた。一方の使い手からもう一方の使い手へと、自らの軌道を選んだ道具存在に向けて。

少女が悲しみのあまり目を見開いた。掠《かす》れた吐息が、少女の声を失った喉から零れ出た。

お互いの呼吸が感じられる距離にまで、二人の怪物は互いに近づくことができたのだ。

その少女に、男は言った。

「二十年間、戦場に居続けてきた……俺は今、充実している」

年数を告げることで何かが忘却から救われるような気持ちだった。墓碑銘を口にするような安堵感とともに、男は、少女を見た。自分が出会えた、新しい同胞に。そして、殺戮が絆となる瞬間を、彼女に教えようとした。

「よせ、ボイルド――」

せっぱ詰まった声がした。刹那、男の目が、声の方を向き――その左手が走った。銃を棄てたその手で、少女の左手の銃をつかみながら、重力《フロート》を全開にして立ち上がったのだ。

少女の体が呆気なく白い繭から引っ張り出され、手と銃をつなぐ手袋が引き裂かれた。

同時に、男は左手に移植された繊維で、そこにいるはずの存在をつかみとっている。電子機器操作のための金属繊維――万能の道具を支配するための鉤爪で。

続けて少女の胸元目掛けて重力《フロート》を放つ。少女は背後の壁に叩きつけられ、衝撃で息を詰まらせた。それが最後の逆転の瞬間だった。男は、かちりと音を立てて銃の撃鉄を上げた。

男の操作《スナーク》を悟った少女が絶望に目を見開いてこちらを向いた。死を拒む少女の眼差しが男の根深い部分を射抜く――だが本来、心があるはずのそこには深い暗闇が広がっている。

その暗闇に今なお響き続ける、声、声、声――

※※※※※3※※

「何をした？　なぜ弾が当たらない？　お前はいったい何をしているんだ？」

ガン・ファイターの驚愕／男の新たな覚醒／どんな弾丸の軌道をも逸らす／力の壁。


「十一時三十二分になった」

呟き／毒婦《ヴァンプ》がにこりと笑う／自由落下の加速度の法則／毎秒秒速三十二フィート。

「あなたの居場所に、私を誘う気はあるのかしら？」

毒婦《ヴァンプ》の囁き／全てが渦を巻いて落ちる／十一時三十二分。


「個人の至福の追究とは、すでにそこにあって待ち受ける一種の軌道に乗ることだ！」

渦巻き《ホイール》の叫び／鬨《とき》の声。新たな戦場の至上命令——幸福になれ。

「いざ征《ゆ》かん、我らが憧れの世界《ホール・ニュー・ワールド》へ！」


「いや、六四口径だ」

ネズミの沈黙／驚愕。不安。そして男の確信を嗅ぎとった声。

「本当に撃てるのか、ボイルド」

「俺なら撃てる。今の俺なら」

「――わかった。複数の銃のデータをかけ合わせてやってみよう」


十一時三十二分になると鏡を見る習慣／どこかへ落下し続ける男／鏡越しの女の微笑。

「ハロー、モンスター」

毒婦《ヴァンプ》が鏡の向こう側で囁く／男がほんとうは何者なのか知っている目。


「これが最適の形状だ。しかし何の用意もなく撃てば、お前でも手首を骨折するぞ」

「重力《フロート》で補う……完璧だ、ウフコック」

三二が二つ／六四口径／ついに到達して得た何か／その美しさ。心奪われるほどの殺意の宝庫／灼熱の恍惚／もう二度と、一人の生存者も残さずに。

「行くぞ。これで奴を仕留める」


「俺は今、充実している」

犬らしからぬ／犬ゆえの誇り。透明になって逃げ出せ／奴は姿を現した。逃げもせず。

「こうして最終的に刑が科せられたことに抵抗はない。むしろ誇りさえ感じる。罰せられるということは……社会の一員として認められているということだからだ」

渋い声／笑み／軽やかな足取り／天国への階段《マルドゥック》を登るように／ガス室へ。

「俺が死刑になるということは、ついに俺は人間と対等になれたということだからだ。俺は俺の心に従って、人間が差し出す毒杯を飲み干す。その苦さは問題じゃない」

「両眼を頭蓋骨の一部ごと吹き飛ばされたにもかかわらず、俺はまだ見ている。いや、よりいっそう見るようになった。ライフルのスコープ越しに無数の死を覗き見た。なのに神はまだ何かを俺に見せようとしている」

盲目の覗き魔《ブラインド・ピーピング・トム》の呟き／しわがれた声／もう何度も死んだ心。

「きっと俺自身はもう何も見たくなくなってるんだろう。見たものにどんな意味があるか考えるのも嫌になっている。それでも俺は死ぬまで人間の腸に詰まったクソを覗き見る。誰かがそれを望む限り。それが、望んで死を見続けた人間につきまとう悪運だ」

「まったく、身が縮む思いですよ」

揺れ動く／ドアより幅のある巨体／人体改造マニアの汚名／渦巻き《ホイール》の真顔の返答。

「君がそれを言うと、何かとんでもないことが起こっているような気にさせられるな、イースター博士」

「要するにあたしは軍隊が嫌いじゃないんだ。死んじまうってこともふくめて」

機械の両手に黒い革手袋／キックアクション／バイクのエンジン音／点火の瞬間、目を細める癖／行き先を確かめるように。

「あたしはまだ戦場にいる。それはそんなに悪い場所じゃない。どっちに向かって自分を回転させせれば良いか知ってれば……」

そして振り返る／どこか諦めたような微笑み。

「……言ってよ、幸運《グッド・ラック》をって」

※※※※※※2※

男が銃口を少女に向けた。死に怯えながらも、なお戦う意志を振り絞る少女を見すえ、

(あた……たかい)

ついに取り戻したのだと思った。いっとき男の手のひらに幻が起こり、そして消えた。

残されたのはネズミがそこにいたという記憶だけ。その温もりが戻ってくることはなかった。最後の最後で、ネズミは逃げ出した。かつて捕らえられていた場所から。とうの昔に去っていたのだ。死を知ることで独立を獲得した、自意識の果てに。

それだけわかれば十分だった。ここが最後の場所であるとわかるだけで。

殺戮を絆とする手段は、他にいくらでもあるのだから。

男は体内で装置を逆転させた。男を支える重力《フロート》に、最後の役割を命じた。今こそ本当に虚無になるのだという思いがあった。全ての記憶を抱いたまま塵に還れることへの安堵とともに、男は銃の冷たい引き金をゆっくりと引いた――ネズミに、自分のほんとうの意図を嗅ぎ取られないために。

カウントダウンが始まった。男の重力《フロート》が体内で飽和に向けて収縮し始めた。今こそ一個の爆弾となるために。そうして、ついに失墜の地を得たのだという喜びが、後から来た。

その喜びを、ネズミが察知した。


「俺は……俺になった」

あのとき／ネズミの言葉／毅然として迷わずに／煮え切らぬまま得たもの／歌う。

「変化が起こったんだ。素晴らしい変化が。いや、俺自身は今までと何も変わらない」

誇り／もう手のひらの上で震えたりはしない／歩き始めた自称『考えるネズミ』／一人で。

「ただ、俺が俺であるということを知ったんだ。俺の人生……いつか必ずやってくる死とともにある、それを。そう……ここが本当の俺の回転軸だったんだ」

けたたましい猿の鳴き声／彼らの統一人格／「ゆらぎ」を司る猿の身震い。

隣でゆらゆら揺れる男が一人／猿が受け入れがたいものを一方的に押しつけられ／そいつはただ揺れているだけ／死が受け入れられず／欠けた人格＝もう一人の自分の死。

猿が泡を吹き始め／それでも悲鳴をあげ続け／弔《とむら》いのために鳴き続け。

《「衝撃限界理論《ダメージ・バウンダリ》」とは、いかなる衝撃入力がダメージを引き起こすかを見極め、ダメージと非ダメージの境界領域を分ける手法である》

心を失った予言者《シャーマン》／無垢なるデータの羅列／最適な定義。

《ダメージの発生とは、衝撃のエネルギー成分である速度《ヴェロシティ》の二つの軸──「限界速度変化」と「限界加速度」が、ともに限界値《クリティカル》を超えることをいう》

意味論的に／意味もわからず／定義／風のような囁き《ウィスパー》。

「武器は要りません。俺のこの拳骨が、武器っすから。俺は気に入ってます。銃で殺すより、殴り殺した方が……なんか、優しい気がしませんか」

「やれやれ、また死んじまう……。なあ、この哀れなレブナントを袋詰めにして家のソファまで届けてやってくれよ。この街の汚らしい路上で生き返るのだけは、二度と御免だ」

「実に素晴らしい。もはや自白剤が使用できないことなど問題にならん。あんた方の識閾検査法の導入を正式に討議させよう。いやはや、これこそ科学の恩恵というやつだ」

「子供が売られ、殴られ、犯されるのを見ると、俺は気が狂いそうになる。そしてそんな子供はごまんといるんだ。早くこんな街から出たい。いつも、これだけ貯まったら街を出ようと決めてるんだ。それなのにいつまで経っても出ていけない。おかしくなりそうだ」

「ガン・ファイターの流儀で行こうぜ。俺たちが決して失っちゃならない流儀で」

「俺が家族を世話しなきゃいけないんだ。銃でも何でも売って稼がないと……。妹は……まだ十二なんだ」

「あいつら私の中のウイルスを気にして殴れも犯せもしないのよ。だからせいぜい、こうして素っ裸にして街中《まちなか》に放り出したってわけ。まあ、それだって大したことじゃないけれど。……ところで、上着を借りても良いかしら」

「犠牲者の苦痛こそ、信仰の極《きわ》みだ。それが拷問の真髄だ。人間が都市生活を送るようになって失ったもの……自然と触れ合い続けるという、拷問のような生活だ」

「黙って俺に使われろ、ウフコック！」

「お前たちの創始者は、すでに私の儀式によって迎え入れられた！　これが、あの男に私が施した拷問の一部始終を収めたビデオデータだ！　さあ万物の回転軸に従って踊れ！」

「神は人間を不従順の状態に閉じこめたが、それは全人類を憐れむためだ！　いかなる大胆な罪も、憐れみの前では膝を屈するのだよ！　それが0　9《オー・ナイン》の基本理念だ！」

「焼けつく焦燥の中にこそ歓喜があるものだ！　宿敵がいることの喜びを感じろ、ディムズデイル！　私とお前は一個の爆弾によって結びつけられた兄弟だ！　お前が私を目覚めさせた！　お前は私に美しいビジョンをもたらした爆煙の洗礼者だ！」

今こそ辿り着き／幾千万の怪物たちとともに／衝撃を生み出す速度《ヴェロシティ》／軌跡を／二つの

限界値《クリティカル》を超え／響き渡る波に／忘れられない／忘れてしまったもの——

コンマ数秒の確信だった。これまでの男の全人生の時間に等しい一瞬のうちに、ネズミは、男の心の叫びを嗅ぎ取った。ともに吹き飛べという叫びを。そしてネズミは判断し、決意した。道具からの跳躍を——自分が守る者のために。

男の指が、冷たい引き金を引いた。

少女が突き出す最後の武器が、ぐにゃりと変身《ターン》した。

銃声が轟いた。何かを大声で祈るのにも似た咆吼とともに——男の体を衝撃が貫いた。まるで、もう忘れてしまった悲しみが、ふいに甦って胸をついたように。

重力《フロート》の壁が消えて無防備になった男の体を、一発の銃弾が穿《うが》ったのだ。体内の装置の働きが阻害され、収縮が遅延するのを感じた。約束されたはずの失墜の地が遠のき、

「ウフコック……」

温もりの名が零れ、フェイクである銃を構えた手が、ゆっくり下がっていった。

歓喜／一個の爆弾となる日を夢見て／場所／失墜の／爆撃の／終焉の／炸裂《エクスプロード》よ——

「さあ、私を……グラウンドゼロにつれていって。あなたならできるはずよ」

止められない／時間の流れ／十一時三十二分／もうすぐ訪れ／僅か数秒。

「ねえ……私が今ここで、あなたが望んでいるものを与えたら、してくれる?」

男の腕時計を見る彼女／時刻に合わせ／そして毒婦《ヴァンプ》の最後の／少女のような／声。

「愛してる、ディム」

男は望み通りに／女の体を叩き落とし／彼女のグラウンドゼロ／大きな爆発が。

金色のネズミの泣き声／怒り／濫用——麻薬売買を巡る事件。魂の最後のかけらが掌から失われ／焼けつく毒を持つ女を探して／そして交わされた沈黙の誓い。

何もかも失い／自分に用意された軌道／夢見ることもなく飛び乗り／爆心地を目指し／人生最後の軌跡／解放——落下／永遠のプロセス／その果ての再会。

忘れてしまう前に／毒婦《ヴァンプ》を救うため／戦い——金色のネズミの怒り／蕩尽《とうじん》。

おお／彼女の魂を／炸裂《エクスプロード》よ——／救いたまえ。

少女は驚いた顔でそれを見ていた。その右手に握られた武器——ナイフだったものが、恐ろしく口径の大きな銃に変わっているのだ。

失望とともに、おぼろげな理解が訪れた。男は、自分の死の後で肉体がどこに運ばれてゆくかをうっすら思い出した。装置は自分が死んだ後でもしばらくの間、働き続けるだろう。少しずつ、ゆっくりと重力《フロート》を収縮させてゆくのだ。もう男にもそれは止められない。

遠のいたグラウンドゼロ――いや、最後の最後で彼らが運んでくれたのだという思いが湧いた。少女とネズミが、自分を約束された炸裂の場所へ運び出してくれたのだ。

ごとっという音で、自分の手が銃を放したことを知った。もはや何も握れそうもない手を、のろのろと胸元に当てた。何かこの後の出来事を確信させてくれるものがないか、期待して。そして大きな穴から零れ出す温かい液体を感じた瞬間、体を支える重力《フロート》が完全に消えた。噴き出す血――腕と脚の傷から、まるでホースで水を撒くように。

どっと膝をつき、男は動くことをやめた。

鮮血が溢れ、残った方の膝を濡らし、排水孔へ流れ込んでゆく。そうして意識も精神も――魂さえも失われてゆく果てに、記憶の向こうから迎え火がやってくるのを感じた。

そして、ふいに少女が歩み寄った。

※※※※※※※1

失墜のプロローグ／亡骸《なきがら》が袋に入れられ／その大きなフォルム／運ばれて／遅延する一個の爆弾／重力《フロート》は少しずつ内部で収縮／語られるべきもの全て／二つの限界値《クリティカル》を超え――

　男は、ゆっくりと顔を上げて、自分の最後の同胞を見た。

　少女がはっと目を見開く。死に対する無垢なまでの反応。微笑ましいほどの若さ。

　何かが確かに目の前にいる相手に受け渡されたという感覚が、男のもとに訪れる。

　もはや男は身動きもできない。上昇も下降もしない。ただ、何かの中心にいた。不動の究極点——回転する車輪の中心に。

　ふいに、意外なほどの安堵と感謝の気持ちが、男の口をついて出た。唇を動かし、声にならない掠れた息を零す。最後のメッセージ。この少女には、それで十分伝えられるのだ——それもまた安堵の一つだった。

　少女はうなずいた。しっかりと。最後の同胞の遺志を継ぐように。彼女がいったい何を自分から受け継いだのか——それは問題ではなかった。もう何の悲しみも感じなかった。

　男は自分の肉体から零れだしてゆくものを見つめた。男の唇が、また少し動いた。少女がその呟きを感覚したとき、それが男の墓碑銘となった。

　男が目を閉じた。光が消え、音が消えた。

（ウフコック——）

　ただ記憶だけがあった。男の意識が墜落する井戸の底で、再会する人々の顔ぶれ。魂の信奉こそ、兵士の特質であると信じた仲間たち。男の去りゆく魂が、ばらばらにほどける記憶の中を通り抜け、

（おお、炸裂《エクスプロード》よ――）

死へと至る一瞬のうちに、全人生に等しい時間を追憶した。虚無へ還る魂の軌跡を。

０

信仰者たちとともに／男は／亡骸は／炸裂の地へ／それぞれのグラウンドゼロへ――

そして、彼らとともに虚無の一部になれなかった者は、こう呼ばれるのだ。

憐れみを込めて――生存者と。

マルドゥック市《シティ》の闇を追う刑事は、匿名のレポートを受け取った。
ウフコックとバロットの新たな闘いへと続く物語

マルドゥック・アノニマス“ウォーバード”

書き下ろし

1

「あんたは、自分の運が左回りになっているのか、それとも右回りになっているのかも、わかっちゃいないようだね」

市立病院のベッドに横たわる死に損ないの老女が、ずけずけとした調子で言った。

まったくだ。ライリー・サンドバードは素直に認めた。老女の言うことは多少はわかる気もするが、大枠においては何が何やらだった。というのもライリーはギャンブルと無縁で、ルーレットの回転台が右に回ったり左に回ったりすることも知らなかったからだ。あまつさえボールと台を一緒に回すなど、何かの冗談としか思えない。

一方、老女はカジノ業界きっての名ディーラーで、半年前に癌《がん》と診断されるまでは都市中のカジノでルーレット台を指導していたらしい。一進一退の治療を続ける今も、彼女の口座にはカジノ協会からけっこうな額の顧問料が振り込まれているのをライリーは知っていた。署長が渋い顔をするのをよそにカジノ協会のメインバンクに口座照会を要請したからだ。協会も銀行も、なかなか肝心のデータは渡さず、こういう、くたばりかけた元花形の業界人ばかり生け贄《いにえ》に差し出してくる。

「今のところ、犬みたいにくるくる回る特技は身につけちゃいないんでね」

言いつつ、ライリーは録音中の携帯端末を握る手に、ぐっと力がこもるのを自覚した。

（犬）

自分がうっかり口にした言葉に、びびったのだ。恐れ知らずのハートを持った身長百九十二センチの屈強な大男が、きんたまが縮み上がりそうなほどびびっていた。そして、

（あれは犬だった）

このところ、毎夜、眠りを中断する思考が蛇のように首をもたげるのを感じた。

（そう。あれは確かに、〝くそったれの・まごうことなき・犬〟だった——）

ライリーはその思考を押さえつけ、恐怖を追っ払った。そうしながら、この老女をどうしたら揺さぶれるだろうと考えた。

そもそも彼女の口座からは何も浮かんでこなかったのだ。大きな額が移動しているが、彼女の息子たちのうち、二人の会社経営者に資金を融通しただけだった。カジノの組織的な資金洗浄に協力した痕跡はなかったし、地下鉄の線路上で発見された三つの死体のどれとも——特に最後の、無惨なバラバラ死体との——関連は見当たらなかった。

それでも、無理やり叩けば埃の一つや二つは出るだろうが、よほどのことがない限り、検察が死にかけた老人を渡されて喜ぶことはない。証人にするにしても起訴するにしても働き甲斐のない相手だ。ライリー自身、早々に判断を下している。

だが今日、この老女と会って、ぴんときたのは事実だった。彼女は何かを知っている。

なぜなら、俺の中の恐怖を、このばあさんは見抜いているからだ。署内のボクシング・クラブで名の知られた若い腕力派刑事が、恐怖に震えるのも致し方ないと思っているのだ。

それはつまり、俺がいったい何に、

(犬)

死ぬほどマジびびりさせられているか、知っているということではないか。

さらにそれは、今、俺が陥っている窮地の源について、

(誰が送りつけてきたかもわからないリスト。あの膨大で詳細な、驚くべきリスト)

何かを知っているということを意味するのだ。我ながら強迫観念じみた三段論法。そもそも、あの犬とリストが、本当に関連しているかどうかすらわからないというのに。

だが自分の汗が発する焦げ臭いアドレナリンの臭いと同じくらいはっきりと、この老女がライリーに対して抱く、哀れみの念を嗅ぎとった気がした。〝あたしは答えを知っている。あんたが正しく質問すれば、それを少しばかり見せてやる〟——そう無言で告げている気がして仕方なかった。

「どっち回りかという件はさておき、アシュレイ・ハーヴェストの話が聞きたい。彼がひどい殺され方をしたことは知ってるな？」

「ニュースで見たからね」

「実際は、もっとひどい。あんな死に方があるとは想像もつかない有様だ。胴体に複数の銃創。全身が炭化するほど焼かれた上に、走行中の列車に轢《ひ》かれて全身が何ピースにも切断された。あるいは轢かれる前に切断されていた可能性もある。いったいどの傷が死因かもわからん。頬の内側の組織がかろうじて歯にへばりついて焼け残っていて、やっとDNA検査で身元がわかった。まったくひどい話だろう？」

たっぷり刺激したつもりだったが老女は静かにうなずいてみせただけだ。ニット帽の下の顔はぴくりとも反応せず、逆にじっとこちらの様子を観察しているようだった。

「せめて魂に慰めがあらんことを、だね」

老女が言った。そして実にさりげなくこう付け加えた。

「ところで、あんたは少しばかり安眠に飢えているみたいだ」

「もともと寝付きの悪いたちでね」

ライリーは咄嗟《とっさ》に嘘をついた。実のところ、ぐっすり眠るのは天与の特技だった。父親を刑務所にブチ込み、さらにのち母親を検事に引き渡した日ですら、どちらもナイトキャップを軽く引っかけただけで赤ん坊のようにすやすやと眠ったものだ。

希望通り殺人課に異動してはや五年、特技には磨きがかかる一方だった。この一ヶ月、ライリーはカジノ業界の大物が三人も連続して殺された事件で、自分から泥沼へ突進して行くことになったし、さすがにこれほど追い詰められるとは思わなかったが、そのせいで寝付きが悪くなるなどとは一度も考えたことがなかった。

〝人殺しは平等に刑務所へブチ込む〟――唯一無二の、この上なくまっとうな信念を貫くことを恐れる必要がどこにある？　まったくない。金輪際ない。決まりきったことだ。街のどんな有力者も、たとえそれが判事や検事であったとしても、彼を震え上がらせることはできない。どんな事件も、どんな脅迫も、彼から安らかな眠りを奪いはしないのだ。

今のこの事件でもそのはずだった。誰かがライリーをはめるため、彼の車の中に覚醒剤《デキセドリン》の瓶詰めを置いていったのを発見した晩だって、気にせず熟睡できたのである。しかし、

（犬。黒い毛をした巨大な犬）

殺人現場の地下鉄のトンネルで、あんな馬鹿げた悪夢に遭遇してからというもの、何かが急激に狂い始めているという気分に、しばしば襲われるようになっていた。

「握ったチップは正しい場所に置いたんだろうさ。あんたが大当たりを的中させることに気を尖らせちまってる連中を、背中から遠ざけておくことにもぬかりはないみたいだ。それでも運が左回りになり始めれば、見たこともない悪運に襲われるもんだよ」

老女が静かな調子で、何もかも見透かしたように言った。

「カジノ用語で喩えるのはよしてくれ。何を言われているのか、さっぱりだ」

ライリーはそらっとぼけつつ内心で辟易《へきえき》していた。恐怖を押しつけても、この老女ときたら倍返しにしやがる。よく言うギャンブラーの観察眼など、実際は高の知れたものだと、ライリーは信じていたが、この老女は別格らしい。署にしばしば現れる内務調査室のとんまどもなど、お話にならないくらい深くこちらの心を読んでいるのだと思わされる。

「それで、あんたは、この被害者の男と親しかったんだろう？」

「同じカジノで働いていた。それだけさ」

「三年前、彼が経営権を手に入れたカジノ店、〈エッグノッグ・ブルー〉だな。去年、彼は経営者の一人としてカジノ協会の幹部になった。老人だらけの協会では飛び抜けて若い。彼に嫉妬したり、恨みを抱いたりしている人物に心当たりは？」

「あの男は、業界の用心棒的存在さ。そりゃ頼りにする人間もいれば、恨む人間もいる」

「用心棒っていうのは、力ずくでってことか？」

「カードさばきでってことさ。あらゆるゲームに精通しているからね」

「彼が、ギャングや表沙汰にできない連中と付き合っていたという話を聞いたことは？」

「そんな連中は、いつだってカジノにうじゃうじゃ集まってくるさ。ただし、あの男はその手の人種を嫌ってる。それだけは間違いないね」

「確かに彼は〈エッグノッグ・ブルー〉でけっこうな数の解雇者を出してる。つまり、その手の人種を店から追い払ったわけだ。そいつらが彼を恨んで、殺したと思うか？」

「どうだろうね」

ライリーはしっかり観察した。それでも老女がとぼけているのかそうでないのか、情けないことに、ちっともわからなかった。このギャンブル老女は、筋金入りのポーカーフェイスをする。尋問相手を観察する技術をライリーに教えてくれた今の署長ですら、この老女の顔から何かを読み取ることは至難の業に違いないと思った。

「過去二週間で、カジノ業界の人間が二人殺された。四日前に発見されたアシュレイ・ハーヴェストで三人目だ。あんたはどう思う？　犯人は同一人物だと思うか？」

「さあね。刑事からみたら、どうなんだい？」

「どう考えても連続殺人だ」

ライリーは隠しもせず言った。署長の見解とは異なるということは気にしなかったし、マスコミに話が伝わるかもしれないということは輪をかけて知ったことではなかった。

「じゃあ、なんで素人のあたしに訊くんだい」

「犯人か、犯人を雇った誰かに、心当たりがあると思っているからな」

むしろライリーのほうが白状するように言った。老女は〝残念だね〟という顔をした。

「とんでもない話だ」

お悔やみでも述べるような調子だった。ライリーは老女に嚙みつきたくなった。

「あんたは本来なら、カジノ協会の幹部になっていた。だがアシュレイ・ハーヴェストを推薦して、自分は辞退したんだろう?」

「それとこれと関係が?」

「アシュレイ・ハーヴェストは、都市のカジノで、資金洗浄がコインランドリーなみに日常茶飯事だと証言する気だったって話だ。市長選での不正献金や、オクトーバー社の不正融資の疑惑もある。例の集団薬害訴訟では、どっちの件も問題になってる。俺からすれば、アシュレイ・ハーヴェストは、巨大な虎の尾を踏みまくった男だ。彼にそうさせたのは、あんたじゃないのか?」

「そんな話を誰から聞いたんだい?」

全て推測の産物だったが、ライリーは咄嗟に作り話をでっち上げることにした。

「あんたらが嫌ってる元ギャングで、レイ・ヒューズって男だ。刑務所暮らしを終えてイーストサイドでかたぎの貸倉庫屋をやってる。区画整理で移民向けの新興住宅地になった辺りだ。ひと昔前までネイルズ・ファミリーってギャングが仕切ってた。レイはそのグループの一員だった。やつは、あんたのテーブルで相当負けたことがあるんだそうだ」

本当はレイ・ヒューズの居場所すらつかめていないのだが、我ながらなかなかの嘘だった。あのリストが真実なら、レイ・ヒューズはこの件に深く関わっているのだから。

「さあね。その筋の人間を嫌ってたのはアシュレイさ。あたしは、これといって興味はないし、だから付き合いもないって程度でね。客の名前なんていちいち覚えちゃいないさ」

嘘つけ、このババア。完璧なまでの鉄面皮《てつめんぴ》に、とうとうライリーは切り口が分からなくなったセロファンテープを爪の先でいじくり回しているみたいな気分になった。剥がし方がわからず、かといって放り出すこともできず、まごついているところへ、ふいにノックの音が割り込んできた。

「お入り」

ライリーがドアを振り返る前に、老女が言った。ドアが開き、コツコツと軽快な足音を響かせ、洒落たピンヒールのサンダルを履いた少女が、花束を抱えて病室に入ってきた。

《ハイ、おばあちゃん《グラン・マ》》

女の子の声――電子音声だ。ライリーはつい反射的に、ベッドそばの壁を一瞥してしまった。だが看護師を呼びつけるためのモニターはブラックアウトしたままだ。

「綺麗な花だね。嬉しいよ。ここは老いぼれを生かす器械は足りてるが、ちょっと殺風景だからね」

少女が嬉しそうに微笑んだ。年は十八かそこらだろう。病室が急に華やいだ感じがするほど、生気に満ちた、とびきり美しい少女だった。長い黒髪をポニーテールにしており、左の耳で妙に大ぶりな銀色のピアスが光っている。

春物のブラウスにパンツルック、肩にはスクールバッグ。いかにも中流階級層《チープブランチ》のハイスクールから下校して来たという感じだ。

気になったのは少女の容貌だった。黒髪、黒い瞳、透き通るような独特の白い肌。金髪碧眼《へきがん》の老女とはまるで違う。ライリーが確認した老女の家族構成のどこにも当てはまらない少女だった。

《お客様?》

少女が言った。形の良い唇は全く動いていない。ライリーは少女の咽元《のど》を覆うチョーカーに目をとめた。電子音声は、チョーカーのクリスタルから発されていた。

「刑事さんだよ。カジノ協会員が殺された件で、ここを訪ねたんだ」

老女の説明に、少女は小さくうなずいた。その表情からは何も読み取れなかった。それこそ老女のポーカーフェイスなみだ。殺人に対するショックも怯えも好奇心も皆無だった。

「咽が?」

少女の表情の変化を見たくてライリーは訊いた。

《はい。昔、車の事故で》

まじろぎもせず見つめられて、かえってライリーのほうが観察されている気分になった。どうやらその点では、老女に似ているらしい。いや、あるいはそれ以上だった。ライリーは単に少女に観察されているだけでなく、自分が限無く調べられているという奇妙な感じを覚えた。全身を何かの器械でスキャンされたといおうか。空港のX線検査機にかけられて武器の有無を調べられているような、得体の知れない落ち着かなさに襲われた。

《私、お邪魔ですか？》

するとまたもや老女がライリーの機先を制した。

「もう話すことは大して残っちゃいないさ。そうだろう、刑事さん？」

ライリーも渋々認めざるをえなかった。端末の録音モードをオフにし、ジャケットの胸ポケットに突っ込んだ。それから、オフレコで訊こうと思っていた最後の質問を口にした。

「一つだけ。アシュレイがクビにしたカジノ・ギャングやその関係者に、でかい犬を飼っているやつがいるという話を聞いたことはあるか？」

「ないね」

にべもなく老女は言った。

「ご協力に感謝する」

皮肉っぽい響きにならないようライリーは注意して言った。少女に軽くうなずきかけ、その横を通り過ぎ、ドアに手をかけたところで声をかけられた。

《犬に襲われても、あなたは大丈夫そう》

ライリーは肩越しに振り返った。少女の視線が、ちらっと動いた。ライリーは腰の両側のホルスターに銃を収めていたが、少女が目を向けたのは右のほうだった。最近のハイスクールの女子生徒は、大人が左右どちらの銃を愛用しているか見抜くのだろうか。右のホルスターには、署員割り引きでわざわざ購入した、左利き用の大口径セミオートマチックが収められていた。

「警察は、そう簡単には銃を抜いちゃいけないことになっているんだ」

ライリーは事実を口にした。少女はうなずき返した。そうであって欲しいというような仕草だった。だが本当のところ、ライリーは再びあの犬が現れたときのために、予備の弾倉をぎっしりポケットに詰め込んでいたし、毎夜、発砲に備えて手入れを欠かさないばかりか、今や、この銃だけが頼りだという心境だった。

2

病院を出ると、自分の警察用公用車のそばに、別の同型車が停まっているのが見えた。女が一人、二台の車の間で腕組みをして立っている。ライリーは歩み寄りながら、片手を挙げて挨拶してみせた。そんなことで相手の怒りが収まるとは到底思えなかったが、しないよりはましだろう。

「昼食は済んだのか、クレア？　なんでここがわかった？」

車のロックを解除しながら、しらばっくれてライリーは訊いた。

クレアが片方の眉をつり上げた。凛としていて実にさまになる、とライリーは思った。

「警察が使う車輌には、GPSの搭載が義務づけられているの。昨日約束したばかりの昼食時のミーティングを、あっさりすっぽかした男の居場所を、二秒で教えてくれたわ」

新人のパトロール警官に教えるような辛抱強さでクレアが言った。

「代わりに報告書をサーバーに載せておいたつもりなんだが」

「あなたのその車のダッシュボードに、デキセドリンが入っていた、という報告書ね」

「あんたが入れたんじゃないのか？」

「なんですって？」

てっきりもう片方の眉もつり上げるものと思ったが、期待が外れた。

代わりにクレアはゆっくりと腕をほどいた。一方の手を腰に当て、もう一方をライリーが開いた車のドアに当てて閉められないようにし、さらに辛抱強さを発揮して言った。

「何を追いかけているの？」

「なんだって？」

「私は、あなたの相棒なの。あなたが夢中になって追いかけているものを教えなさい」

「カジノ業界人殺しの犯人だ。署長から命令されたろう？」

「アシュレイ・ハーヴェスト殺しは、後回しにするよう言われたはずよ」

「二人の大物カジノ経営者のほうが優先か？　これは連続殺人だぞ」

「署長はそうは言っていないわ。私も思ってない」

「惨殺死体が三つとも地下鉄のトンネルで見つかったのにか？」

「殺しの手口が違いすぎるもの。酷い殺され方をしたからといって同一犯とは限らないわ」

「じゃ、こういう考え方はどうだ。これは反復殺人《リターンマッチ》だ。複数の勢力が、陰で潰し合いをしている結果、不運な人間がばたばた殺されてる。市長にオクトーバー社にカジノ協会。金の流れがそう言っている」

「どこにそんな証左があるのかしら？」

名前のない誰かが送りつけてきたんだ――ライリーは危うく口に出しそうになった。鑑識の連中にも解析不能の送信経路による、〝匿名の報告《アノニマス・レポート》〟。もしかしたら、この都市を吹き飛ばしかねない、核爆弾級のしろものだ。あるいは読んだ人間の命を脅《おびや》かしかねない告発書――もし真実なら。

「新聞にそう書いてあった」

ライリーはすらすら言ってのけた。馬鹿馬鹿しそうにクレアは綺麗な顔を左右に振った。

「どんな軽率なニュースサイトを購読しているの？」

「駅のキヨスクだ。新聞は紙で読む主義なんだ」

「不正融資の捜査が、あなたの仕事だとでも思っているの？」

「人殺しどもが稼いだ血まみれの金《ブラディ・マネー》は俺たち殺人課の獲物だ。その手の金を扱う連中は、ある意味、人殺しより始末が悪い。人を殺せば金になると宣伝しているんだからな」

「何の話？」

「あんたのほうが知ってるだろう。かつてダークタウンで跳梁していた、伝説の殺し屋集団、カトル・カールだ」

途端にクレアは熱いものに触れたように手を引っ込め、再び腕組みした。ライリーのほうがちょっとびっくりした。

「そいつらがしこたま貯め込んだ殺しの報酬が、カジノ店で資金洗浄《マネーロンダリング》され、ダーク・マネーのルートを作った。今もどこかに莫大な額の金が隠されてるって話だ」

調子に乗ってゴシップ記事なみに煽《あお》り文句をトッピングしてみせたが、クレアの顔が青ざめるのを見てやめた。

「今もカトル・カールが怖いのか？　警察隊が包囲して、全滅させたんだろう？」

クレアはまたこっちの車のドアをちらっと見たが、諦めたように腕組みしたまま自分の車に背を預けた。効果てきめんだ。ライリーは運転席に腰を下ろしながら思った。面倒臭くなったら、〝見ろ、カトル・カールが車の下にいるぞ〟とでも言ってやろう。

「殺し屋どもにびびるなんていうのはナンセンスだ。実際は、逃げながら滅茶苦茶に発砲するような、考えなしの阿呆な窃盗犯のほうが俺たちにとっても市民にとっても危険だ」

「確かに、そうよ。でも、あなたが郊外で白バイを走らせていた頃、私たちはさんざん地獄絵図を見せつけられていたの。外部の人間の協力を得て、やっと終息させたのよ」

「外部の人間ってのは、例の、０９《オー・ナイン》法案とかいう法令で稼いでる団体か？」

「そう。頼れる人たちよ」

「殺される可能性のある証人を守るって大義名分は悪くない。だが実際は、大企業の私兵みたいな連中だ。検察はやつらを嫌ってるし、俺も、事件の証人を勝手に連れ去って、荒稼ぎした挙げ句、都合が悪くなると平気で見捨てるような連中とは仲良くしたくないね」

「法令に従事する事件担当官たちが、分裂したのよ。そういうあこぎな真似をしない人たちもいるわ」

「そうかもしれないとは思ったがね。しかし協力の余地はなさそうだ」

クレアは眉をひそめながらうなずいた。

「〈イースターズ・オフィス〉に行った感想が、それってことね」

ライリーは自分がどれだけ不愉快だったかを訴えるため、車のハンドルの上に両手の指を置き、ピアノの鍵盤でも叩くように動かしてみせた。

「オフィスの入り口で俺の指紋を十本とも採りやがった。ＤＮＡ採取もだ。銃を預けさせられた上に、録音や追跡をジャミングする特殊な部屋に通された。なんだって、あいつらにあんな権限が与えられたのか、理解に苦しむね。そもそもアシュレイ・ハーヴェストは、あいつらに保護を求めてた。なのに、むざむざ惨殺されちまったんだ。そのことについて、あのイースターとかいう奇天烈野郎はなんて言ったと思う？」

「法務局《ブロイラーハウス》による、生命保全プログラムの承認が遅れたのよ。カジノ協会が、彼を経営権侵害で訴えたから」

「その通り。ピンポン。大正解。つまり見殺しだ。あんたもあのオフィスに行ったのか？」

「あなたが私を無視して彼らのオフィスに行ったことを、イースターが電話で教えてくれたの」

「俺が思うに、アシュレイ・ハーヴェストは、正しいことをしようとしていた。なのに法律ゲームで足を取られて守られることもなく、撃たれて焼かれて線路の上でバラバラだ」

「そのうち、あなたも血まみれの死体になりかねないんじゃないかって、署長は考えてるみたいね。私もだけど」

今度はクレアが脅しに来たが、かえってライリーをかっかさせただけだった。

「警官殺しも辞さないってのか？　第一級謀殺を平気でやらかす連中がいるってんなら、なんで署長は捜査チームを編成しない？」

「あなたと違って慎重だからよ」

クレアは当然のように断定した。

「もし本当にこれが反復殺人《リターンマッチ》なら、チームどころか大部隊を編成することになるわ」

そうしないよう、取り引きをしているんじゃないのか？　ライリーは、これまた危うく口に出しそうになった。あのくそったれのリストの何人かは、署長が懇意にしている街の有力者どもだったからだ。本当に、あんたがデキセドリンを俺の車に置いてったんじゃないのか？　ライリーは心の中でクレアに訊ねた。署長にそうしろと言われたんじゃないのか？　ライリーはそんな考え方をする自分に嫌気がさした。改めて、自分がはまった泥沼の深刻さを思い知らされる気分だった。

「何か言いたそうな顔ね」

「あんたは、署長を全面的に信頼してるらしいな」

「当然よ。あなたもそうでしょう？　あなたの叔父だし。彼が警部補だった頃から、ずっとあなたの面倒を見てたって聞いてるわ」

「俺が、自分の親を、刑務所にブチ込んだ話は聞いてないのか？」

「知ってるわ。噂でね」

「噂通りさ」

はっきりとライリーは言った。馬鹿げたことに、率先して身内を逮捕する警官は、警察内で友人を作りにくい。弟を殺した両親を、この自分が徹底的に追い詰めて何が悪いのか。たとえこの美人の相棒から毛嫌いされようとも、自分が両親を逮捕したことで苦しんでいるといったアピールをするつもりはなかった。

「母親は残念ながら、脳みその大事な部分を、すっかりヤクの神様に捧げちまってた。そのせいで、検事が不起訴を決めやがったんだ。くそ食らえだぜ。あの人でなしには、きちんと報いを受けさせるべきだってのに」

「あなたの母親よ」

淡々と事実を述べるようにクレアが言った。

「それが何か関係あるのか？」

ライリーも冷淡に言い返した。クレアはこちらを見つめたまま何も言わない。実際、そうされるのは悪い気分じゃなかった。じっと見つめ合ってお互いの真意を推し量るというのは、相手が彼女である場合、至福の時間とさえ言っていい。

相棒であり、実地の訓練《オン・ザ・ジョブ・トレーニング》を施してくれた先輩でもあるこの美人の女が、レズビアンであるという、信じがたい噂さえなければ。一度だけ、そのことについてかまをかけたことがあるが、クレアは否定すらしなかった。まったく嫌になる。それじゃ口説くことさえ間抜けじゃないか。

「俺は必ず、刑務所にブチ込んだ親父のように、この三件の殺しの犯人を捕まえてみせる。とりわけ、アシュレイ・ハーヴェスト殺しの犯人を」

クレアはうなずいた。

「なら、私と協力しあいなさい」

「あと二日くれ」

「ライリー・サンドバード刑事？」

「頼む。確かめたいことがある。あんたにも署長にも迷惑はかけない」

口から出まかせもいいところだったが、クレアは意外なことにすんなり折れてくれた。

「明後日のこの時間に、署長と私に口頭で報告するなら」

言外に、〝私が信頼できるかどうか、二日でわかるの？〟と訊いていた。

正直なところ、さっぱりわからなかったが、いったん時間稼ぎができれば、後はどうとでもなる。警察組織が、期限を設定し直すことについては驚くほど柔軟であることを、ライリーは経験的に知っていた。

「約束する」

きっぱりとライリーは言った。昨日、昼のミーティングを約束したのと同じ調子で。

「期待してるわ、戦闘爆撃機《ウォーバード》さん。好きなだけ爆弾を落としたら、燃料切れにならないうちに帰って来なさい」

クレアは言った。相棒としてでもなければ、異性としてでもなく、まるきり強情な弟を諭《さと》す姉のような調子で。それが何より、この腕力派の男の心を、たいそう傷つけるということを、ライリー自身が改めて発見していた。

3

『ハロー。これは俺からの通達《ノーティス》だ。あなた方の気《ノーティス》づきを促すための、無名のネズミからのレポートだ』

ライリーは、いつでも署長や部長たちがアクセスできる端末ではなく、まったく個人用の端末に送られてきたメッセージの冒頭部分を眺めた。

これでもう二百遍は読み返しているに違いない。あの地下鉄のトンネルで悪夢に出くわす前、突如として送られてきたメッセージ。添付されていたリストは、まさに度肝を抜くしろものだった。どうやって自分のプライベート・アドレスが特定されたのかについては、今ではもう興味が無くなっていた。毎夜のように、犬の夢を見ては目が覚めるようになってからというもの、疑問はおおむね三つに絞られるようになった。

おれは正気だろうか？　覚悟はできているだろうか？　メッセージは真実だろうか？

夜ごと訪れるそれらの疑問は、どれも祈りに似ていた。そうあって欲しいという願望を通り越して、そうでなくてはならないという無茶な盲信の域にまで達しつつあった。

きっかけは、容疑者として挙がった連中に違和感を覚えたことだった。

カジノ業界から追い出された、旧世代のカジノ・ギャングたち。だが彼らは、とっくに〝転職〟を果たしていた。マネー・ロンダリングの知識を買われて、港の検問所にこれまた旧《ふる》くから居座る、密輸グループに取り込まれたのだ。彼らが、自分たちをクビにした協会や、とりわけアシュレイ・ハーヴェストに報復したという、確かな証拠は何もなかった。

一方で、被害者は三人とも、死ぬ前に長期にわたって知人たちの前から姿を消しているという事実があった。署長をふくめ、多くの捜査員は、彼らが身の危険を感じて避難したと考えている。だがライリーは、そうは考えなかった。彼らが本来頼るべきボディガードたちが、彼らの居場所を知らなかったからだ。ライリーは、彼らが姿を消したのではなく、長期間、どこかで監禁され、もしかすると痛めつけられた上で、殺されたと考えた。

なぜなら、三人の検視データのうち、最初の二人に、そう考えるべき傾向があることを検視医が一度は認めたからだ。

懲罰用の独房に入れられた、囚人と同じ傾向。二人は、突然かつ極端なまでに運動をすることをやめていた。胃の消化物は、彼らの地位から考えれば信じがたいほど粗末なレトルト食品のフルセットだった。そして手や肩には、特徴的な痣《あざ》があった。

つまり二人は、狭い部屋に閉じこめられ、調理が簡単な食事を与えられ、そうした環境に激しいストレスを抱き、ヒステリックになってドアを叩き続けた。

まさに監禁だ。自分の意思でどこかに隠れていたのではなく。アシュレイ・ハーヴェストの遺体は損傷が激しすぎて、何もわからなかったが、そうでなければ最初の二人と同じ傾向が認められたに違いない。

ライリーは、殺された人物たちが、姿を消した場所を特定しようと努めた。拉致《らち》された場所と、監禁された場所へのルートを。そして、処刑が執行された場所を。

他の殺人課の同僚は違った。あくまでギャングどもが彼らを処刑したという前提で、動機と凶器と犯人を確定しようとしていた。

だがライリーは署長に逆らって独自の捜査を進めた。署の先輩刑事たちが使っている情報屋と無断で会い、彼らのつてでようやく、旧世代のギャングどもの代表格である、あのレイ・ヒューズと、街の旧い電話ボックスを通して会話をすることができたのだ。

「いいか、若いの。俺が教えられるのは、一つだけだ。よーく聞くんだな」

そうヒューズは言った。

「監禁をビジネスにしている連中がいる。そいつは、ダークタウンのいわゆる基幹産業《キー・インダストリーズ》の中でも、新機軸の手口でな。誘拐もしない。殺しもしない。拷問もしない。運ばれてきた人間を、言われたとおりの期間、完璧に閉じこめて生かし続ける」

「なんでそんなビジネスが生まれたんだ？」

ライリーは訊いた。ヒューズはこう教えてくれた。

「保釈保証事務所で訊いてみな」

そして、がちゃりと受話器を置く音とともに通話が切れた。

ライリーはその通りにし、この事件が想像以上の広がりを持っていることを悟った。どんな広がりかはわからないが、ともかく広く、そして深いのだ。

間もなく、露骨な脅迫や妨害に出くわしたことが、かえってその確信を強めてくれた。会って話を聞く手はずになっていた人間たちと、ことごとく連絡がつかなくなった。署のサーバーに載せていたはずの報告書が、何者かの手で消された。

死者が生前に監禁されていたことを証拠づける検視報告書は作成されず、ライリーの推測と確信だけを残し、死者は埋葬されてしまった。担当した検視医は、圧力をかけられたことをにおわすような口ぶりで、連絡するなら上司の許可をもらえと言い放ち、つっけんどんにライリーを追い返した。

そうしてある夜、自宅のアパートに戻ると、郵便受けの中に弾頭を上にしてフルメタル・ジャケットの実弾が一発、置いてあった。お前を撃つかもしれないぞ、という、古典的な脅迫の手口。弾丸からも郵便受けからも、指紋のたぐいは出てこなかった。

それでも独断で捜査を続けるうち、あのリストが――〝匿名の報告《アノニマス・レポート》〟が――送られてきたのだ。ライリーは、そのリストが暗示するものに、夢中になった。この事件の主犯格は、元カジノ・ギャングどもではない。カジノ店におけるマネー・ロンダリングの恩恵を受けてきた、合法的な企業群の一員だと確信した。

この地に古くから存在し、都市を築き上げてきた巨大企業。

リッチ建設。

クラウンフード株式会社。

フェンダー・エンターテインメント社。

オクトーバー社。

リストに連なるセレブたち。

そして彼らの面倒を見る、大手の法律事務所とメガバンク。弁護士と銀行屋。現代社会の騎士《ナイト》と城塞《ルーク》だ。この二つは、法体系そのものを手の込んだゲームにしてしまう。彼らはときに巨大な虚偽製造装置を創り上げ、緻密な論理で武装した〝偽証者〟たちを生み出す。どんな事件も根底からなし崩しにしてしまう、証言の撤回や、論破不能の偽証の数々を。

こいつらの誰かが、カジノ協会員をさらわせ、閉じこめ、殺した。

そう確信して間もなく、デキセドリンを自分の車の中で発見した。

そののち、地下鉄の廃トンネルの一角が、監禁ビジネスに使われているというネタを情報屋がよこしてきた。ライリーは教えられた場所に赴き、そして、悪夢に遭遇したのだ。

なんとか生きて地上に戻ってみると、ネタを流した情報屋は、姿を消していた。そればかりか、自宅に戻ると、自室の端末にハッキングされ、こっそり保存しておいた捜査用ファイルが、綺麗に消去されているのを発見した。

さらには、消えたはずの情報屋が、不穏な噂を流していると同僚から聞かされた。ライリーが違法な捜査を行い、証拠品である銃や麻薬の横流しに手を染めているのだと。

それがただの馬鹿げた嘘ではなく、本格的に自分をのっぴきならない境遇に追い込む準備であるという予感がした。地下鉄でライリーが死ぬ予定で行われていた準備。生きて帰ってきたときは、偽証によって罪をかぶせ、世に訴える力を根こそぎ奪うための。

まったくもって正気の沙汰じゃない。何一つとして根拠がないのだ。全てライリーの強迫的な妄想とされても、反論するすべがなかった。経路不明で送られたリストを除いて。だが経路が特定できないとなれば、それすらライリーの自作自演とみなされかねない。

証人なし。証拠なし。被疑者なし。いかれた独走。

だがクレアは、俺の頭のネジがとんでいるとは言わなかった。俺はびびってはいるが、闘争心は十分あるし、信念を貫く覚悟は――〝人殺しや人殺しに荷担したやつは、肉親であろうと刑務所に送り込む〟――しっかり定まっている。そのせいで自分がはめられるかもしれないなんてことは、正直、上手く想像できないし、怯えても仕方ない。

問題は、ほうっておけば誰かが殺されるかもしれないということだ。今まさに、どこかで監禁され、処刑のときを待つばかりの誰かがいる可能性だってある。

弟のように。ライリーはそう思った。俺は、あの父親と母親のいる家から一刻も早く逃げたかったし、実際、十七のときにそうした。なのに弟は家にいることを望んだ。母親がそう望んでいることを知っていたからだ。俺は親を警戒したが、あいつは親から愛されることを期待し続けた。くそったれの家から逃げられなかった。

ライリーは、ゆいいつ消去を免れた、携帯端末のメッセージを見つめた。あるいは、ライリーの捜査データを消したハッキング野郎にさえ消せなかった、経路不明の受信データ。

『突然のことで驚いたかもしれない。だが本当の驚き《サプライズ》はこれからだ。あなた方は待ち伏せ《サプライズ》されている。どうか警戒を。そして幸運を』

ああ、幸運を。

端末のモニターをオフにし、懐に入れた。地獄絵図、というクレアの言葉が思い出された。ライリーの脳裏に、実家の床下の光景がよみがえった。軍人上がりの港湾労働者だった父親が、自慢の拳で母親の肋骨を四本ばかりへし折って病院送りにしたのがきっかけだった。母親はいつものことながら、自分の不注意で転んだとか何とか言っていたが、サンドバード家の事情にすっかり詳しい医者が、ライリーに電話したのだ。

今こそ、弟を家から引っ張り出すべきときが来た。そうライリーは信じた。パトロール警官になって半年後のことだった。ライリーは警察のバイクで実家を訪れた。そして弟の不在を知った。父親は、弟は旅に出たとぬかした。

ライリーは弟の部屋を調べ、預金とカード明細を調べ、近所の友人たちに訊いて回った。弟が長期旅行に出たというのは嘘だ。そう確信した翌朝、父親が仕事に出たのを見計らって、家中を調べた。そしてついに床下で、消臭のため石灰まみれにされた弟の死体を見つけたのだった。まさに地獄の蓋を開いた感じだった。自分の胸から溢れかえる絶望の、硫黄のような臭いを実際に嗅いだ気がした。

物言わぬ腐乱死体と化した弟の胸に、ライリーは自分の拳銃と警棒を置いた。自分が持っていたら使ってしまうだろうし、本当に使うべきなのは、弟だったからだ。

それから、ライリーは職場にいた父親のところへ行き、署へ同行するよう告げた。後で被告が保釈や無罪を訴える根拠となるような暴言は浴びせなかったし、暴力も振るわず、手錠すらはめなかった。取り調べ室では、検事が来るまで自白もさせなかった。父親は四の五の言っていたが、ライリーは先輩たちが撮影の準備をするまで口を利かなかった。

父親はずるずる抵抗したが、有罪となって服役した。その三年後に、実は母親が主犯だったことが判明した。ヤクでラリった母親が、ライリーを夫と勘違いして、べらべら喋ったのだ。マイクが家を出ようとしたからだと。母親である自分を捨てようとしたから。それで夫の鹿撃ち銃でマイクを撃って、その後で自分も死のうとした。うんぬん。しかしマイクは死ななかった。血の泡を吹きながら二時間ばかり生きていた。仕事から帰った父親は、その様子を見て、警察や病院に連絡をするよりも自分の手で絞め殺し、安らかにしてやることを選んだ。そして長男の手で刑務所にブチ込まれた。妻の代わりに。

どこまでも自分勝手な外道ども。ライリーは母親の犯行の証拠をかき集めた。

だが検事は、肝心の母親の脳みそがアルコールとヤクでスポンジみたいになっていたことを気にした。裁判中に奇声を上げたり、お漏らしをしたりする被告は、どうしたって検察による弱者いじめのイメージにつながるからだ。だが罪は明白だった。検事と市選弁護人が相談し、判事と医師に書類を作らせて、母親自身にサインさせた。そうして母親は郡立の専門病院に、永久隔離されることになった。

俺は遅かった。もっと早く弟を迎えに行くべきだった。ライリーはその絶望の念が、今も胸の奥にしっかりと居座っているのを感じた。老人がお気に入りの揺り椅子に座ってくつろいでいるような具合だ。ゆっくりと前後に体を揺らしながら、ときおりこちらに微笑みかけてくる。ほら、まただ。お前はいつでも遅れを取るんだなあ。

脳裏に現場写真がよみがえった。三人の死者たち。最後の一人は、正義を行おうとして、守られもせず死んだ。殺害を命じた人間は、人を使って誘拐させ、監禁させ、ひょっとして拷問させた。そして殺させただけでなく、捜査するライリーをあらゆる手段で脅し、妨害させた。それだけの金と権力を持った人間が事件の背後にいる。

あるいはこのリストが、何者かによる周到で手の込んだ罠だったとしても、それはそれでいい。人が殺されたことに変わりはないし、罠が手がかりになるかもしれないからだ。

「俺はどうやら正気らしいし、覚悟もあるらしい。後は、リストを頭から確かめるだけのようだぜ、相棒」

ライリーは服の上から愛用の左利き用拳銃に触れ、静かに呟いた。真っ暗なトンネルで悪夢に遭遇して以来、なぜかこの銃に対して喋りかけるのが癖になっていた。

そうすると落ち着くのだ。自宅のアパートで銃の手入れをしているときなど、特にそうだった。これからの行動について、一つずつ、銃に向かって喋りかけてしまう。

我ながらまずい傾向だ。どうにも、まずい。しかし、リストが暗示している敵の強大さを考えれば、その程度のストレス解消は致し方ないではないか。敵が使役するであろう、悪辣な犯罪者の群れのことを考えれば。

カトル・カール――伝説の殺し屋集団と口にしたが、連中の仕事が殺しだけではなかったことをライリーは知っている。署長やクレア、年老いた元ギャングどもからも聞かされたからだ。あいつらは、暗殺・誘拐・脅迫・拷問――四分の一を四つ《カトル・カール》、きっちりこなしていたのだと。ダークタウンの基幹産業である四つの犯罪行為。だが今は違う。元ギャングのレイ・ヒューズが告げたように、どうやら往年のサービスに、もう一つ新たなビジネスが加わった。生かしも殺しもしない、〝柔軟な〟サービスである監禁がそれだ。

どうして監禁サービスなんてものが必要なのか、ライリーはこの一件で初めて知った。大手であり、市でほとんどゆいいつまっとうな保釈保証事務所である〈クローバーズ・オフィス〉の所長が教えてくれたのだ。

その事務所は、署の拘置所よりずっとハイテクな拘禁施設を合法的に備えていて、手続きが済むまで、保釈違反者をそこにブチ込んでおく権限を持っている。警察は、保釈中の人間が罪を犯した場合、相当に気を遣う必要があった。訳の分からない法律が無数に存在し、保釈中にしか適用されないような独特の法体系が存在するからだ。警察の権力濫用を防ぎ、犯罪者の人権を保護するための法律が。そのせいで保釈中の人間が罪を重ねたにもかかわらず、前の事件の弁護士に連絡しなかったとか、そんな下らない理由でまとめて帳消しになって起訴すらできないような事態になる。

　保釈保証事務所は、犯罪者の保釈を助ける一方で、そういう警察側のリスクをまとめて背負ってくれる何でも屋だ。保釈違反者をとっ捕まえるだけでなく、その係争状況を整理し、法的責任を本来の犯罪者に背負わせた上で、警察に引き渡す。

「ギャングや一般市民の間でも、そういうサービスが必要になる場合があるんだろう」

　そうクローバー所長は教えてくれた。

「ある人間を拘禁し、その背景にあるものを一から十まで整理し、それから、しかるべき相手に引き渡す。人身売買や営利誘拐といった昔ながらの犯罪をはじめ、今じゃギャングすら、敵対組織を潰すために、証人を保護拘束する時代だ」

　そういう仕事を引き受ける人間には、元警官が多いという話だし、現役の警官が組織ぐるみでやっているという噂だってある。所長はそう言った。保釈違反者たちを月に平均二十人も自社の牢屋にブチ込んでいると、そんな話をしょっちゅう聞く羽目になるのだ。

　かくして、暗殺・誘拐・脅迫・拷問・監禁のサービスを売る新時代の申し子たちが現れたのだという。その名も〈五重奏《クインテット》〉——闇社会の恐るべき新ブランドだ。実に馬鹿げている。そんな大層な集団が出現したら、都市中でニュースになっていそうなものだ。とはいえ事実、アシュレイ・ハーヴェストは、殺される約一週間前に姿を消していた。０９《オー・ナイン》法案の連中が彼を見捨てる一方で、誰かが彼を誘拐し、監禁した。そして、彼の背景を整理した上で、しかるべき相手に引き渡したか、残りのサービスを代行してのけた。

そのどれにも警察が関わっていないことをライリーは祈った。身内を狩るのが辛いのではない。少なくとも自分がとっくに包囲され、背中を撃たれる可能性を否定できないからだ。

少なくともリストを送った人物は警告してくれている。人名の一覧、金の流れ、被疑者不明の犯罪の告発文書とともに。

匿名の人物が示唆する、一連の惨《むご》たらしい犯罪に、もし警察が関わっているとしたら。俺の車のダッシュボードにデキセドリンを置いていった人間が、署内にいるとしたら。署長がどこかの誰かと、何らかの取引をしているとしたら。

もしそうなったら、自分に味方はいない。少なくとも、今のところは。

これを送った人物はどこにいる？　どうすれば敵か味方か判断できる？

このまま進めば、どこかではっきりするだろうという予感があった。せめて自分が、本格的に罠にかかる前にそうなって欲しかった。

まずは今の捜査状況の中で、最も自分に近い連中から当たるべきだろう。監禁ビジネスに関わったかも知れない、市内の元警察官の絞り込みからだ。

ライリーはもう一度、服の上からホルスター越しに銃の感触を確かめた。

車から降り、サウスサイドのごちゃついたビル街にある、探偵事務所に入っていった。

元刑事が開設したオフィスだ。所長と会うのはこれで三回目だった。これまで二回とも、別れ際に同じ台詞を言われた。

「お前さん、死んだ昔の相棒に似てるよ。フライト・マクダネル刑事っていうんだがな。あのカトル・カールを相手に、一歩も引かなかった本物の男だ。最後はギャングの親玉に撃たれたが、現場は戦場さながらだった。二十人か三十人が撃たれて死んだ。あいつは、その最後の一人か二人になるまで生きてたんだ。最高の古つわもの《ウォーホース》だよ」

自分の銃に話しかけるときと同じように、その台詞には何やら心慰められるものをライリーは感じていた。

署長には、監禁ビジネスに関わっているという元警察官の連中を探ってもらっている。クビになった警官同士というのは、同じ境遇にならない限り理解できないような、警戒心に満ちた友誼《ゆうぎ》を抱くものらしい。署長はそういったはみ出し者たちと交流を持っていて、金輪際ライリーとは親しくなろうとしない連中の心を開かせるすべを持っている。

元相棒似の若い刑事に免じて、ギャラもだいぶ安く見積もってくれた。とはいえ、いきなり事件の核心に迫れるとは思っていなかったし、依頼してすぐに成果が挙がるとも期待していなかった。単に、元刑事の探偵がけつをまくって逃げ出したり、現役のこっちをカモにしようといった気を起こさせないよう、釘を刺しに訪れたまでだった。

まさか悪夢と再会するとは、それこそ夢にも思わなかった。

4

おんぼろビルの階段をのぼり、薄暗い廊下を進んで、『マーシャル探偵事務所』のドアをノックした。半端に開いたままのドアは、一つ叩いただけで勝手に開いていった。

応接室という名の、無駄に豪勢な革張りのソファが置かれた狭苦しい部屋があり、その向こうには所長の事務室がある。さらに右手に別の部屋があるかのように、タペストリーが吊るされていたが、こんな狭いビルにもう一部屋あるわけがない。ただの見せかけだ。

事務室のドアも開けっ放しだった。ライリーはそちらに歩み寄ろうとして、ふいに熱を感じた。右脇下の銃が、だしぬけに赤外線でも放射し始めたかのようだった。

ライリーはぎくりと立ち止まった。あの地下のトンネルにいたときと同じだったからだ。

自分の銃が突如として危険を警告し、熱を発しているのだという感覚。

殺害現場から鑑識の連中が撤退した後、ライリーはそれこそ犬さながらに犯人の臭気を察知できるようなものはないかと、何度もトンネルに足を運んでいた。あそこが監禁ビジネスに使われていたというのも、うなずける話だった。というのも、トンネルというのはサブウェイ・ホームレスの広大な集合住宅の通路であり、ギャングどもの取引の場であり、数多の犯罪の温床でもあるからだ。

地区ごとに複雑怪奇な縄張りが設けられ、トンネルのどの場所に死体が捨てられたかということが、地上のどんな人間に関わりがあるかということを如実に物語る場合があった。だが三人の死者が遺棄された場所は、それぞれはかったように語るべきものを持たなかった。市のあらゆる勢力の境界線上にあるかのように思われた。彼らは空白に捨てられた。その空白から、何かがどこかにつながっているのではないか。ライリーは期待を込めて地下を歩き回った。そして――

（犬）

のそりと、今再び、地上のビルの一室で、そいつが現れるのをライリーは見た。

トンネルでライリーが懐中電灯の明かりを向けたときと比べても、まったく遜色のない強烈な不気味さで、薄暗い事務所の奥から、黒い巨大な犬が歩み出てきた。

目は丸く栗色で、耳は何かの飾りのように長かった。鼻は大きく、分厚い唇の間からとんでもない量のよだれを垂らしている。口元の両側には、足先と同じ黄褐色《タン》のグラデーションがあり、それ以外は艶めいた漆黒の毛で覆われていた。そしてとにかく、でかい。後ろ足で立ち上がれば、ライリーの顔と同じ高さに相手の口が——鋭く咬《か》み合う鋭いシザース・バイトと呼ばれる歯が——来るのは間違いなかった。ライリーはこの怪物に最初に遭遇した後、片っ端から犬について調べ、歯の咬み合わせの独特な呼び方を知ってぞっとなった。歯をハサミ《シザース》なんかに喩《たと》えたのが、どこのサディスト野郎かはさておき、それこそ自分の咽笛など裁ち切りバサミのように、じょきんと切り裂く力を持っているのだ。

犬の動きは、緩慢なようでいて歩幅が大きい分、信じがたいほどの早さだった。

あっという間にその巨体が迫り——がん！　と銃火の輝きが炸裂し、両目を殴りつけられたような衝撃を覚えた。

左手が、訓練通りに右側のホルスターのストッパーを外し、銃を抜いて構え、安全装置を外し、ただちに引き金を引いたことを、銃火を見てやっと認識していた。自分の頼れる相棒が——銃それ自体が——促したのだと確信していた。銃が熱を発するなど聞いたこともないが、とにかく、ライリーが正しく対処できるよう、銃が導いてくれたのだ。

ぱっと犬の左耳が風圧でめくれ上がり、血が飛び散った。弾丸は犬の左目のすぐ下を穿《うが》ち、頭部を貫通して血まみれの骨片をまき散らした。

さらに二発目を撃った。犬の背骨の辺りから水鉄砲のように血が噴出した。

黒い巨体がぐらりと横へ傾《かし》ぎ、そして踏ん張った。断末魔の吠え声を発することもなく、ぶるんと血まみれの顔を振った。血が盛大に飛び散り、犬の顔と背に空いた穴が、みるみるピンク色の肉に塞がれてゆくのをライリーは見た。

　たちまち腰から力が抜けるような、絶望感と非現実感に襲われた。まさしく、暗い地下トンネルで遭遇した悪夢の再現だった。そのときライリーは牙を剝いて襲いかかってきた怪物に、九発もの弾丸を叩き込んだのだ。しかし犬に膝を屈させることすらできなかった。

　そのときも、撃っても撃っても犬は死ななかった。あるいは、幾ら死んでも、生き返って向かってきた。地下トンネルで、ライリーは作業用通路から飛び降りて線路を横切り、必死に反対側の作業用通路によじ登った。その直後、たまたま列車が通過して犬を遮ってくれたお陰で、ライリーは地下通路を全力疾走し、地上に帰還することができたのである。さもなければ犬の牙に引き裂かれ、線路上のバラバラ死体が一つ増えていたことだろう。

　今、ライリーがいるちっぽけな応接室には、怪物の進路を阻んでくれるものは何もなかった。走って逃げても、追いつかれるのは必定《ひつじょう》と思えた。むしろこの化け物に背を向けることを考えただけで、悪寒がするほどの恐怖を覚えた。

「いったい《ワット・ザ》・どうなって《ファック・イズ》・いるんだ《ゴーイング》・くそったれ《オン》！」

　ありったけの闘争心をかき集め、フレーズを区切りながら引き金を引いた。全て命中したが、犬は倒れなかった。銃の射線から外れようともしない。むしろ弾丸を浴びることを楽しんでいるかのようだ。証拠に犬がにたにた笑っているようにライリーには見えていた。

　犬の傷がたちどころに消える一方で、脇腹が盛り上がった。そこからひしゃげた弾丸が次々に現れ、齧《かじ》った果物の種でも吹いて捨てるように、濁った血と一緒に床に排出された。

暗いトンネルでは見えていなかったその異様な光景に、ライリーの中で限界を超える恐怖が弾けた。針が振り切れて、計測不能になった体重計か何かになった気分だった。

「おお、ちくしょう、助けてくれ！」

誰かに助けを求めたというより、全世界に向かって絶叫した。こんなおかしなできごとを許す全知全能の神に向けての、精神的損害に対する賠償請求といったところだ。

もちろん返事は期待していない。

だが、返事はあった。

「オーケー、今、ダディが助けてやる」

だしぬけに、天からそんな声が降ってきた。正確には、ライリーの右斜め上に存在する、部屋の換気口からだ。

ぴたりと犬が歩みを止めた。そのでかい鼻口部《マズル》が天井に向けられた。分厚い唇の隙間から、初めて低い獰猛な唸り声がこぼれた。

がちゃん、と大きな音がしてライリーを飛び上がらせた。換気扇のファンが蓋ごと落ちてきたのだ。見ると、直径四十センチほどのダクト口から、太い指をした人間の手がぬっと突き出されている。手は、馬鹿でかい銃を握りしめていた。でかすぎて玩具《おもちゃ》にしか見えない銃だ。そしてその銃が、めくるめく炎と炸裂音を発した。何発撃っても倒れなかった黒犬が、子犬のように宙に浮いて壁に叩きつけられ、激しい音を立てて転がった。

「よしよし、坊《チェリー》や。もう大丈夫だ。お前さんが悲鳴を上げているところは、しっかり録画させてもらった。生命保全プログラムの承認前仮手続きとしては必要十分てところだ」

やたらと渋みのある低い声。そしてダクトロから、ぐにゃぐにゃしたものが這いずり出てきた。まるでタコ壺から這い出すタコみたいだとライリーは思った。実際、そっくりだった。しかし二秒ほどぐねぐねしながら全身を現し、颯爽《さっそう》と床に降り立ったのは、背の低い、ペンギンみたいなビヤ樽体型をした中年の男だった。水風船を真下に落としたような感じで、その腹が揺れるのをライリーははっきりと見た。

頭は半端に禿げていた。つるりと禿げているならまだしも、未練たらしくしなびた髪がまつわりついている。

冗談みたいにド派手な赤いビロウドのスーツ、黒と灰のストライプのシャツ、ゴールドのタイ、あからさまな厚底ブーツ。いったい世の中に対してどのような不満を抱けば、そんな恥知らずな出で立ちを決心することができるのか、ライリーにはさっぱりわからなかった。だがこの男が着る限り、どんな魔法が働いたものか、ひどくさまになっているのだ。

男は一方の手に握った携帯端末を操作し、

『助けてくれ！』

悲鳴を上げるライリーがしっかり撮れていることを確認し、懐に入れた。代わりにポケットからしわくちゃの黒い丸鍔《まるつば》の帽子を取り出し、髪の残党がしぶとく抗戦を続けている頭に乗せた。するとますますその男ぶりが上がったことに、ライリーは目をみはった。

男は、ふてぶてしい笑みを浮かべた口に、火のついた葉巻をくわえ、もうもうと煙を吐きだしていた。お陰で、どうやってあんな場所に潜り込めたのか、という疑問が、あの狭いダクトの中で、どうやってスーツに焦げ跡もつけずに葉巻を吸うことができたのか、という疑問に置き換えられてしまった。

「俺の名は、ダーウィン・ミラートープだ」

男は、自分が吐きだした煙に視線を向けながら、渋いバリトン声で告げた。

「仲間は俺をミラーと呼んでいる。ミラー・ザ・〝軟骨格体《シェイプ・シフター》〟だ。俺の骨の九割は、特殊コラーゲンと造血性プロテインで作り替えられている。つまり、こういうことだ」

言いざま、軟体動物であるペンギン男が、得体の知れない鮮やかな動作をしてみせた。

一瞬遅れてライリーは、男が鋭いカンフーキックを放ったのだと理解した。赤いビロウドのズボンの裾から、三倍くらいの長さに伸びた毛深いすねが剝き出しになり、タコの触手のように宙で撓《しな》ったかと思うと、鞭のように振り下ろされていた。

いつの間にか傷を完治させた犬が、素早く、その一撃をかわした。真っ直ぐライリーに接近していたときとは画然と違う、恐ろしいほどの機敏さだ。

床を叩いたペンギン男の脚が、さっと横に払われ、ソファの足に、ぐるんと絡みついた。

そしてそのまま脚が床からソファをかっさらい、ぶうんと唸りを上げて旋回し、かと思うと、迅速に走りかかる犬目掛けて、再び振り下ろされた。

犬は横っ飛びでそれもかわした。ソファが床に激突し、骨組みが壊れて革を突き破った。

男がさっと右手の銃を突き出し、どかん！　と撃った。まるきり玩具の鉄砲を撃つような軽々しさだ。ゴリラ・サイズの拳銃と、たっぷり火薬を詰め込んだ弾丸がもたらす衝撃が、ペンギン男の腕の関節をあらかた駄目にするはずだとライリーは信じた。

だが男の肩がぐよんぐよん波打って衝撃を吸収し、放たれた弾丸が犬の腰を破裂させた。

犬はそれでも止まらず、前足だけで前進し、咆哮とともに男に飛びかかった。

男は文字通り体をねじって、さっと咬合《こうごう》をかわすと、果敢にけだものに絡みついた。

いったいなんだこの有様は。

男の姿をしたタコと、撃っても死なない犬が、くんずほぐれつの格闘を開始するさまに、ライリーはあんぐり大口を開けた。男は犬に絡みついて絞め殺そうとし、犬はみるみる腰部を再生させ、暴れ狂って男の束縛を咬み千切ろうとする。とても現実とは思えなかった。このビルに入るまでのどこかで、夢の世界にさ迷い込んだに違いないと信じかけた。

「よし、お前さん。ぼさっとしてないで、今からパパの言うことをよーく聞くんだ」

ふいに、犬の腹の辺りから、にゅっと男が顔を出して言った。

「誰がパパだって？」

ライリーは荒っぽく聞き返した。なぜかそれがひどく重要なことであるかのように思えた。だがペンギン男は無視して言った。

「ビルの玄関から出ず、裏口へ回れ。そこに俺の仲間がいる。表に出れば、どこかに潜んだ敵のライフルで狙い撃ちにされるはずだ。なぜかっていうと、猟犬には猟師がつきものだからな。そしてお前さんは、敵の狩り出し部隊にすっかり包囲されているんだ、坊や《チェリー》」

「誰がオカマ《チェリー》だって？」

ライリーは怒鳴った。自分がパニック寸前の頭で、見当外れな点にこだわっていることは薄々理解していたが、聞き返さないではいられなかった。

「甘《シュ》ったれ《ガー》はそのくらいにして、さっさと行きな。さもないと、俺が撃ち殺しちまうぞ」

言うや否や、男の右手が天井に向かって、またもや軽々しく、どかん！と発砲した。

ライリーは反射的に回れ右して走り出した。左手に銃を握りしめたまま部屋を飛び出し、さほど長くもない廊下を全力疾走して裏口のドアを開いた。外に出た瞬間に、もう一頭の犬が襲いかかってくることを想像し、慄然としながら鋭く銃を構えた。

犬はいなかった。狭い駐車場には、エイプハンドルの超大型バイクにまたがった、いかにもなライダーズ・スタイルに身を包んだ男がいた。男は、V型の水冷プッシュロッドエンジンが上げる、鼓動音に似た独特の音にじっと耳を傾けていたが、ライリーがビルから飛び出してきたのを確認すると、名残惜しそうにエンジンを止めてバイクを降りた。

「私は、メイフュー・ストーンホーク」

男がライリーの真横で告げた。ライリーは危うく女の子のように悲鳴を上げそうになった。気づけばバイクには誰も乗っていなかった。男がいつ五メートルほどの距離を移動し、自分の隣にまで来たのか全然わからない。本格的にライリーは己の正気を疑った。

「ストーンでいい。私はあんたの正義感を称えるにやぶさかではない」

目を白黒させるライリーをよそに、男は右手を差し出した。ライリーは反射的に男と握手をした。鋼鉄製のロボットの手を握ったような感触だった。全身これ筋肉といった感じの長身で、ライリーよりさらに頭一つでかい。真っ直ぐ垂れた長い金髪を、ヘッドバンドのようにライダーズ・ゴーグルが押さえている。深沈とした面長の顔と、灰色の鋭い目が、凛々しい猛禽類を連想させた。

ライリーの目を惹いたのは、男の腰のベルトからチェーンで吊るされた、金属の長い棒だった。まるで鉄パイプを腰に佩《は》いているみたいだ。それも、暴走族どもが工事現場の足組の一部を拝借して、喧嘩に使うようなしろものを。

「この鉄パイプが気になるかね？」

男がライリーの顔を覗き込んで訊いた。ライリーは答えられなかった。男は大きくうなずくと、秘密を分かち合うような静かなささやき声で告げた。

「これは奇跡の品だ」

ライリーは眉をひそめたが、すぐにそれどころではなくなった。狭い駐車場に、突如として何台もの車が飛び込んできたからだ。車の群れは、お互いに接触するぎりぎりで、けたたましい音を立てて停車した。次々にドアが開き、殺気走った顔の男たちを吐き出す。十人近い男たちが残らず拳銃を握りしめているようだった。

「おい、手を離せ！」

ライリーが怒鳴った。だが男は握手をしたまま、左手でゴーグルをずらして目を覆った。

「風圧に目をやられるのでな。眼球はなかなか強化しにくいようだ」

まるで目を見開いたままバイクをぶっとばせないことを恥じているような感じだった。

「くそったれ、手を離せ！」

ライリーが絶叫した。次の瞬間、男の姿が、ふっと煙のようにかき消えた。

もしかして正気を失った自分は、実在しない幻と話をしていたのだろうか。咄嗟に頭が、そんな解釈をひねり出した。だとすれば、いかにも自分を拉致しにきたギャングどもという感じの男たちも、じきに綺麗さっぱり消えるかもしれない。

だが男たちは消えなかった。それどころか、殺到する男たちの最後尾で、のっぽのゴーグル男が、鉄パイプを振りかざしていた。

男たちは誰もゴーグル男の姿に気づかないようだった。そしてその存在が幻ではなく、少なくとも鉄パイプは実在する証拠に、男たちのうち三人がいっぺんに吹っ飛んだ。

ごつん、と一つの音しかライリーには聞こえなかったし、何もかもが速すぎてよくわからなかったのだが、確かに三人が冗談のように宙を舞っていた。それぞれ別の角度に飛んでゆき、車に叩きつけられる者もいれば、ライリーに向かって進む仲間の背に、激突する者もいた。続いてまた何人かが吹っ飛び、異変に気づいた男たちが慌てて車の陰に飛び込んだ。背後から機関銃の掃射でも受けたと勘違いしたのだろう。

気づけばゴーグル男が駐車場のど真ん中に立っていた。ゆうゆうとした動作で鉄パイプを頭上に突き出して見せ、

「お前たちは今、奇跡を見た」

声高に宣言した。

「これは偉大なる最新科学によってこの世に現れた、聖なる鉄パイプだ。これは硬い。とても重い。そして補整振り子と同じように、熱膨張率の異なる二種類の金属を用いている。金属内部には、血管のように無数の油流管《ゆりゅうかん》が存在する。その中を、特殊な精油が移動することにより、この鉄パイプの軌道は自由自在となる」

男たちはその馬鹿げた口上をほとんど聞かず、ただちにゴーグル男をとっ捕まえるか撃ち殺すかしようとしたようだった。だがいつの間にかまたゴーグル男の姿が消え、しかしその声はやまず、先ほどと同じように、人間が宙を舞い始めた。

「精油の移動はこの柄の握りで操作できる。猛烈な勢いで振り下ろすことも、対象の一ミ

り前で止めることも容易《たやす》い。慣性の法則と流体力学の結晶であり、まさにお前たちのような悪党の跳梁跋扈《ちょうりょうばっこ》を防ぐためにこの世に生じた、オンリー・ワンの逸品だ」

気まぐれな突風が右へ左へ吹き付けて、並べた紙細工を吹っ飛ばす感じだった。瞬く間に男たちは一人残らずぐったりとなって地に倒れ伏し、一発の銃弾も発射されなかった。それどころか、ふとライリーが足下に目をやると、左側に銃の山が、右側には銃から抜かれたらしい弾倉の山が、できあがっていた。

「証拠物件というやつだ。彼らが害意を抱いていたことを証明する、何よりの品だな」

ゴーグル男が、ライリーの隣に現れて言った。

ライリーはどうにか悲鳴を飲み込んで訊いた。

「どうやって姿を消してるんだ？」

「俺のことは、どうでもいい」

ゴーグル男は少し憤慨したようだった。

「時速三百六十キロかそこらの速度で動けるというだけだ。それより、この鉄パイプのことをもっと詳しく聞きたくはないかね」

自分から石《ストーン》と名乗った通りの頑《かたく》なさで、ゴーグル男が言った。ライリーは聞いたほうが良いのだろうかと本気で迷った。と思うと、ゴーグル男が、ぴくっと顔を上げた。目が宙を見ている。無線通信を行っている者独特の仕草だ。ライリーは呆気にとられた。こいつは頭部のどこかに超小型の通信チップを移植《インプラント》している。まるで軍隊みたいに。

「あんたを届けよう。俺とミラーが、ここでしばらく囮《おとり》になる。どれほど効果的かは疑問だが、まだ仲間もいることだし、とやかく異論を挟むべきではないだろう」

自分自身に言い聞かせるような調子だった。届ける？　何を？　ライリーは疑問を口にしたかったが、そこで突然、衝撃に襲われた。息が詰まって喋るどころではない。まるで竜巻か何かに巻き込まれたようだった。自分の体重が消え、世界が溶けたバターのようにめまぐるしく流れてゆくのを見た。

ゴーグル男が、自分を担いで、走っているのだ。頭のどこかがそのように説明した。残りの知性はそれを否定した。しかし否定しきれなかった。ゴーグル男は間違いなく、体重九十六キロのこの自分を荷物のように肩に担ぎ、裏口から表通りに出て突っ走っていた。

隣の車線を車が通りすぎていった。いや、ゴーグル男が走行中の車を追い越していった。ドライバーは誰も気づいていない。とんでもない烈風に凍えそうだった。横殴りのGに襲われ、ライリーは気を失いかけた。ゴーグル男が交差点で右折したのだ。前方を走る車に追いつくと、その後部座席のドアを開き、ライリーを放り込んだ。

あまりに起きることが速すぎて、まるで自分が猛スピードで宙を飛び、車のドアを幽霊みたいに突き抜けて車内に飛び込んだようだった。

「気持ちはわかるけど、少し静かにして」

運転席から女の声が飛んだ。ライリーは後部座席で仰向けにひっくり返ったまま、「あー！」と声を発し続けていることに、やっと気づいた。

「銃をしまって。相棒のうっかりミスで、シート越しに背中を撃たれるのはごめんだわ」

「クレア⁉」

ライリーは飛び起きた。無意識に手が銃の安全装置をまさぐった。だがいつの間にかロックは安全位置に戻っていた。

「なんであんたがここにいるんだ⁉」

「あなたが私の車に届けられたのよ」

「あのペンギン男とゴーグル男は何だ？　いったい誰が俺を始末しようとしてるんだ？」

「前者はあなたの味方で、後者は不明。ただ、あなたが敵のリストに載った可能性が高かった。だから署長は取り引きに応じた。あなたを彼らに渡したの。あなたを守るために」

「俺を、誰に渡したって？」

「スクランブル‐09《オー・ナイン》。あなたもご存じ、生命保全プログラムの執行のため、禁じられた科学技術の使用を許された人たち。古つわもの《ウォーホース》の、〈イースターズ・オフィス〉よ」

「どこの馬《ホース》に俺を乗せたって？　冗談じゃないぞ！　都市中の警官に憎まれちまう！」

「そうやってあなたがごねないよう、説得するのが私の仕事ですって。三十分前に署長から口頭で命令されたわ」

クレアは落ち着いた調子で言うと、車の速度を上げて地下道へ入った。

「なんで地面に潜る？　どこに行くんだ？」

「あなたを逃がすルートを、イースターに設定してもらってるのよ。車も鉄道も駄目。あらゆる警察用カメラを使われてる可能性があるから。この車もきっと追跡されてるわ」

「警察――」

　ライリーは言いかけて、ぽかんとなった。

「犬の飼い主のことは考えなかったの？　マーシャル探偵事務所の所長でさえ、あなたが敵のリストに載ってる可能性に気づいて、逃げ出したわ。あなたが犬に襲われたことはイースターから聞いてるの。イースターたちは、あなたをマークしてたみたいね。きっと署長も了解していることよ。ねえ、なぜ署長が捜査チームを編成させなかったと思うの？」

「ちょっと、待ってくれ――」

「カジノ協会員殺しに、一部の警察関係者が関与している可能性があるからよ。捜査チームを編成しても、内部から攪乱《かくらん》されるか、最悪、捜査官が犠牲になるかもしれない。特に、あなたみたいな独走好きの人が」

　クレアが厳しい調子で言った。ライリーは返す言葉に窮した。

「〈クィンテット〉は、あらゆる組織に枝を伸ばそうとしている。だから署長は、イースターたちが、事件を仕組んだことを黙認したの」

「なんだって？　いや、待て。てことは、あんたもぐるなのか？　クレア？」

クレアは小さく肩をすくめた。ライリーは今度こそ本当に絶句した。

「警察内部の〈クィンテット〉を——暗殺、誘拐、拷問、脅迫、監禁の、どれかに関係している人間を、あぶり出すためよ。あなたは幾つもの駆け引きと反復殺人《リターンマッチ》と罠の地雷原に、自分から入り込んで、チェスゲームの駒にされたんだわ」

そう言ってクレアは、地下ロータリーに並ぶタクシーの車列に割り込んで車を停めた。警察の公用車であることを示す駐停車許可票をフロントガラスの内側に置き、外へ出てライリーを手招きした。

ライリーは、ようやく懐に銃を収め、クレアの後を追った。

混雑した地下のショッピングモールを通り抜け、管理者用のドアをくぐった。警備員が近寄ってきたが、クレアがバッジをちらつかせて黙らせた。

ライリーは、自分がどんどん地下深くへ連れて行かれる感覚に怯えた。階段を下りて無人の通路を進み、さらにドアをくぐって大型ショッピングセンターの地下駐車場に出た。

「いたわ」

クレアが指さしながら歩み寄った。

空っぽの車ばかりで、ろくに人気《ひとけ》のない駐車場の一角に、フルーツ・ショップのロゴが入った大きな紙袋を抱えて立っている男がいた。クリーニング店から受け取ってきたばかりのような、ぱりっとした春物のトレンチコートとスーツを着て、腕時計を見つめている。いかにも若い優男だった。そこそこ優秀な保険会社の勧誘員という感じだ。クレアがそばに来ると、ようやく腕時計から目を離し、微笑んだ。

「予定通りです。お二人とも、少しの間、僕と一緒に、ここにいて下さい」

男はそう言って、紙袋からプラスチックのパックを取り出し、中に詰まった赤いものを、そこらにぶちまけた。ライリーが見たところ、イチゴだった。

「お前も、０９《オー・ナイン》担当官か？」

ライリーが、荒っぽく聞いた。内心では何をされるかわからず、男の顔と床に転がったイチゴを交互に見ながら、びくびくしていた。

「はい。イーサン・スティールベアです。同僚からはスティールと呼ばれています」

微笑みは親しげだが、感情的なものが何も窺えず、どんな人間よりも無表情に思えた。

「この床に落としたものはなんだ？」

「イチゴです」

男は右手を開いて、最後の一つを見せた。確かに、真っ赤に熟れたイチゴだった。

「その紙袋に入ってるのはなんだ？」

男は返事をせず、紙袋を傾けた。ぎっしり詰まった鮮やかなグレープフルーツが見えた。

「なんでフルーツなんか――」

「もうじきわかります。それより、僕から、今の状況と今後の行動を説明しましょうか？」

「お願いするわ」

クレアが言った。男はにっこり笑った。愛想は覚えたが、血も心も冷たいままのハ虫類といった感じの笑顔だった。

「九名が三方向から、あなた方を追跡中です。およそ四分後に最初の二名がトラップを踏み、二分ごとに二名ないし三名ずつ仕留める予定です。最後の二分であなた方は、ここを徒歩で出て西側地下通路を進み、サウスガード駅に通じるトンネルを目指してもらいます」

「ト、ト、トンネル？」

ぎくっとなって聞き返すライリーを、クレアが遮《さえぎ》った。

「通路はどこ？」

「あそこの八番駐車場を右に折れると入り口があります。鍵は開いています。通路の先には、鉄道整備用の車両格納庫がありますので、そこまで辿り着いて下さい」

「わかったわ」

「もう間もなく追跡者たちが来ます」

フルーツ男がまた腕時計を見た。ほとんど見入っていた。顔に貼り付いたような笑みが、ほんの僅か人間的なものになっていることにライリーは気づいた。アナクロな機械時計の針の動きに、絶大な愛情と信頼を寄せているとでもいうようだった。

急にフルーツ男が顔を上げ、ライリーを見た。その目が、きらりと冷たい光を発した。

ばん！　突然の衝撃音にライリーは飛び上がった。クレアもぎょっとなっている。

金切り声のようなタイヤの擦過音がし、続いて激しく車同士がぶつかる音がした。ライリーは唖然となって、同じく驚いた顔のクレアと目を見交わした。

「予定通り、今から四分後に移動して下さい」

ばん！　人間の悲鳴がした。ばん！　さらに悲鳴。

いきなり業務用ドアが開いた。作業服を着た二人の男が飛び出し、ライリーが銃を抜く前に、フルーツ男がそちらに向かって、グレープフルーツを一つ、さっと放った。

ずがん！　グレープフルーツが宙で炸裂し、男たちが左右に弧を描いて宙を飛び、床に叩きつけられた。二人とも銃を放り出したまま気を失い、どちらも手足が変な方向に折れ曲がっている。

「爆圧による複雑骨折です。法律により、殺傷力をぎりぎりまで落としていますのでね」

フルーツ男が言った。人体を木っ端みじんにしてはいけないことに不満を抱いているのが自然と伝わってきた。ライリーは本能的に相手の顔面にげんこつを叩き込みたくなった。

「なんでフルーツが爆発するんだ？」

「化学反応です」

フルーツ男は、そんなことも知らないのかと冷ややかな蔑《さげす》みの光を目に溜めて言った。

「僕の肉体は、法律上、小規模な化学工場に類似した扱いを受けているんです。法的に許可された化学物質を、一日の制限量に従い、生産することができます」

フルーツ男は右手でグレープフルーツの一つを握ってみせた。その爪が妙にきらきら光っている。その爪と指の隙間に、ふっくらと水滴が現れ、消えた。いったいどういう理屈か、水滴がグレープフルーツの中にしみ込んでいった。

「果物の酸味や糖分は、大変便利に活用できます。二十分ほどすれば、化学物質が分解されて、普通に食べられるようになります。調合によって時間は幾らでも調節できます」

ばん！　また駐車場のどこかで悲鳴が湧いた。

かと思うと、下りスロープから激しいエンジン音とともに白い車体が現れた。屋根の青い回転灯がくるくる回って光を放っているのを見て、ライリーとクレアが息を呑んだ。

「よせ――」

ライリーの手の届かないところに、さりげなく移動していたフルーツ男が、左手の紙袋を逆さにした。駐車場内の排水のため、ほんの僅かに斜めになった床を、グレープフルーツの群れが勢いよく跳ね、扇状に散らばった。

突進するパトカーが最初のグレープフルーツを踏みつぶした瞬間、炸裂が起こり、全ての果実が誘爆した。殺傷力を落とすどころではない。車がバネ仕掛けのように飛び上がり、後方へ縦に一回転半して、そのまま落下した。

「そんな顔をしないで。あのくらいなら乗っている人間は生きていますよ、ははは」

　フルーツ男が、呆然とするライリーとクレアを見て、可笑《おか》しそうに笑った。ライリーが睨みつけると、にっこり笑って後ずさった。そして腕時計を見て、二人に軽く会釈した。

「では僕はこれで失礼します」

　同時に、床のイチゴたちがしゅうしゅう音を立てて溶け崩れ、ピンク色の煙幕を大量に噴き出し始めた。右手に握ったままのグレープフルーツをもてあそびながら、フルーツ男が煙の中へ消えてゆく。

「おい、待て」

「言ったでしょう、一日の制限量に従ってるって。あんまり浪費したくないんですよ。それに、犬は引き受けたくないんです。生き返るほうならまだしも、消えるほうは御免です」

「犬がなんだって？　おい、待て——」

　煙に向かって怒鳴るライリーの腕を、クレアが叩いた。

「今のうちに行くわよ」

　ばん！　またどこかで爆発音がした。悲鳴と怒号がさんざめいた。駐車場のあちこちから色鮮やかな煙が立ちこめ、まだ動ける追跡者たちを文字通り煙に巻いてゆく。

　ひっくり返ったパトカーを尻目に、ライリーはクレアの後を追って走った。本当にあれは襲撃者だったのか？　もしただの巡回だったり、通報を受けて駆けつけたパトカーだったら？　だがその可能性はなさそうだとライリーも認めざるを得なかった。こんな場所を巡回するなど聞いたこともなかったし、彼らはサイレンすら鳴らしていなかった。

自分が同胞に裏切られ、追放された気になった。それはライリーが予想していた以上に、最悪の気分だった。

フルーツ男に言われたとおり、地下通路を走った。誰もおらず、通りがかったドアから武装した襲撃者が飛び出してくるということもなかった。

薄暗い格納庫に出た途端、ほっと安堵に襲われた。助かった。まさか地下トンネルに隣接した場所に来て、そんなふうに感じるとは思わなかった。

「ここがゴールなんだな？　ここからどうするんだ？」

「迎えが来るはずよ。それまで大人しく隠れてましょう」

ライリーは肩をすくめて周囲を見回した。列車の大半が運行中とあって、がらんとして、やたらとだだっ広かった。

「あの客車は？　点検予定の車輛か？　もし可能なら、あれに潜り込むのも――」

いきなり熱が発生した。腰の右側――銃が、俺を手に取れと叫んでいるようだった。

ライリーはそうした。物も言わず銃を抜き、安全装置を外して構えた。危険がどこにあるのかもわからなかったが、銃が、そうしろと言っていた。

「なに？」

クレアが切迫した声を上げた。こちらもライリーの行動に従い、銃を抜いている。

「わからん」

ささやくような低い声で返した。ぐるりと円を描くように周囲に銃を向け、一方の壁に背を向けて後ずさった。何も来ない。誰もいない。だが握った銃はひどく熱かった。

いきなりライリーの手が動いた。というより、銃が急に磁力を発して、何かに引っ張られたようだった。

来たばかりの通路へ向かって、銃火が湧いた。ライリーは、まず間違いなく自分は引き金を引いていないと断言できた。銃が手の中で跳ね、元の位置に戻ると同時に続けて跳ねた。弾丸が壁で火花を散らし、民間人を殺傷する危険な跳弾となって暗がりに消えた。

ライリーはぞっとなった。銃が熱で暴発したのだと思ったのだ。しかし銃身は急速に冷えていた。また、ぐいっと手を引っ張られるようにして狙いがずれた——いや、銃が勝手に何もない空間に向かって狙いをつけ、発砲していた。今度は衝撃がない。射撃の反動で銃が跳ねることさえなかった。鋼鉄の内部で衝撃が吸収され、ほとんど無反動になっていた。

そんなことがあり得るのか？　だが事実、立て続けに銃が火を噴いた。信じがたいほどの連射だ。こんな撃ち方をしたら、金輪際、狙いをつけられっこない。衝撃に耐えられるわけがない。そのうち銃を落っことしてしまうに決まっている。

だが銃はライリーの手の中にいて、激しい弾幕を放ち続けた。俺の銃が勝手に撃っている。引き金が勝手に引かれ、めちゃくちゃに弾をばらまいている。おかしい。これは本格的におかしい。なぜなら、もう弾切れのはずだからだ。俺は弾丸を装填していない。この弾はいったい全体、どこから出てきているんだ？

ライリーは愕然となり、そして次の瞬間、この日最大の恐怖に襲われた。ふいに何かが素早く自分のそばを通り抜けたのを感じたかと思うと、脚に灼熱の痛みが生じたのだ。

左の太ももの外側が、ざっくり裂けていた。跳弾か？　そんな疑問が、そうだ、こいつだったのだ、という確信に押しのけられた。目に見えない何かが、ズボンの布ごと肉を食い千切っていった。そしてこの銃は、その見えない存在を嗅ぎ取り、何とかして退けようとして、しゃにむに暴れているのだ。

「くそったれ！　何かいるぞ、クレア！　何かいるんだ！　撃て、撃ちまくれ！」

それまで銃を構えたまま呆然としていたクレアが、にわかに射撃に参加した。

この見えない何かは、フルーツの花火大会が行われた後の駐車場から追ってきたのだ。煙にごまかされず、ライリーの臭線を辿って、真っ直ぐ追跡してきた――とことん正気と思えない推測。だがそうなのだ。銃はいっそう激しく銃火を迸らせた。だがライリーの銃にも、見えない怪物の接近を嗅ぎ取ることはできるが、どうやら正しい位置をとらえるには至らないらしい、ということがわかってきた。

大の大人が二人も、たがが外れたように何もない空間に向かってぶっ放している。こんなクレイジーなことはない。だがもっとクレイジーなことに、ありったけの火線を無傷でくぐり抜けてきた何かがいて、そいつはとうとうライリーの左腕に届いたのだった。

ジャケットの左袖がはじけ飛び、とんでもない痛みに、ライリーは言葉にならない怒鳴り声を放った。上腕の肉が引き裂かれ、血と布切れの間に、うっすら白い骨が見えていた。

一瞬で左腕に感覚がなくなり、自分が銃を握っているのかどうかもわからなくなった。

右手で銃を握ろうとして、その指が空をかきむしった。左手は何も握っていなかった。

ライリーは絶望が自分の尻から頭のてっぺんまで電撃的に走り抜けるのを感じた。

「ライリー！」

「俺の銃！　俺の銃はどこだ！」

ライリーは絶叫した。クレアが辺りを見回し、ぎくっとなったように動きを止めた。

「なぜあなたが――」

ライリーはそちらを振り返り、驚きのあまり時間が止まったような錯覚に陥った。

暗がりに少女が立っていた。

いったいどこから現れたのか見当もつかない。だがとにかく、彼女がいた。ピンヒールのサンダルを履いた、ポニーテールの黒髪の女の子。あの老女の病室に入ってきた少女が。

《そのまま動かないで》

少女のチョーカーのクリスタルが電子の声を放った。そしてコツコツ軽快な足音を立てて何歩か歩き、床に落ちたライリーの銃を、ひどく丁寧に――愛しげな手つきで拾い上げた。それから、一方の手で、その左耳からピアスを外すという奇妙な行為をしてみせた。

「俺の銃だ――」

ライリーが言ったが、少女の意見は違った。

ピアスを服のポケットに放り込むと、両手で銃を握り、ライリーがぎょっとするほど手慣れた様子で構えた。少女もライリーと同じ、左利きだった。

少女が撃った。一発ではない。度肝を抜かれる速射の咆哮が上がった。先ほどまでライリーの手の中で起こり続けていた連射など、及びもつかない早撃ちだ。二秒かそこらで銃の遊底が下がり、そして、ひとりでに元に戻った。鋼鉄同士が触れ合うかすかな音が響き、銃の内部で魔法のように新たな弾丸が装塡されたのを、ライリーは直感的に理解した。

コツコツ軽快な足音を響かせて少女が歩き出した。またもや瞬く間に撃ち尽くし、今度は驚くべき早さで次の弾倉が――弾丸ではなく――補充される、カチンという小気味よい音がした。少女の左脚が、右脚と交差するように踏み出され、ダンサーのツイストさながらに右へ直角に体の向きを変え、流れるように宙へ弾丸の流星群を放った。

ライリーは、老女の病室を去る間際に感じた違和感に再び襲われていた。まるでX線検査にかけられているかのような感覚。だが対象はライリーではなく、範囲も格段に広い。

まるでこの空間全体が彼女によって精密にスキャンされているようだった。あのピアスを外したことが関係あるのかもしれない。それがどういうことなのかまるで理解がつかないが、ライリーの胸中で、唐突に強い期待が——確信が——湧いていた。

この少女には、見えない怪物の位置がわかるのだ。

こちらを追ってくる見えない敵を、逆に追いかけることができるのだ。

あのフルーツ爆弾野郎は、この怪物と対決したくなくて、けつをまくって逃げ出した。そしてあの少女に、後の面倒を丸投げしたのだ。

少女がふいに駆け出し、しなやかに宙へ躍り出た。美しい鳥のような軽やかな跳躍だった。跳びながら撃ち、着地しながら撃った。その動きが鋭く、激しくなっていた。

少女と怪物が急速に接近し、退路を奪い合う様子がはっきりと見えるようだった。

少女は迅速に、怯《ひる》むことなく最後の一手へ迫った。やがてほとんど一つにしか聞こえない激烈な速射の轟音を最後に、ぴたりと少女の銃撃がやんだ。

その銃口が、すーっと格納庫の一角へ向けられ、ついでライリーたちが来た通路のほうで止まった。そこで少女は、相手を追うのをやめ、ゆっくりと銃口を上に向けた。

それから、銃を口元に寄せると、感謝するというより、そっと慰めるように、銃のグリップの根本に唇を押しつけた。

5

結局、それは俺の銃だと主張できないまま、ライリーはクレアに傷口を縛ってもらい、ついでに肩まで貸してもらって、少女の後についていった。

こと銃撃に関しては、信じがたいことに少女のほうが格上であると認めざるを得なかった。再び怪物に襲われれば、ライリーには撃退するすべとてない。それに、こうして窮地を脱した上で、クレアにぴったりくっつけるというのは何とも言えず幸福だった。だから、警察官が民間人に自分の銃を預けることが自分をどんな立場に追い込むか、といったことを、いちいち口に出す気は失せていた。

少女は歩きながら一方の手でポケットからピアスを取り出し、再び耳につけた。ライリーにはそれが、銃の安全装置を元の位置に戻すのとそっくり同じ動作に思えた。

少女が、少女自身の安全装置をかけるための動作。なぜかしっくりくる考え方だった。

《トレイン》

少女が呼んだ。先ほどライリーが隠れようと提案した車輛の後ろから、ひょっこり少年が現れた。警官が着るような黄色いレインコートを着た、十歳くらいの痩せた男の子だ。

なぜ地下でレインコートなんか着ているのか理由を想像するのも難しかったが、今は想像

を逞《たくま》しくすることも億劫《おっくう》だったし、

《彼が案内してくれます》

少女がそう言うので、ライリーは黙ってうなずいた。クレアも何も言わず、ライリーに肩を貸しながら、その視線をじっと少女に注いでいる。

少年はずっと銃撃戦を見守っていたらしく、少女に向かって親指を上にして突き出し、にっと白い歯をみせて笑った。少女を褒め称えるように。少女がかぶりを振ると、少年は神妙にうなずき、くるりと背を向けた。そして、地下鉄のトンネルに向かって歩き出した。

トンネルの作業用通路は悪夢への逆戻りに思われたが、予想に反してライリーの気分は大いに楽だった。それほど、この少女を頼もしく感じているからだと認めたのは、丸々ひと駅分、暗闇のハイキングを終え、サウスガード駅の作業員通路に入り込んでからだ。

トレインと呼ばれた少年は、どうやら地下鉄世界での、合法的とはとても言えない優待客らしい。ホーム下の隙間から、配管がうねくる通路に忍び込み、切断済みの錠前をずらしてドアを開いた。人の気配がないことを確かめながら通路を進み、やがて何食わぬ顔で、最後の扉を開いてみせたのだった。

まず少女が、上着の懐に銃を握る手を突っ込んで外へ出た。それからクレアとライリーが続いた。改札の外側にある階段の脇の、業務員用扉だった。ライリーが振り返ると、少年はぱちりとウィンクし、扉を閉めて別れを告げた。

クレアは少年を見もしなかった。それどころか今まさに肩を貸している男にすら関心を向けていないのではないかということに、はたとライリーは気づいた。

クレアは少女を見ていた。それも、うっとりとした眼差しを片時も外すまいとしているように思われた。同性愛者であるというもっぱらの噂の女刑事。おいおい、待ってくれ。そんなはずはないと思いたかった。実際、ライリーはすぐさまその思考を脳から叩き出した。幾らなんでも勘弁して欲しかった。

階段を上がりきると、西日で目がちくちくした。人のまばらな街角だった。『ビバリーズ・カフェ』という看板の、みすぼらしい食堂の隣の駐車場に、赤いオープンカーが停まっている。運転席には、弁護士みたいなスーツを着込み、長い髪を奇天烈などどめ色に染めた男がいた。あのひょろりと痩せた、のっぽのイースターだ。

少女が歩み寄ると、イースターが車から降りて言った。

「ありがとう、バロット。本当に助かったよ。店でゆっくり休んでてくれ」

少女はうなずき返し、そのまま食堂の裏口から厨房の中へと入っていった。

代わりにイースターが、ライリーのそばに近寄って来て言った。

「やあ、ライリー・サンドバード刑事、クレア・エンブリー刑事。無事で何よりだ」

「ええ。お陰様で」

クレアが言った。目は食堂を見ていた。少女が窓越しに見えないか探しているらしい。

「ささて、何から話したものかな。ここは安全だ。半径三十メートル以内での電波発信や、電子的な記録行為は、特製の装置で全て妨害されてる」

「お前たちは、アシュレイ・ハーヴェストを見殺しにした」

ライリーが嚙みつくように言った。すると、この人でなしは神妙な顔をして肩をすくめ、

「ま、死体にしたのは確かだね。うちには、その手のことに優秀な人材がいるんだ」

「なんだって？　まさか、お前たちがアシュレイ・ハーヴェストを殺したのか？」

「その件については、もうすぐここに到着するので、とりあえず実物を見てもらいたい。それより、もし君が、保護証人として長期にわたり、我々が用意するゴージャスかつ比類無き安全な隠れ処で生活する気があるなら――」

「断固として拒否する」

イースターはまた肩をすくめ、ぴっと人差し指を立ててみせた。

「我々の協力者として、事件を解決するための捜査権を確保して差し上げよう」

「お断りだ」

「事件解決後は、警察に復帰できる。君には素質はあるが、いかんせん今の未熟で単純な捜査技術で闇雲にうろつくのは危険だ。何より出世の早道だぞ。一財産作ることもできる」

「黙るってことができないんなら、その顎をぶん殴って閉じてやってもいいんだぜ」

イースターは嘆かわしいというように大げさにかぶりを振った。

「一体の制作費に五万ドルはかかるのに。そちらの署長に頼まれて特別に作ったのだがね。いいさ。いつでも使えるんだ。焼けば推定死亡日時を大幅にごまかせる。何より、今回の件で、君は敵のターゲットから外されるだろうし」

「いったい何の話だ？　俺にリストを送ったのはあんたなのか？」

「これは君が思うより、はるかに複雑なゲームなんだよ、サンドバード刑事」

イースターが急に真顔になった。聞き分けのない子供をたしなめるような調子だ。

ライリーは、急に自分が古つわもの《ウォーホース》のレースに紛れ込んだ、新入りの若造であるという気分に襲われ、危うく言葉を失いそうになった。

「誰も彼も、リスト作りを競い合ってるのさ。だがうちのリストは半端じゃない。どこにでも入り込み、人の善悪をかぎ分け、正体不明《アンノウン》で居続けられる優秀な人材がいるからね」

「そいつが、俺にリストを……？」

ふいにクラクションの音が響き、全面ミラー式の窓のバンが駐車場に入って来た。

運転席のドアが開き、抜群のプロポーションをシャークスキンのスーツにぎゅうぎゅう詰めにした、派手派手しい若い女が現れた。単に派手なだけでなく、馬鹿げていた。スーツの上から、つぎはぎだらけの白衣を羽織っており、白衣にはピストル型注射器やら、携帯電子顕微鏡やらが、じゃらじゃら吊るされている。サイケデリックな高級コールガールが、医者の真似をした特別な遊びをしてやろうと宣伝しているような恰好だ。

「ハイ、ダーリン。お待たせ。とぉーってもいい仕上がりよ」

女はどんな技術を駆使して染めたのかわからない黄金色の髪を手で払い、いかにもパーティ狂いといった様子で腰を振り、イースターの肩に腕を回して甘ったるい声を上げた。

「ありがとう、エイプリル」

イースターはさりげなく女の手を彼女自身の腰に回させ、距離を取った。

「彼女はエイプリル・ウルフローズだ。僕の優秀な助手でね。特殊な科学技術の塊であるメンバーの検診も担当している。エイプリル、彼が例のタフガイだ。と言っても、彼のことはよく知っているね」

「死体は隅から隅まで、ね。生きて動き回っているのを近くで見るのは初めてよ」

「いったい何の話だ？　いつ俺を死体にするかっていう相談か？」

「もう完成してるのよ、シュガー」

女はにっこり笑うと、尻を振りつつまたバンに近づき、後部座席のドアを開いた。

座席に敷かれたビニールシートの上で、脳天を撃ち抜かれて絶命したライリーが、シートベルトで固定されて座っていた。

ライリーの顎がかくんと落ちた。

「いいね。上出来だ」

イースターが言って、にやりと笑った。

「タンパク質とカルシウムと人造血液の合成人形だ。君のDNAをクローニングした細胞を使っている。今回は急いだので、内臓は再現していない。解剖されれば偽物だとばれるが、焼けば万事オーライだ。これを使って、死んだことになりたいときは、いつでも連絡をくれたまえ」

ライリーはまじまじとイースターを見た。

イースターは、オフィスの名前がでかでかとプリントされた名刺を取り出すと、ライリーのワイシャツのポケットに差し込んだ。

「〈イースターズ・オフィス〉を、どうかご贔屓《ひいき》に。我々のモットーは、〝殺さない・殺されない・殺させない〟だ。君が、共同捜査に乗り気になってくれることを祈るよ。まずは、その傷を癒したまえ」

それから、腰の後ろのベルトに挟んでいた拳銃を抜いて、ライリーの手を取って渡した。左利き用の大口径セミオートマチック。まぎれもないライリーの銃。だが、いったいいつ少女はイースターに渡したのか？　ライリーが記憶する限り、そんな場面は皆無だった。

女がくすくす笑ってバンのドアを閉めた。自作の死体を車に乗せて平然と街中を走り回れるような、いかれた女だが、今はライリーのほうが自分の頭がどうかなってしまったのではないかと心配になった。

ふいにまたクラクションが鳴り響いた。今度は表の通りのほうからだ。

「ミラーに言って、エンブリー刑事の車を、店の前に運ばせた。あの癌化された幹細胞《キャンサード・エンブリオ》を移植された犬は、残念ながらミラーを振り切って逃げたそうだ。猟師のライフル狙撃のせいで、追うのは難しかった。猟師の正体はまだ不明でね。まあ、ターゲットの外にいる君を狙うことはないさ。せいぜい良い夢を。それじゃ、また会おう」

イースターはそう言うと、女をつれて店の厨房の中へ入っていった。ドアが閉まる直前、ヒゲ面の男が腕組みしてこちらに向かって微笑んでいるのが、ちらりと見えた。間違いなく、生きている、アシュレイ・ハーヴェストだ。撃たれて焼かれてバラバラになった死体。シャークスキンのスーツを着た、いかれた女が作った冗談みたいなしろものを隠れ蓑に、無事に生き延びたカジノ協会のつわもの。

ライリーはとことんルーキー気分を味わいながら閉められたドアを見つめ続けた。

クレアも店を見つめていた。こちらはアシュレイ・ハーヴェストには興味がなさそうだった。そもそも死者の生存を知っていたのだ。署長とともに。今頃は、署長による警察内の同僚狩りが——罪を犯した警官どもの狩り出しが——始まっていることだろう。誰がライリーの車にデキセドリンを置いていったか、後でゆっくり聞けるかもしれない。

ライリーは動こうとしたが、クレアが動かなかった。ぼんやりとした顔で、店に入れないものか思案しているような様子だった。少女の後を追って。

勘弁してくれ。そんなわけあるもんか。

「行こう、クレア」

「……え？　ええ――そうね」

ライリーは肩を借りるクレアを逆に引っ張るようにしながら車のところへ移動した。そうしながら、手渡された銃を見つめた。この銃をイースターから手渡されたのは二度目だった。ついさっきと、〈イースターズ・オフィス〉を訪れたときだ。果たしてどちらも同じ銃を渡されたのだろうか？　それとも――

まあ、いいさ。なんてことはない。あれだけ撃ちまくったにもかかわらず、銃から硝煙の臭いがほとんどしないことも、今はどうでも良かった。イースターが言うように、とにかく傷を癒すことが先決だし、めまいがするような痛みを早くどうにかするべきだった。

クレアの車で病院に送ってもらう間、銃は熱を発することも、話しかけようという気を起こさせることもなかった。それはホルスターの中に大人しく収まり、独走する男のゆいいつの魔除けとしての役目を、すっかり終えていた。

6

《行ったみたい》

ブース席で炭酸水を飲みながら少女が告げた。店の前に停められていたクレア刑事の車が走り去ったことを言っていた。すぐ隣のブースでは、作戦会議と称して、メンバーたちがアシュレイと一緒にさっそく乾杯を始めている。ミラーが、敵との対決を避けたスティールを口汚く罵《ののし》る声が聞こえた。はからずも戦闘に加わった少女への遠慮からだ。そしてまた、今、銃の姿でテーブルに置かれたままの彼への。本来なら、少女が実働しなければならない事態は避けるというのが、イースターと彼との約束事だったからだ。

彼だけは、刑事たちが遠く離れるまで姿を現そうとしなかった。ひどく用心深く、これと決めた相手以外、姿を見せないのだ。メンバーたちも、早く出てこいとは彼には言わない。そこにいるのに、いないように扱う。まるで彼自身が、そう望んでいるかのように。

やがて、ぐにゃりと銃がひっくり返り、彼が現れた。どんな道具にでも変身《ターン》する、心優しい金色のネズミが、テーブルの上にちょこんと立って、確かめるように匂いを嗅いだ。

「確かに、去ったようだ」

それから、宙を見つめて、ぽつんと呟くように言った。

「サンドバード刑事は、よく銃である俺に話しかけてきた。まるで俺が返事をするのを待ってるみたいに」

《本当に待ってたのかも》

だがネズミはかぶりを振った。

「リストが俺の声だ。サンドバード刑事は、俺の勧告に従ってくれた」

《いつか、あなたの声がみんなに届く》

少女が言った。一緒に祈ろうというように。

《ウフコック＝ペンティーノっていう名前の優しいネズミがいてくれたことに感謝する》

ネズミはじっとその少女の言葉について考えた。だがやがて自分からそれを否定した。

「俺は、匿名《アノニマス》でいい。それが、この都市での、俺の名だ」

少女は黙ってネズミを見つめている。

「俺は必ずリストを完成させる。〈クィンテット〉の根をつかまえ、彼らを使役している人々を、残らず表舞台に出させるために」

ネズミは言った。言い訳ではなく、意志を表明するために。

《……うん》

少女はうなずいた。いつ決着がつくともしれないネズミの巡礼《ピルグリム》。せめていつかその行いにも、祝福が訪れることを願って。

やがて仲間たちが気づき、彼を呼んだ。少女とネズミは、仲間たちのいる場所へ移動し、今日あったことを冗談交じりに話し合った。

どんな苦痛も存在しなかったかのような笑い声。またすぐに自らの意志で無名の道具となり、都市をさまよい始めるだろうネズミを、誰も引き止められはしなかった。

ハロー。これはネズミからの最後のレポートだ——。
シリーズ第3作、ガス室からおくる衝撃の予告篇

Preface of マルドゥック・アノニマス

初出：ＳＦマガジン 2010 年 12 月号

通達――〝匿名の報告《アノニマス・レポート》〟
ファイル#34／33／33／14233／ボイスデータ
緊急　被疑者不明の一連の殺人事件および薬害訴訟について
発信記録――不明《アンノウン》
受信経路――不明《アンノウン》

ハロー。これは俺からの通達《ノーティス》だ。あなた方の気づき《ノーティス》を促すための、無名のネズミからのレポートだ。

突然のことで驚いたかもしれない。だが本当の驚き《サプライズ》はこれからだ。あなた方は待ち伏せ《サプライズ》されている。どうか警戒を。そして幸運を。俺はその両方が足らず、致命的《リーサル》な目に遭ってしまった。俺自身が凶器《リーサル》であることを考えると皮肉というしかない。

俺は今、ガス室の中にいる。死をもたらすガラス張りの部屋の中にいて、孤独のうちに終焉を迎えようとしている。ガラスの向こう側で俺を見送る者はいない。いてはいけないのだ。この結末に誰も巻き込まずに済んだことこそ、今の俺にとっては最善の幸福なのだから。

これは、俺と都市との戦争だ。一匹のネズミとマルドゥック市《シティ》との。敵はあまりに巨大で、俺は自らの生存を放棄することでしか、その頂上をかいま見ることができなかった。

俺は〝天国への階段《マルドゥック》〟を昇り、はるか高みにいる者たちに迫った。彼らのリストを作り、地上の罪の多くが彼らによってもたらされた証拠をかき集めた。彼らの罪状を数え上げ、その過程で俺自身が犯した罪の数と一緒に、記録した。

あるときから、俺はこの結末を悟っていた。いずれ完全に退路が失われることはわかっていたのだ。それでも俺は引き返さなかった。そのことを誇りに思う気持ちは残念ながらそれほど強くはないが、それでも今、何の後悔もない。

昔、俺の仲間の一員がここで死んだ。最高の猟犬だった彼を都市が捕らえ、死を命じた。そのときのことは今でも覚えている。彼は全く抵抗しなかった。都市と主人の意志に殉じることが彼の存在理由だった。彼にとってその死は正しいことだった。

だが彼と違って、俺には死の正しさを断定することはできない。こうしてガラスの内側に閉じ込められた今となっても、煮え切らずに考え続けている。何が罪で、何がそうではなかったのか。俺の正しさには、どれほどの価値があったのか。以前はそんな自分に少しばかり呆れてもいたが、今はまぎれもなくそれが俺の流儀なのだという思いがある。

俺は、俺自身の意志に殉じたい。俺はそのためにこの都市に来た。いつか自分の命が終わることを知り、俺が生きることの価値をどこかに見つけたくて。

だから今、残された少ない時間の中で、語るべきことを語ろう。偽られた多くの事件と、その真相を。あなた方と俺の事件を。この六年間の遍歴《ピルグリム》が教えてくれたことを。

そのためにはまず、なぜ俺がこの都市の階段を昇ることができたかを説明しておく必要があるだろう。

俺は一匹のネズミだ。そして万人が使うことのできる道具だ。

軍の要請で創り出された万能道具存在《ユニバーサル・アイテム》。それが俺だ。俺はどんな道具にも変身《ターン》できる。人が望むほとんど全てのものに。中には法で禁じられたものもあって、そうしたものに変《ター》身《ン》するのはとても辛い。俺の心が強い拒絶反応を起こすからだ。それでも変身《ターン》せざるを得ないときはある。人生はいつでも充実しているわけではない。

俺が生まれた理由は戦争だった。最強の白兵戦用兵器として俺は開発された。それなのにあるとき廃棄処分が決定された。戦争が終わったのだ。戦後、俺は存在を許されなくなった。その俺が、廃棄を免れることができたのはある法案のおかげだった。

マルドゥック・スクランブル－09《オー・ナイン》――市民の生命保全のため、禁じられた科学技術の使用が一時的に許される。俺はその法案の委任事件担当官として登録された。ネズミではなく匿名《アノニマス》の人物として。

担当官自身が生命の危険を避ける上で正体不明《アンノウン》でいることがきわめて有効だとみなされるときがある。俺の場合、動物に知能を持たせることを狂気の沙汰とみなす者たちの議論を遠ざける上でも、きわめて有効だった。

匿名《アノニマス》であること。それが俺の新たな力になった。潜入捜査を続ける俺の正体を、誰もつかむことはできなかった。

俺は人の言葉が喋れる。人のように考えることができる。だがこの遍歴《ピルグリム》では滅多に喋らなかった。ごく少数の例外を除いて、誰にも俺の存在を告げようとはしなかった。

代わりに耳を澄ませ、記録した。そして、匂いを追った。

俺は、相手の匂いを嗅ぐことで感情を読むことができる。気高さのにおいも卑《いや》しいにおいも俺は知っている。善意や悪意、死や殺意のにおいも。

沈黙のうちに俺は人の手から手へと渡っていった。様々な道具に変身《ターン》し、マルドゥック市《シティ》のいたるところへ運ばれた。その遍歴《ピルグリム》の目的は単純だ。真実を探り、報告する。

そのために俺は武器になった。人間を飾る様々な品になった。語るに値しないような卑しい代物《しろもの》にもなった。人が望むありとあらゆるものに変身《ターン》し、俺が望む相手に拾わせた。

かつて俺は自分を必要としてくれる存在を求め続けた。俺の真の使い手を。

しかし俺はこの捜査を決意したとき、パートナーを持つことをやめねばならないこともわかっていた。だから、俺を正しく使ってくれるはずの最愛の相手に背を向けたのだ。それはひどく苦しく辛いことだった。長い捜査の間ずっと、その苦しみは俺を追いかけ続けた。こうして死を間近に迎えた今も、ゆいいつ俺の心をかき乱すのは、彼女の手から去らねばならなかったことの悲しみだ。

だが、そうすることでしかこの巡礼を始められなかった。

俺は、彼女が歩み出すと決めた都市の平和な街角《サニー・サイド・アップ》にも背を向けると、まず、焦げつきに満ちた暗黒街へ――かつて彼女の前に俺を使った男が降りていったアンダーグラウンドへ――運ばれていった。そこで不特定多数の手に身を委《ゆだ》ね、かつての相棒が徘徊した場所を、物言わぬ道具となって回遊した。

俺は地獄を巡った。そこは罪に満ちた暗い地下世界だ。どこもかしこも荒涼とし、殺伐とした、全くもってひどい場所だった。思い出すだけで、人々の恐怖の匂いが――俺自身が発する深い絶望の匂いが、この世界の隅々にまで満ちてしまう気がする。

その地獄は、俺に多くのことがらを教えてくれた。特に、かつて俺を使った男の行動の全てを。あいつがなぜ加速し続け、虚無へと失墜していったのかを。そしてなぜ、俺に殺されなければならなかったのかを知るすべを、俺に教えてくれた。真相そのものではなく、どこかに真相が隠されているのだ、という確信を俺に与えてくれたのだ。いったい誰が俺の元相棒に、虐殺と死を命じたのかを。

そこで俺を導いてくれたのは、ささやき《ウィスパー》のかけらだった。かつての俺の仲間の一人——とっくの昔に死んでしまった亡霊の声だ。彼は俺が生まれた研究所にいて、植物状態となった代わりに、電子的な操作《スナーク》の力を得て、膨大な電子情報を脳の代わりとして活動する人物だった。彼が都市で構築し続けた電子プログラムが、俺に真相へ近づくきっかけを与えてくれた。

俺はささやき《ウィスパー》に従って地獄を去った。そして、かつて解決されたある事件の軌跡を追った。それは俺の事件であり、彼女の事件だった。俺が自ら去ると決めた彼女の道のり。俺を正しく使うことを誓ってくれた、俺の魂をゆだねるべき永遠の使い手の軌跡を。

彼女は火に焼かれてなお生き延びた。そして自らの怒りと過ちによって危うく自らの焦げつきに呑み込まれそうになりながらも、勇気と謙虚とをもって、最後までその煉獄を生き延びたのだ。

自分の罪を知り、正しくそれに向き合うことでしか現れないこの都市の煉獄を、俺は彼女のように渡ろうと努めた。それは地獄を巡ること以上の辛さをもたらした。

彼女は言った——〝殺さない。殺させない。殺されない〟——だが俺は全てに敗北した。失われそうになっている俺自身の価値を、そこでつかみ取ろうと試みた。かつて彼女が成し遂げたのと同じことを、俺もまた成し遂げることでしか、再び彼女のもとには戻れないという思いがあった。

そこでも、ささやき《ウィスパー》のかけらが俺を導き、決定的なことがらに辿り着くきっかけを与えてくれた。

一つは、俺の寿命だった。

俺はかつて自分がいつか死ぬということを学習したが、そのとき確かな死が自分に近づきつつあることを知ったのだ。

ネズミは、生きる限り大きくなり続ける。

細胞の肥大だ。俺の肉体が、俺の命を脅かし始めていた。俺は今こそ本当に、自分自身の価値に挑戦しなければならなかった。俺が生まれた理由、俺がこの都市に来て、こうしてさまよい続けている本当の理由を証さねばならなかったのだ。

俺だけの有用性を。俺がこの世に残せる最善の何かを。

日に日に迫る俺自身の死が、辿り着くべき場所を俺に教えてくれた。

〝天国への階段《マルドゥック》〟——その高みへ。

罪から逃れ、富を手に入れた者たちがいる場所へ。

俺は地獄を巡り、煉獄を通ったときと同じように、人の手から手へと渡ってゆくことで、多くの市民にとって、天国とみなされる場所へいたる階段を一つずつ昇っていった。

そこで俺は都市の原理を体現する人々を知り、彼らの支配の匂いをかいだ。どんな暴力よりも暴力的な匂いを。完全に異質なものとなってしまった善の匂いを。巨万の富を手にした人々が、富の輝きによって逆に支配されるときの匂いを。

それはあたかも人間たちの変身《ターン》だった。そして都市自体の変身《ターン》でもあった。まるで大勢の人々の魂が、都市を構築する物質へと変身《ターン》させられ、天国へいたる階段の一部にさせられているようだった。至高の道徳的価値が存在すべき場所で、自分に都合の良い道徳や価値そのものを捏造する人々を見た。彼らは常に権力を発明し続けていた。巨大な堕落を巧妙に価値づけていた。途方もない原理を次々に生み出し、都市を変身《ターン》させ続けることで、自分たち自身をすら、それまでとは違う存在にしてしまおうとしていた。

その原理こそ本当に知るべきものであることを俺は知った。自分たちの原理をこの都市のシステムとして適用させ、永続させようとする闘争こそ、この都市の心臓の激しい鼓動であるのだということを。かつて俺の相棒になってくれた男と少女——二人ともが、都市の原理を巡る争いの中にいたのだという事実を。

俺のリストは膨大になっていった。地獄に落とされた身元不明死体《ジョン・ドウ》たちの生前の名。煉獄を渡ろうとして事件に関与し、自らの焦げつきに呑み込まれてゆく実行犯たちの顔。〝天国への階段《マルドゥック》〟の高みへ昇ろうとしながら入り組んだ仕掛けを施し続ける依頼人たちの正体。

目撃者、傍観者、多くの証人となるべき者たち――そして中でも最も厄介で、ある意味ではどんな犯罪者たちよりも罪深い、都市原理に盲従する、偽証者たち。

俺は偽りの証言を数多く見抜いた。その向こう側にいる、どんな地獄のけだものよりも貪欲で狡猾《こうかつ》な、本当の怪物たちに辿り着くために。

彼らが事件の核心であるはずだった。俺は彼らを追った。だが追いついたとき、怪物どもはとっくに群れをなし、巨大な争いを繰り広げていた。

ここで一足先に、俺のリストの中から、特に告げるべき名を告げよう。あなた方が待ち伏せされたときのために。俺の遍歴《ピルグリム》を知るという災いから、正しく身を守るために。

この都市の企業連合の中でも常に支配的階層に存在し続けるオクトーバー社――その巨大組織を生まれながらの揺りかごとして育った血族たちの一人、ノーマ・ブレイク・オクトーバー。

彼女にはくれぐれも気をつけろ。一見してその身は不治の病を患《わずら》い、生命維持装置につながれた、か弱い娘だ。だが内面は冷酷な好奇心に満ちている。その恐竜じみた残忍で用心深い性格によって、今や兄弟姉妹を完全に支配下に置いているようだ。俺は彼女が一連の惨殺事件を教唆した――あるいは指揮した最有力被疑者だと思っている。

フラワーカンパニー法律事務所――オクトーバー社の法務を一手に担う法律集団。彼らのゲームに巻き込まれるな。多くの希望は、彼らが仕組んだ罠にすぎない。中でも彼らを統率する〝ビッグボス〟ハリソン・フラワーという男は、法的知識の怪物だ。法律を駆使したパワー・ゲームの大物であり、どんな虚構も真実として通用させる天才的なメッセージ・ゲームの支配者だ。

同じ法曹界ではさらに二人の名を挙げたい。

〝ムーンフェイス〟・ビクター・ネヴィル検事――ハリソン・フラワーに匹敵する天才的な法律ゲームのプレーヤーだが、彼の怜悧《れいり》さはある意味、この世で最も信用できない知性だ。状況がわずかに変わっただけで、〝月のよう《ムーンフェイス》〟に刻々と態度も立場も変えてしまう。彼に惑わされ、正義という名の迷宮に閉じ込められた人々は数知れない。くれぐれも彼の仕掛けるゲームに惑乱されるな。

〝ザ・ロック〟・サリー・ミドルサーフ判事――絶大な人気を誇る女性判事だ。彼女はいずれ都市の主任判事となるだろう。彼女の野心は都市の裁判制度そのものを変えてしまう可能性がある。それが本当に正義のためか、用心して見極めるんだ。

都市でにわかに台頭してきた二人組――メガバンクのトップに躍り出た生粋《きっすい》の銀行マンたるロックウェル兄弟。彼らの得意とするマネー・ゲームが、おびただしい犠牲者を出そうとしている。彼らの複雑怪奇な儲け話と、甘い誘惑の声に決して耳を貸してはならない。

リッチ建設。クラウンフード株式会社。フェンダー・エンターテインメント社。これらは全てつながっている。そして都市原理を巡る抗争に多大な波紋をもたらしている。都市に建てられた巨大な塔――栄光と悲劇の数々を爆発的に生み出す装置たるグランタワーに集う彼らの中に〝ザ・ロードキーパー〟・ラッフィ・ブルーという男がいる。この上なく健全な実業家としてたびたびメディアに取り上げられ、その巧みな交渉術によって経済界の交通整理役として名高い彼は、実はダークタウンの〈交通管理《ロードキーパー》〉も兼任している。狡猾で容赦のないギャング組織の大半は、今や彼の使徒だ。栄光の輝きを背景に、暗黒街の支配者になろうとする彼の裏の顔を見逃すな。

一方で、同じグランタワーの住人でありながら年間百件以上もの訴訟の対象となり続け、法務局《ブロイラーハウス》から蛇蝎《だかつ》のごとく嫌われている異色の人物がいる。

映画産業を独占するフェンダー・エンターテインメント社の裏の顔を知り尽くした、命知らずの元ポルノ男優――ポルノ王こと〝ビッグホース〟・ダニー・シルバー。エロ雑誌を出版するシルバー社の創業者であり、何百人という専属モデルを抱え、合法と非合法の境界線上を住《す》み処《か》とする大富豪だ。アンダーグラウンドの地獄の底に、きらびやかな天国へいたる階段の〝延長工事〟を実施し、最底辺からスターを発掘する、とうそぶく彼のもとには、驚くべき情報が怒濤のように流れ込んでいる。真実と偽証とが巧みに織り込まれた彼の証言を見抜くのは至難の業だが、それを成し遂げたときに得られる情報には途方もない価値がある。決して諦めず、彼の言葉に耳を傾け続けろ。

〝コンダクター〟・ヴィクトル・メーソン――マルドゥック市《シティ》の市長であり、今期も彼の当選は確実だ。かつて彼が都市から一掃しようとした暴力と腐敗、貧困と差別が、少しずつ彼を蝕《むしば》んでいる。そしてそれ以上に、彼の不可思議な指揮者《コンダクター》としての能力についていける者が徐々に減ってきている。いったいどこから手に入れてくるのかわからない彼独自の情報が、クリーンな政治を期待された一市長を、怪物的な何かに変貌させようとしているんだ。彼が何を支配しているか――あるいは何によって支配されているかを、あらゆる手段を用いて見抜く必要がある。

以上が主だった名だが、もちろんリストには他に多くの要注意人物たちがいる。彼らの名を挙げたのは、天国にいたる階段の住人たちでありながら、いずれも独自の怪物たちを飼い慣らしている可能性があるからだ。

特に、アンダーグラウンドで新たな畏怖の対象となった〈クインテット〉は、噂以上に恐ろしい集団だ。報酬によって〝脅迫・誘拐・監禁・拷問・暗殺〟の五重奏《クインテット》を奏でる残虐な異常者たち。彼らはみな巧妙に正体を隠し続けているが、一つだけ確かなことがある。0《オー》9《ナイン》法案だけが許すはずの禁じられた科学技術を、彼らも手に入れているということだ。それがどんな技術かは推測がついている。ただしそれだけで彼らを理解したつもりになるのは危険だ。

統括者とみなされる〝マスターマインド〟・ヴァージルは、俺ですら正体をつかむことができなかったほど都市の闇に深く身を潜めている。俺に匹敵する完全な匿名《アノニマス》の存在――

ただしそのメッセージはアンダーグラウンドのいたるところに現れる。無惨な犠牲者たちが黒幕の実在を告げ、かろうじて追跡を可能にしているんだ。決して表に出ない暗闇の王。そいつは必ず存在する。街に長く伸びる影を追い続けろ。

　彼らと同じように怖れるべきは、文字通りの犬の群《パック・オブ・ハウンド》れである〈POH《ポー》〉だ。都市に出没する戦闘犬たち。誰かが彼らに禁じられた科学技術を使用し、怪物の群れにしてしまった。俺を追跡し、心の底から恐怖を抱かせた相手がいる。群れのリーダーである純白の雌犬〈シャトー〉に、銃は効かない。キャンサード・エンブリオ細胞を移植された彼女は、撃っても撃っても生き返る、最強の闘犬だ。

　そして、異形の子供たち〈ウェンディ・エンジェルス〉――誰かが彼らを創った。胎児の時点で禁じられた科学技術により異形化させられた六歳児・五歳児・四歳児・三歳児・二歳児。呪われた怪物たち――その無惨な無垢《むく》さに俺は戦慄する。何より、彼らの母親が誰であるかということに。かつてこの都市に、禁じられた科学技術の有用性を快楽の原則をもって証明しようとした女性科学者――脳死した彼女の肉体を、考えられる限りの無惨さでもてあそぶ者を、俺は決して許すことができない。

　彼女の肉体を用いて生まれた怪物たちの中でも、〈キドニー〉と呼ばれる存在には気をつけるんだ。長男である彼は、信じがたい腕力だけでなく、急激な新陳代謝を可能とする、四つの腎臓が融合した特殊な臓器を持っている。その臓器の働きによって、彼は変身する。

そしてそのたびに異質な知性を手に入れてゆく。くれぐれも彼らを救おうと思ってはならない——彼ら自身がその原理を持たないからだ。いかなる救済も届かない破滅の子供たちとの間で、警告や交渉が成り立つとは決して思うな。

そうした異形の存在以上に、巨大で底知れない怪物の群れがいる。

シザース——今や俺の宿敵となった存在だ。

俺はシザースの匂いを嗅ぎ分けられる。脳改造によって人格共有者となった者たち。今や何万人という数に膨れ上がろうとしているこの集団が、都市の原理をほしいままにしようとし、そのためにオクトーバーの血族や企業連合の大物たちとひそかな抗争を繰り広げているんだ。

彼らの構成員はほとんどがシザースである自覚もないまま〈眠れる者《スリーパー》〉として日常生活を送っている。だがいったん使命を与えられれば、休養を必要としない眠らぬ兵士として活動を始める。しかも彼らは、かつての俺の相棒を取り込んだ。そうすることで、あいつが身につけた技術を、自分たちのものにすることに成功した。壁を歩く〈徘徊者たち《ワンダーズ》〉——それが、シザースの戦闘要員たちの名だ。

俺は、シザースを決して許さない。この都市のどんな悪徳にも俺は怒りや悲しみを抱きこそすれ、憎しみを抱くことはなかった。だがシザースだけは別だ。俺は彼らを心の底から憎む。彼らは俺のかつての相棒を利用した。構成員たちから人格を奪い、必要に応じて自殺を命じてきた。彼らの原理である巨大な虚無――〝総和の無《ゼロサム》〟のために。

俺はリストの筆頭に、ノーマ・オクトーバーの名を挙げた。オクトーバー血族を支配する恐竜じみた娘の名を。決して追及を諦めてはいけない怪物の一人として。

それとは逆の意味で、ナタリアという少女の名を挙げよう。彼女がシザースの中心だ。シザースが彼女から、ありとあらゆる人間的な幸福を奪い去った。彼女は解放されるべきだと俺は信じている。

彼女に本来の人生を与えるための鍵は、〈レザーマン〉と呼ばれる存在だ――普段はみすぼらしい姿で都市をさまよう精神薄弱者。だが彼こそ〈シザース〉の重要な頭脳だ。警戒しろ。彼らは独自の秩序を何よりも優先し、そのためならば敵味方の区別なく誰でも利用し、犠牲者の数すら問いはしない。

俺はこの遍歴《ピルグリム》で、頼りにすべき仲間たちから遠く離れてしまった。あるいは信用して解決を託せる人々からも。

イースターズ・オフィスと、０９《オー・ナイン》法案による新たなメンバーたち――彼らこそ俺の本当の同胞であり、信頼に値うべき人物たちだ。

寡黙な元パトロール警官にして、朴訥《ぼくとつ》であることが良心の証しと信じて疑わないメイフュー・ストーンホーク――禁じられた技術が、彼に超高速運動能力を与えた。その行動を肉眼でとらえることは不可能だ。監視カメラも彼の影を映すことすらできない。

紳士的な物腰と口汚い罵《ののし》りの両方を美徳とする元〝交渉人〟にして〝揉み消し屋〟のダーウィン・ミラートープ――一見してずんぐり鈍重な体つきの彼は、実はいくらでも体形を変化させられる最新科学による軟体動物――シェイプシフターだ。その手は六ブロック先まで届き、その足は地下鉄のホームの端から端までひとまたぎにする。手でも足でも巻きつかれたが最後、交渉が成立するまで彼から解放されることは不可能だ。

緻密な計算によって一部から全体像を推計することをこよなく愛する元保険調査員のイーサン・スティールベア――彼は体内でグリセリンを生成してカルシウムで密閉し、即席の地雷や手榴弾を造り出す。彼が腕時計を見たときには、全てが終わっている。あとは彼が計算した通りに事態が動き出すばかりだ。

都市で今も流行する多幸剤《ヒロイック・ピル》の生みの親にして脳医学の権威ネイサン・シールズ――その研究チームの元一員であり、生化学の発展と、シャークスキンのドレスを着てパーティ客の注目を浴びることに人生を捧げる女性エイプリル・ウルフローズ。彼女こそ、禁じられた技術の使い手であるドクター・イースターの新たなパートナーであり、技術の継承者だ。

俺がこの上なく信頼する彼らのほかにも、共闘すべき人々がいる。

かつて俺と事件を共有したこともある、マルドゥック市《シティ》の女性刑事クレア・エンブリー――そして、彼女が同性愛者であることを嘆き続ける、その相棒の男ライリー・サンドバード。二人ともイースターズ・オフィスと協力関係を保ち続けてくれる数少ない法執行官たちだ。

昔気質《むかしかたぎ》のギャングであり、〈交通管理《ロードキーパー》〉の圧政を憎む孤高のアウトローたる〝ビショップ〟・レイ・ヒューズ――彼はどの組織からも一目置かれる存在だ。彼の協力さえあれば、ダークタウンでささやかれる多くの噂の真相を知ることができるだろう。

また、彼が、かつて義理ある相手の頼みで、収監中に〝保護〟をほどこしたという人物がいる。以前は、男娼としてギャングたちに愛玩されたばかりか二重スパイに仕立て上げられ、全てを失った青年のことだ。

彼は今や、ダークタウンの〝宝探し《トレジャー・ハント》〟の筆頭だ。というのも、〈クインテット〉が現れる前には〈カトル・カール〉と呼ばれたダークタウンの傭兵たちがいて、彼らが受け取った莫大な報酬が、都市のどこかに隠されていると信じられているんだ。

多くのダークタウンの住人がその宝を探索中だが、その青年はひそかに、別のある人物をかくまうことで、誰よりも早くそのありかに辿り着こうとしている。

その人物は〈カトル・カール〉の最後の生き残りであり、電子戦のプロだが、幼児なみの知能レベルしかない。

彼らは自分たちが掘り返そうとしているものが、どれほど危険な影響を都市にもたらすかわかっていない。たとえわかったとしても、封じられた悪夢を解き放つ手を止めはしないだろう。彼らがしでかそうとしていることには、くれぐれも気をつけるんだ。悪夢は常に過去からやってくる。いったん遭遇したそれを振り払うには、多くの代償が必要だ。

そうした事態を防ぐために助力を請うべき人物たちがいる。

カジノ界の有名人であり、カードの用心棒として名高いアシュレイ・ハーヴェスト——莫大な富を生み出す賭博産業の表も裏も知り尽くした彼は、都市のあらゆる階層の人間と多くの交流を持っている。彼にしか手に入れることのできない情報を決して聞き逃すな。

同じく長年カジノ界のスター・プレーヤーだった女性ベル・ウィング——病魔に冒された彼女だけが、俺の死への恐怖と遍歴《ピルグリム》の理由を等価値として認めてくれた。彼女の協力があれば、秘密主義を何よりの生きるすべとするカジノ協会の重鎮たちの口を開かせることが可能になるだろう。

そして——かつての俺の同胞たち。

地上に楽園を築くことを夢見た研究者たちの箱庭の存続を賭けて、この都市を訪れた一人と一頭のコンビ。俺自身、よもやダークタウンで彼らの噂を聞くことになるとは夢にも思わなかった。

空飛ぶサメの群れを引きつれる〈シャークフィーダー〉。

電子の世界で嵐を引き起こす〈ストームライダー〉。

俺は彼らを信用したい。だが彼らと協力し合うなら、しっかりと警戒を保つことだ。彼らは楽園の喪失を食い止めるためなら手段を選びはしない。彼らはどんなギャングよりもでたらめで、どんな権力者よりも傲岸不遜《ごうがんふそん》だ。彼らと俺たちの倫理観は、決して同じものではないということを忘れてはいけない。

一方で、オクトーバー社に対して集団薬害訴訟に踏みきった、途方もない命知らずの弁護士〝ノーライフ〟・デイモン・ワットフェザーと、ワットフェザー法律事務所が主張する倫理観には、俺も共感するところだ。彼が間接的に手を貸しているクローバー保釈保証事務所にも、好感を抱きこそすれ反目する理由など何もない。

だが忘れないでほしい。敵は都市の原理に影響を及ぼすほどの、法的知識で武装しきった連中だ。ワットフェザー自身、彼らに操られていないとは言えない。天国の階段では、正しかったはずの倫理観さえ、都市の巨大な原理の一部とみなされた途端、それまでとは全く違うものに変貌してしまうのだ。

俺は、彼女にそんな世界を経験させたくなかった。彼女を危険から遠ざけたかった。法の道を進むことを望む少女――いや、かつては少女だったが今はもうそうではない。彼女は成長した。そしてその魅力は、いっそう多くの敵味方の心を引き寄せてしまうようになった。

ドクター・イースターも心の底では彼女が09《オー・ナイン》メンバーとして名を連ねることを望んでいるし、俺が反対していることを知りながら、ワットフェザー法律事務所も、クローバー保釈保証事務所も、喜んで彼女に働き口を用意しようとしている。

カジノ界屈指のプレーヤーたるベル・ウィングは今も彼女が後継者となることを望んでいるし、同性愛者の刑事であるクレア・エンブリーは一目で彼女に恋をした。

ポルノ王〝ビッグホース〟・シルバーでさえ彼女をスカウトしようと躍起になって、馬鹿げた贈り物を届けまくるほどだ。

そして俺もまた、この遍歴《ピルグリム》に耐える間ずっと、彼女の手を懐かしく思い続けた。彼女の温もりの記憶だけが、希望を与えてくれた。

俺が本当に心を許した、ただ一人の使い手。俺にとってこの上なく困難で、そして崇高な理想そのもの。彼女が告げた言葉――〝殺さない。殺させない。殺されない〟――それらが理想となって、俺に最後の希望を抱くにふさわしい価値を見出してくれた。

だが結局、先にも告げたように、俺はその全てに敗北してしまった。

俺は友を殺した。かつての俺の相棒を。そしてその理由と真実を求めてさまよった。

都市を漂う間、生命を不運から守る魔除《まよ》けにもなれなかった。それどころか俺自身を武器として使用することをたびたび許さざるを得なかった。

そして今、都市が俺をつかまえた。死の箱が俺を閉ざし、長い放浪を終わらせた。

俺に与えられたのは疲労と失望だったが、殉ずることと報告すること、そして希望を抱くことだけは許された。

このデータを受け取ってくれた者なら誰でもいい。どうか彼女に伝えてほしい。ワットフェザー法律事務所の〝ルーキー〟・フェニックス――ルーン・〝バロット〟・フェニックスに。

君は俺の最愛のパートナーだった。それぞれの道は異なっても、唱えるべき言葉は常に変わらなかった。退路が焼き払われた後も、俺に残されたのは君が教えてくれた理想だけだ。君の温もりの記憶は決して色あせない。一匹のネズミの死ののちにも君の言葉は輝き続けるだろう。匿名の報告に打たれる終止符として、それ以上のものはない。

俺は自分を鞭打つことに疲れてしまった。孤独が俺を苛《さいな》んだ。悪徳のにおいには、もう悲しみしか感じられない。

都市が俺から全てを奪い、ここを終末の地と定めた。

この匿名の報告《アノニマス・レポート》をあなた方に託す。

俺にはもう、名乗る気はない。

リストはすでに送り終え、じきに最後の瞬間が来る。今いるこの空間に死をもたらすガスが送り込まれて、何もかもを終わりにしてくれる。苦痛も、希望も。一匹のネズミが、自分の肉体の重さで死ぬ前に、俺に自ら選ぶ機会を与えてくれた。

――いや、なんだ？

なぜガラスの向こうで灯りがつくんだ？

まさか……おお、なんてことだ。誰かが入ってくる。駄目だ駄目だ。やめてくれ。俺はこれに誰も巻き込みたくないんだ。頼むから入らないでくれ。今すぐ引き返して、俺に最後の願いを成就させてくれ。

いったい誰が――

ドアが開かれた。ガスで死ぬ有害な動物たちを見物するためのベンチの間で、こつこつと響く靴の音を聞いた気がした。大人っぽい響きが好きだと彼女が言った音。空間を精密に認識する能力を持った者に特有の、舞台に立つダンサーのような正確な足取り。ガラスで遮られて音も相手の匂いも届きはしない。だが灯りを背にしたその人影をひと目見て、その足音を聞き、匂いをかいだ気がした。

希望が失われる一方の流浪の間、胸に抱き続けた相手の匂い。

俺はのろのろとかぶりを振った。絶望に打ちひしがれて。最もここに招いてはならない人物を、この俺自身が引き寄せてしまったのだと悟りながら。

しかし相手は、俺のそんな様子をいささかも意に介さぬ足取りで近づくと、生と死を分かつその分厚いガラスに一方の手を当て、まっすぐ俺を見下ろした。

「ウフコック」

彼女が言った。

いや、叫んだのかもしれない。

全てを遮るはずのガラスの向こうから、かすかにその声が聞こえていた。

かつて、火に焼かれ、喋るすべを失っていたはずの彼女の喉が、はっきりと声を発したことに、俺は呆然となった。最期のこの別れのときに、そんなことが起こるなんて考えもしなかった。それが初めての瞬間だったのだ。彼女が肉声で、俺の名を呼んでくれるのは。彼女が声を取り戻していたなんて、俺は知らなかった。その声が、こんなにも美しいものだなんて。

ああ、なんということだろう。その声を聞いたときにはもう、何もかもが彼女と俺を隔てているとは。彼女にも俺にも、その隔たりを乗り越えられるすべがあるとは思えなかった。

「バロット――！」

俺は叫んだ。ちっぽけな体で出せる限りの、精一杯の声で。今すぐ彼女にここから立ち去ってもらえるよう――あるいは、こうなってしまったからには、せめて別れの言葉だけでも遺したくて。

刊行から７年を経て、なお広がりを見せるマルドゥック・シリーズ。
劇場アニメ化にあたり、著者がその物語にかける想いを語りつくす。

冲方 丁ロング・インタビュウ

古典化を阻止するための試み

聞き手・構成／早川書房編集部

初出：ＳＦマガジン2010年12月号

■完全改稿への経緯

――『マルドゥック・スクランブル』の完全改稿、本当にお疲れ様でした。いきなりですが、次の改訂は十年後ですかね？

冲方　えーと（笑）。次の改訂はまた十年後にやりましょう。なんとしてでも古典化を阻止するための試みですから。

――そもそも、本当は『マルドゥック・アノニマス』を刊行するはずだったんですけれども。

冲方　それは無理だ、となったあとで、新装版を出そうという話になりました。そうしたら、段々と新しく書き直さざるをえないんじゃないかと思いはじめたんです。たしか四月ぐらいには、新装版の話がすでに出ていたような……四月の末になれば、僕は暇になりますよ、とか調子のいいことを言っていたら、あっという間に半年以上たっちゃったんですよね。

――劇場アニメ化に際して各社が集まった、最初の打ち合わせのときでしたよね。話の流れで、じゃあ書き直しましょうかということになった。

冲方　ただ新装版を出すくらいならば、全面改稿をやりましょう、と。

――機会さえあればやろうと思っていたんですか？

冲方　もともと新装版にしたいとは思っていました。そうすることで、新たな購買欲を刺激することができるじゃないですか。あわせて、劇場アニメ化という新しい節目をむかえたことが刺激になって、読者のみなさんへの感謝の気持ちをどのようにしたら伝えられるだろうか、とも思っていました。そこに課題として一般層へのアピールがあって。劇場アニメの公開を控えつつ、一般文芸を親しむ層に対しても、『マルドゥック・スクランブル』を売っていきたかったんです。『アノニマス』を単行本で出すとか、『スクランブル』をハードカバーにするとか、アイデアの原型は去年ぐらいから少しずつ出ていましたよね。

――そうですね。

冲方　ただ、切り口として単に新装版にするだけじゃ足りないような気がしていたんです。たとえば、表紙を変えただけだとちょっと安易すぎないか。寺田克也さんにばかり労力をかけるのは著者としてどうなのか。劇場アニメのビジュアルを帯に入れただけで、リニューアルと謳《うた》うのは、さすがに許されないんじゃないか……と。あらたに半年くらいの期間をかけても、全面改稿せざるを得ない、というシチュエーションにつながっていきました。

――劇場アニメ化はもちろんなんですけど、コミック版の『スクランブル』も刺激になったんじゃないですか？

冲方　アニメ版のストレートさとコミック版のストレートさは異質なものですが、ともあれ、それぞれのストレートな情熱、そして才能と技術を見せつけられたときに、小説版が古く見えてしまったんです。もちろん出版時期を考えると当たり前なんですけど、それ以上に、悪い意味で古典化してしまう危機感を持った。それを許すというのは、ファンに対するちょっとした裏切りなんじゃないかっていう気持ちがあって。

そもそもファンを大事にするということを大前提にして、さまざまなメディアミックスを始めたのに、原作を一番ないがしろにしているのではないかと思ったんです。そんなことを考えているうちに、劇場アニメ化して、漫画化もするんだったら、原作も書き直す――というレールが僕のなかでだんだんとできあがっていきました。塩澤さんはいかがですか？

――僕はまず、『天地明察』という約四十万部に達している冲方さんの作品を考えたときに、そこから現状の寺田さんのイラストがついた『スクランブル』の文庫三冊には読者が流れていかないのではないかと思ったんです。だから、単行本にして『天地明察』の横に並べてもらえる本を作りたいと思った。ただ、ここまで徹底的に内容に手が入るとは考えていませんでした。

冲方　最終的にアニメ化にまつわるさまざまなことが動きはじめたときに、このまま出すのでは駄目だ、と判断しました。昔の版は昔の版で、今回はまったく違う、新しいものを出さないと、原作だけがおいていかれてしまうような状況でしたから。

――アニメーション版は、どこかのシーンを丸々削ったりせずに、原作の展開のままどれだけ圧縮できるかという作業だったので、違和感や別物という感じは受けませんでした。でもコミック版は、例えば畜産業者ことバンダースナッチ・カンパニーの容赦なさが際立つような展開がある。正直、すごい作品です。だから冲方さんにとっても、実際に原作の内容を変えないまでも、刺激になった部分があるのでは、と思ったんですね。

冲方　コミック版についていえば、漫画家の大今良時さんが二十歳という若さなんです。ちょうど僕が『スクランブル』の初稿を書き上げたときと年齢が近いんですよ。内心で抱く情熱や、それがなかなか開花しないことへのいらだち、そしてそれを作品自体にぶつけるときの反動で、みずからもダメージを負うさまが、自分のことのようにわかるんですね。それを経験したことで、現在の自分としても、あのころの若さをもう一度取り戻す、負けるものか、と思わされました。

――大今さんはどのようなかたですか。

冲方　御本人が気にしている部分でもありますが、若者にしては少し不思議な思考回路を持っているかただと思います。先日お会いしたときは、だんだん畜産業者が大好きになってきて、何人か生き残らせたいんだと言ってました（笑）。

――それはすごい（笑）。

冲方　ミディアムは死ななきゃダメでしょうか？　と質問されたんです。僕は、それは大今版マルドゥックですから、必然性があるのでしたらその方向で構いません、と答えたんですけれど。

――いっぽう、アニメの制作現場はどのような感じなのでしょうか。

冲方　工藤（進）監督と、キャラクターデザインの鈴木信吾さんは非常に落ち着いていらっしゃいますが、その下にいる人たちは平均年齢が若いんですよ。社長も三十代ですし。アニメーションやコミック版のできがよければよいほど、原作者としての冲方丁はどうするのか、と問いを突きつけられますね。

――そうして改訂作業を進めていただいたわけですね。当初は文体について悩まれていたと記憶していますが……。

冲方　書きはじめるまでの時間がともかくかかりました。データをいただいて、文章をどうやって整えよう、どこまで書き変えようと。ぶっ続けで悩んだ挙げ句、導入部分においた詩の一行目が生まれたんです。その瞬間に決まりました。

――それを契機に、改訂新版は書きはじめられたのですか？

冲方　まずは冒頭部分を直していたら、何バージョンもできあがってしまったんですよ。三〜四パターンにわたって直したときに、これは収拾がつかなくなるぞ……と思いました。それらをまとめるには、改訂版ならではの導入をなにか考えなければだめだったんです。新しいシーンを追加するのはちょっとやりすぎだし、これから登場するバロットの変転が、数行で予感されるような文章を加えたいと思っていて。かといって、スタートの「死んだほうがいい」は変えたくなかった。「死んだほうがいい」「死にたくない」「生き残る」というあの三つのフレーズは絶対に崩したくなかったんです。そうなると、総論的なプレリュードをいれるしかない。その視点をどうしようかと考えたときに、『スクランブル』での事件を経たウフコックの視点がいいんじゃないかと思いついたんです。これから書くことになる『マルドゥック・アノニマス』の前哨戦としてこの新装版があるんだぞ、と考えていて。

――いま、今後の展開について重要なことをさりげなくおっしゃいませんでしたか？

冲方　実は、ウフコックを主人公にして『マルドゥック・アノニマス』を書く、ということに気持ちが向いていまして。だから、新装版はその視点を活かしました。

■どのように改稿を進めたか

冲方　最初は二週間で完成すると想定していたんです。けれども、四月でバタバタはおしまいだよとか言っておきながら、そのあと百件以上取材がありまして。（手帳を見ながら）六月十六日あたりでやっとひと息つきました。その後、新装版の準備やアニメのアフレコ、書店めぐりなど、全部の作業が終わったのが九月二十二日だったんです。結局二週間の予定が三ヵ月かかった。

――作業に先立って、旧版の文庫のデータを渡してありましたよね。でも、その跡形もないぐらい文章が徹底的に変わっていた。内心、どういう作業をしたのかな……と思っていたんですが、はじめからすべて文章を打ち直していたと聞いて、正直驚きました。でも、考えてみたらそれが一番効率がいい。

冲方　そうなんです。全体をいちいちいじってるときりがなくなりますから。最初に旧版のデータを全部印刷して、それに赤字をいれて、一行目からあらたに打ち直す。

――まずはひと通り最後まで手を加えたわけですね。

冲方　その後、プリントアウトに塩澤さんのご提案や修正点を書き込んだものをいただいて、改訂新版にするには、さらに二百ページ分削らなきゃいけないということになりました。最初は完全版として完成させたものを、圧縮して改訂新版にするという順序だったのですが、スケジュール的に間に合わないので、改訂新版を優先しないといけなくなった。でも、二百ページ以上削った後で、どの箇所を削ったかなんて覚えていられないじゃないですか。だから、完全版は完全版として、ふたたび新しく書き直そうと。改訂新版に削ったシーンをコピー&ペーストするのではなく、まっさらな状態から書き直す作業をもう一度やりました。字数や行数がそれぞれの判型で決まっているので、それに合わせて文章を整えていく作業を延々とやりましたね。

――あらためて確認はしていないのですが、改訂新版にも完全版にも残っていないまったく新しい要素は、初稿段階ではありましたか?

冲方　余計だなと思って削った一文や、ちょっとした描写レベルならばありました。あと、断末魔が十ページ続くのは長いだろう……ということで、楽園でミディアムが死ぬタイミングは早まっています。

――どの版がどう違う、と話しだせばきりがないですね。

冲方　僕自身もよくわからなくなっています。旧版と改訂新版と完全版でどのように違うかは、一文一文見比べないとわからないですね。

――ただ、読者の皆さんもすぐに気づくとは思いますが、冒頭部分の加筆は顕著ですよね。

冲方　そうですね。冒頭の十ページはとにかく五、六回書き直しました。最終的に改訂新版と完全版で、最初の五ページくらいの原稿はほとんど文章が変わっています。

――完全版の解説で、鏡明さんが指摘しているように、バロットとウフコックのキャラクター……特にバロットの成長過程や内面の変化は、本当に明確になっています。

冲方　十年前、最初にこの物語を書いたときは、自分もまさに成長途中だった。現在の僕は、その成長を客観的に捉えられる。そこが大きな違いではないでしょうか。たとえ同じ文章でも、現在の自分は、当時見えていなかったものが書けるはずです。

――特に改訂新版の第一部で描かれる、殻のなかに閉じこもったまま雛のように自分からは動けないけれど、刺激を受けると動く卵のモチーフや比喩。状況に対して絶望しているバロットが旧版に比べてわかりやすくなった。そこからどう変遷していくかという部分が、明確になっています。

冲方　旧版だと、キャラクターの変遷に、自分自身がついていけていなかったんです。ようやく今になって初めて書けるものを、当時書こうとしたことはえらいなと思いますが、二十一、二歳でそれは無理だよ……といいたくなるようなところまで書こうとしていたようですね。

――後半のカジノシーンにおいては、楽園でトゥイードルディ、トゥイードルディムと体験したイメージが重なる感じが、明確に出ていました。

冲方　トゥイードルディムと泳いだ電子の海の経験がカジノの勝負に活《い》きて、それがさらにボイルドとの最後の戦いに活きてくる……というくだりは、旧版だといまいち書けていません。やろうとはしつつも、筆力が足らなくて書けなかった。

――完全版では、特に最後のボイルドとの戦いが印象的です。ブラックジャックのイメージと重なっていますよね。

冲方　世界観も含めて、旧版で書けていないという印象を受けるところは、ほぼ文章がプロットになってしまっているんですよ。当時はどのように書いていいかわからなくて、プロットの記述をそのまま地の文にしているところがある。そこは小説にしていかないといけないですよね。だから新装版を書くうえでもっとも心がけたのは、旧版を理解しながらきちんと記述することでした。都市の構造や計画についての描写が少なすぎて、マルドゥック市《シティ》がどういうものなのかが十分伝わってこなかったりしていたんです。

――『ヴェロシティ』での描写が活かされているところも多いですね。バンダースナッチ・カンパニーも、『ヴェロシティ』のカトル・カールからつながるアンダーグラウンドの流れが、違和感なく位置づけられていました。

冲方　その部分は、かなり意識しながら改稿しました。『ヴェロシティ』における地獄のような抗争劇が地下であって、その延長線上にバロットもいれば、バンダースナッチ・カンパニーも、ウフコックもいる。

　自分で結構気に入っているのが、バロットが施設から逃げ出すという冒頭のくだり。完全版では、『ヴェロシティ』でのロック・ネイルズによる幼児殺人事件が背景にあるっていうネタを少し入れたんです。『ヴェロシティ』の印象を少しずつ文中に挿入することで、都市生活の暗闇を際立たせたかった。そうすることで、富裕層の特殊かつ豊かな生活をなるべく自然に描写しようと思ったんです。それを描くために構造自体を変えてしまってはいけないので、書けない部分もありましたが。

——完全版では、バンダースナッチ・カンパニーの過去のエピソードも追加されていますね。

冲方　あんまり詳しく言うともったいないのですが、たとえばレアはなぜ女の子の声を欲したのか……といったあたりです。

——改訂新版ではその描写がないので、バロットの怒りがストレートに伝わるのですが、完全版では一人倒すごとにそれぞれのエピソードが挟まる構成なので、まったく受ける印象が異なります。

冲方　畜産業者とバロットの戦いに、ボイルドという極大の虚無がやってくる。しかしウフコックは、バロットを守ろうとすることで彼女が手にした力を濫用しようとするのを阻止するんですね。完全版では彼女自身の改心を促すくだりを、改訂新版ではバロットの心情のアップダウンをそれぞれ強調しています。完全版の場合は、ある種の群像劇と読めるかもしれません。なぜシェルが、のちに殺してしまう女の子にわざわざ偽造した身分を与えていたのか、など。

――あの設定は旧版にはなかったのでしょうか？

冲方　僕の実力がなくて、当時は入れられなかったんです。シェルの脆《もろ》さと、変質してしまった優しさを示したかったんですが。今回、改訂新版でも少しだけその設定を入れていますが、完全版のほうが色濃く書いていますね。

旧来のファンは、おそらく完全版のほうにより意識が向くと思います。やはり単行本は、一般文芸を親しむ人たちに、冲方丁という作家のルーツをアピールする目的がありますね。『マルドゥック・スクランブル』っていう作品を支持してくださっているかたに対する礼儀でもあるなあと。堂々と正面から一般文芸に進出することも必要だけど、それは旧来のファンを軽視してしまうことでもある……というところで、改訂新版と完全版の違いが明確に出たように思います。判型の違いだけによる単純なバージョンの区別じゃないんです。

■テッド・チャンとの共通点

――かつてのインタビュウで、ブラックジャックのシーンを書いたことで、ようやくSFを書いたと思うことができた……とおっしゃっていました。今回の改稿版を改めて読んでいたときに思ったんですが、旧版が刊行された二〇〇三年に、テッド・チャンの『あなたの人生の物語』が出ているんですね。その表題作と『マルドゥック・スクランブル』の共通点に気づいたんです。「あなたの人生の物語」は、地球にやってきた異星人の言語を解読しようとする言語学者の女性の物語なんです。異星人の言語が、特殊な筆記法のせいで一瞬にして時間的なものをすべて見通すために、その文法をマスターすることで、自分の人生がわかってしまう。

冲方　シャッフルと同じじゃないですか。

――そうなんです。「あなたの人生の物語」は文中に何者かによるモノローグが挿入されているんですけれど、それは主人公の女性言語学者による、未来において授かる娘への語りかけなんです。未来はおとずれていないんだけど、文法を理解することで全部わかってしまう。娘が若くして亡くなってしまうことまで見えていて、そんな娘に対して語りかけている。アシュレイによってシャッフルされた未来や、それでも変えられない運命と、バロットがいかに対峙していくかと同じ構造ですよね。その二作品が日本において同年に紹介されている。僕はただただすごいなあ、と思いました。

冲方　スティーヴン・キングが、作品作りは最終的には想像ではなくて発掘だと言っています。大規模な発掘現場においても、それぞれ異なる時代が期せずしてつながることがあるそうです。テッド・チャンも、現代においてSFを書くにはどうすればよいのか、相当苦しい思いをしたのではないでしょうか。

――『スクランブル』第三巻の最後のボイルド戦は、第一巻の戦いと書きかたを意識して変えてますよね。

冲方 ラストでは、お互いの力の見極めがかなり正確なレベルでできている状態なんですよね。だから、読み合いというよりは、ペアで踊るダンスのように書いていますし、ウフコックは要所要所でしか出てこないようにもしています。

――第一巻のボイルド戦はかなりストレートなアクションじゃないですか。でも、クライマックスにおけるボイルド戦は、今おっしゃったようにペアで踊るダンスというか、ゲーム的というか、その場の局面をひとつひとつたたんで、整理していく感じです。かなり儀式的な印象が強い。

冲方 お互いの手の内をチェックして、最終的に残った可能性をお互いに潰《つぶ》し合うという感じでしょうか。

――その感じを出すために、すごく端正に組み立てていらっしゃる印象でした。

冲方 カジノでのシーンと同様に、アクションの構成をきっちりと組み立てました。やはりかつては実力が足りなくて、書けていないシーンだったのだと思います。

――その意図が、今回はすごくよくわかりました。ある程度勢いを殺している部分はあるけれど、読みにくくはなくて、局面に応じた相互の位置関係が細かく組み立てられているのを、読者としても律儀に、ストレスなく読むことができました。

冲方　やはり、この作品を本当にものにするには、十年ぐらい修業が必要だったんですよ。クライマックスのアクション・シーンを書き直したおかげで、現在の僕自身の課題も見えてきました。昔の自分にはまったく手も足も出なかった描写ができるようになっていますしね。

■旧版以前の『スクランブル』

——話を昔に戻します。僕はまだ、最初にいただいた『事件屋稼業』（編集部註／『マルドゥック・スクランブル』の初稿につけられていたタイトル）の原稿を持っているんですが。

冲方　本当ですか？　まだ持っていてくださっていたんですね。

——今回の編集作業中に、途中でぱらぱらめくっていたんです。実は、『事件屋稼業』の段階で、僕がすごくいいアドヴァイスをしたから、ガラッと物語の内容が変わったんだという、捏造されたよくわからない記憶を持っていたんですが。

冲方　（笑）

——細かく言えば、畜産業者は最初の原稿ではいなかったとか、カジノ・シーンも長すぎたんで、ひとつ丸ごとゲームを削ってもらったとか、そういった記憶があったんですよ。でも本当は、全然そんなことはなかったんです（笑）。構成という面では、ほぼ現状に近いものがすでにそのときからできあがっていました。唯一違うのは、バロットたちが楽園に行き、治療をしてカジノに向かった後で、はじめてボイルドとミディアムが楽園に向かってるんですよ。

冲方　その展開はだめですね（笑）。かつての原稿と現在とでもっとも違うのは、区切りに関する意識ではないかと思います。単行本版で一度節数を消したのですが、文庫版でそれを入れ直すときに、章の区切りが以前よりもよく見えるようになったんです。なんで昔はここで区切ったんだろうと思うところもあって（笑）。

――改訂新版は、旧版と同じ区切りなのですが、完全版のほうは、第二巻と第三巻のあいだの区切りを変えたんですね。この変更はヒットだと思います。

冲方　そうですね。旧版だと、これからブラックジャックというところで終わっているんです。でも改稿にあたっては、バロットとウフコックのパートナーシップをさらにくわしく書かなければだめだと思い、切りどころを変えました。

――少し先まで伸ばしたんですよね。

冲方　あとは、第二巻に相当する部分の描写を削る方向で全体を整えていったので、完全に第二巻が他の巻より薄くなってしまった。でも、薄くなるということは、何か要素が足りていない。そこで考えた結果、最適な切りどころを見つけたんです。

――素晴らしいです、あれは。

冲方　ぜひ第二巻の最後の一行に注目してください。

――それによって第一巻のラスト、第二巻のラスト、第三巻のラストが、すべてバロットとウフコックの関係性を描いた重要な局面で終わるようになっているんです。

冲方　旧版では、それぞれがバロットの重要な局面で始まるという構成にはなっていたのですが、今回はバロットとウフコックのパートナーシップにおける重要な局面を、よりドラマチックに読者に提示していきます。旧版では、それが本当にできていなかったと思いますね。特に楽園のシーンは背伸びしているように思います。

――今回、カバーも一新されています。旧版の装幀ではタイトルのロゴがポップな感じだったんですが、今回は自然と明朝系の書体を使用することになりました。旧版は若々しさで攻めていくという印象がありました。

冲方　旧版の字体がもはや通用しない、ということですね。

――寺田克也さんのイラストも、全然違うアプローチだったので、驚きました。

冲方　ほんのちょっとの違いなんだけど、ここまで効果が変わるのかと思いました。さすが寺田さんですね。

――そうですね。新装版を一度読んでしまうと、もはや旧版はどうしても冲方さんの熱い思いが前面に強く出すぎていて、少し煩雑に感じるところもありますね。新装版は、完全版にせよ改訂新版にせよ、最初の一文を読むと、熱さはそのままに、なんのストレスもなく最後まで読めてしまうので、あらためてすごいと思いました。

冲方 十年前の未熟さが邪魔していますね。でも僕は、故・冲方丁に敬意を表していますから（笑）。ただ、劇場版の作業は自分にとって大きな経験でした。

■『マルドゥック・アノニマス』へ

――ところで、来年は『ヴェロシティ』の改訂版が出るらしいという噂を聞いたんですが……？（笑）

冲方 『ヴェロシティ』で使用した文体でも、あれ以上に読みやすくできるんじゃないかと考えてしまって。やっていない表現もありますし。もちろん『マルドゥック・アノニマス』の執筆が間に合えばの話ですが。来年に予定されている『スクランブル』第二部の劇場公開あたりにあわせつつ、あわよくば『ヴェロシティ』も劇場アニメ化を狙っています（笑）。

――期待しています。そして今回、このインタビュウが掲載される号に『アノニマス』の予告篇が載りますね（本書収録の「Preface of マルドゥック・アノニマス」のこと）。

冲方　以前、東京アニメフェアで配布した小冊子に掲載されたものがベースになっています。

――なんでも、三倍くらいの長さにしていただけるとか。どのような内容になりますか？

冲方　もうイメージはできているんです。ダンテの『神曲』は地獄篇、煉獄篇、天国篇とあるじゃないですか。地獄篇が『ヴェロシティ』で、煉獄篇が『スクランブル』。そして天国篇が第三作である『アノニマス』です。マルドゥック市《シティ》で栄えている富裕層の犯罪を描きたいと思っています。

――小冊子掲載版では「名無しのネズミ」がガス室の中にいる設定になっていて、いきなり驚かされた記憶がありますが。

冲方　そうですね。すでに公言したことではありますが、『アノニマス』ではウフコックの死を描きます。なぜウフコックは死ななければならないのか。ネズミは死してのち、何を残すのか。ウフコック、一世一代の大勝負を書きたいですね。

――完全にウフコックの一人称になるんですか？

冲方　いえ、一人称に近い三人称です。『ヴェロシティ』で起こったことを、ウフコックが知ってしまうという前提のなかで、なぜボイルドは死なねばならなかったのか、そして、自分はなぜボイルドを殺害しなければいけなかったのかという自省にも似た念と、バロットを争いから遠ざけたいという気持ち。このふたつがウフコックを孤独へと駆り立てていきます。ひたすらいろんな道具になりながら、誰とも会話せず、人の手から手へと渡って、誰も知らない都市の暗部へと入り込んでいくわけです。

——『スクランブル』の最後から、どのくらい後を描くのですか？

冲方 三、四年後から七年後くらいの、数年スパンの物語にしたいですね。バロットとウフコックの新たなパートナーシップを描いていきたいと思います。

——まずは本号掲載の短篇をお読みください、ということですね。それにしても冲方さんがいろいろと構想をお話しくださるので、どんどん楽しみになっていきます。

冲方 こういうふうに口に出しておくと、もっとおもしろいことを考えなければ、もっと驚かせなければ、と自分にプレッシャーをかけることができるからいいんですよ。読者の皆さん、どうか『マルドゥック・アノニマス』を楽しみにしていてください。そして、『マルドゥック・スクランブル』劇場版は、今後第二部、第三部と続いていきます。

——どちらも楽しみにしています。今日は本当にありがとうございました。

（二〇一〇年九月三十日／於・キングレコード）

これは殻に閉じこもった少女と煮え切らないネズミの物語。
『マルドゥック・スクランブル』幻の初期原稿、冒頭部

抜粋収録

事件屋稼業

1

誰もがより良い生活を求めて都市にやってきた。そして同じ目的のもとに断絶された。

都市を横断する中央公園《セントラルパーク》は、たとえばそこにやって来る車がどんな車種かで、どこから来てどこへ行くのかが分かる、決してつながることのない回線の交錯する空白《スポット・オブ・スポット》だった。

沿岸にそびえ立つ魔天楼は、大量に移住してきた中流階級者《チーププランチ》のための高層アパートメントの結果だった。そこから歓楽街へと向かう車は、決して東にある高級住宅地《セニョリータ》へは行かなかったし、西にある重工業地帯へはなおさらだった。工業地にはスラムが広がり、清潔なストリートとは隔絶されていた。

幾つもの自治区の間では条例や法令さえ異なった。西の貧乏人を取り締まる法は、東の金持ちの法とは違った。同じ街でありながら、売っていい物、死んでいい罪人、流行する病気、その他なにもかもが区別されていた。

ただ一つ、風だけが自由に行き来する街で、誰もが理不尽に与えられた道をその道に見合った車で抜けていった。まるで、自分たちが通る道以外の道なんて存在しないみたいに。

けれども、その車だけは違った。

夜半過ぎ――

一台の赤いオープンカーが、中央公園《セントラルパーク》にやってきた。

一見して沿岸から来たと知れるのは、タイヤが付いているからだ。半永久的に使える重《グラ》力素子式《ビティ・デバイス》のエアカー一台よりも、一生分のガソリンの方が安くつく――が、少なくとも一生ガソリン代を払い続けることは出来る。そういう身分の車だった。

本来なら、そのままリバーサイドへと抜けるはずのその赤いオープンカーは、大方の常識に反して、高級住宅地《セニョリータ》沿いに湾岸を目指し、ふいに進路を変えたかと思うと、大きく迂回して、歓楽街に近い、湖畔のボートハウスの陰に身をひそめたのだった。

夜は濃く、月も無い。オープンカーがエンジンを止めると、湖面を滑る風の音さえ耳を打つようだった。

「いたいた」

オープンカーの運転手が、指で眼鏡を押し上げながら、言った。

ひょろりと背の高い、痩せた男だった。手に双眼鏡を持っている。男の他には誰も乗っていない。にもかかわらず、双眼鏡を眼鏡越しにのぞき、不平をもらした。

「なんにも見えないぞ、ウフコック」

　ここで不思議なことが起こった。男の手の中で、双眼鏡が形を失ったのである。ぐにゃりと歪み、それがまたたく間に暗視スコープになった。

「これでどうだ、ドクター？」

　どこからともない声だった。暗視スコープが喋った。そうという他なかった。

　暗視スコープを覗く男の眼に、湖畔に停められた黒いエアカーの重々しい姿が映った。重力素子式《グラビティ・デバイス》のエンジンが、何トンもの車体を音もなく宙に浮かばせている。たとえ車内で銃撃戦が起ころうとも、優秀な衝撃吸収剤が外からの関知をまるで不可能にする類いの車だった。

「窓が全部スモークなんだ。やっぱり見えない」

「ちょっと待ってろ」

　再び暗視スコープが歪んだ。今回はレンズの部分だけである。

「ほっ！　見えた見えた」

　眼前に、赤から青へと生命温度の変化が極彩色をなす世界が広がった。だが、ドクターと呼ばれた男にとっては、それで十分らしかった。

「やってるやってる。真っ最中だ。男と――女。他には乗っていない。ビンゴだ」

「男は本人か？」

「シェル＝セプティノス」

ドクターが即答した。

「間違いないね。現代版の青ヒゲ野郎だ。今までに四人の女を殺した罪の色が、ヤツの体細胞温度にあらわれているんだ。本当だよ。僕にはそう見える」

「女は？」

「例の女さ。――ルーン＝バロット。キディ・ポルノのスター女優をしていたところを、シェル＝セプティノスの次の犠牲者にスカウトされた、未成年娼婦《ティーン・ハロット》だ」

ドクターがくすくす笑った。

「あの男、どうやら、十六以下の女じゃないとイヤらしいんだ」

たちの悪い洒落を無視して、暗視スコープが言った。

「死ぬぞ、あの女」

ドクターがぽかんとなった。

「まさか！　今、真っ最中の女だぞ!?」

「あの女が、自分の身分証明《ID》を調べたことはバレてるんだ。我々にも、あの男にも。青ヒゲになぞらえるのなら、それこそ開いてはならない扉だろう。それに、この空気は、そういう臭いがする」

ドクターが笑いをもらした。声だけで、目は笑っていなかった。

「実に興味深いイカレ野郎だよ。生きたまま脳解剖してやりたいね。で、どうする？　即日立件するか？」

「どうやって？」

「ここは穏和に証拠写真といこうよ。最初《ファースト》に、証言者を金で買い、フィルムを法務局《ブロイラー・ハウス》に提出させる。次《セカンド》に、証言者に事件を委任させる。で《ラスト》、我々がその事件を買う……」

「ぬるい。法務調査で時間を取られている間に女との関係を洗浄されて、事件不成立だ。女に偽造ＩＤを与えたのは、一瞬で身分を洗浄できるからだぞ」

「でも、法廷取り引きに持ち込めば……」

「チンピラの小遣い稼ぎがしたいのか、ドクター？」

「覗きのマネごとよりは良いだろう！」

ドクターが喚いた。

「だったら別れた相棒に戻って来てもらうか？　ウフコック？　俺とお前だけじゃこのラインが限界なんだぞ？　諦めろよ！」

暗視スコープに向かってひとしきりがなりたてると、ドクターの表情がふいに曇った。気まずそうに眼鏡に指を当てて押し上げ、今度は宥めるような口調になった。

「悪かったよ……あいつの事を言うのはフェアじゃないさ。でも、生活ってものを考えようよ。お前のその小さな身体のメンテナンスだけで、幾らかかると思ってるんだ」

「……そうだな」

　暗視スコープが納得したように呟くと、ぱっとドクターの顔が明るくなった。

「だ、だろう? 所詮、トップクラスの事件屋なんて、法務局もお呼びじゃないんだよ。ヤツらが望んでるのは法廷取り引きさ。野菜の競《せ》り市みたいに。今なら夜間窓口が……」

「そうじゃない。決めた。あれでいこう」

「うん……?」

「確かに、新しい相棒が必要だ」

ドクターがその意味を理解するのに、しばらくかかった。

「正気か、ウフコック!? あんな少女《がき》を——」

「俺の鼻《カン》を信じろ」

ドクターは呆れ返ったように暗視スコープを見つめた。

「そんなこと言って、本当は助けたいだけなんじゃゃ——」

そのときドクターが慌てて暗視スコープを目に当てた。湖畔の別の道路から、もう一台、別のエアカーが宙を走ってやって来るのが見えた。

「お前の鼻《カン》は、いつだって正しいさ……」

ドクターの皮肉そうな呟きが、かすかに緊張を帯びている。

「運転手は視認出来ないが……恐らく、お前の元相棒だ。抑えろよ、ウフコック……」

暗視スコープは、何も言わなかった。

ふいに、停まっていた方のエアカーのドアが開いた。

男が一人、中から出てきた。どこからどう見てもスマートな伊達男といった感じだった。

鋭い目で、ほとんどまばたきもせず、じっと、やって来た方のエアカーを見た。

それからすぐにドアを閉め、車内に置き去りにした少女に向かって軽く手を振った。

浅黒い頬に、微笑さえ浮かべていた。

男の傍らに、もう一台のエアカーが滑り込んで停車した。

男は後ろ手に助手席のドアを開くと、足取りも軽く乗りこんだ。

ドアが閉まった。そのままエアカーは宙を滑っていった。一方には同じ車種のエアカーがぽつんと取り残されている。

「殺意の臭いがするぞ！」

暗視スコープが叫んだ。

ドクターの反応は素早かった。ドアも開けずにオープンカーから跳び降りた。逃げたのではない。停まっているエアカーに向かって走り出した。その途端だった。エアカーが爆発炎上した。湖面が赤々と染まり、炎が鉄を焼く臭いが辺りに充満した。

「ワオ！」

ドクターが走りながら喚声をあげた。

「お前も少しはあの火に焼かれてみろよ！　半熟卵《ウフコック》さん！」

その手の暗視スコープがぐにゃりと歪み、消火器へと姿を変えた。

「急げ」

ぼそりと、その消火器が言った。

2

爆発が起こるまでの数秒の間に、少女の脳裏を幾つかの思念が駆け抜けていった。

(お前に与えた身分《もの》に、何か疑問が——？)

少女を抱きながら、あの男はそう訊いた。薄く、鋭い笑みを浮かべながら。目の奥に何か決定的な行為を秘めて。じっと、少女を見つめていた。

少女は何も答えなかった。抱かれながら、自分の身分を確認することがそんなに悪いことなのだろうかと考えた。きっと、とても悪いことなのだろう。そう思って哀しくなった。

男が車を出ていって、もう一台の車がやって来たとき、そんなに悪いことなのだろうかと、もう一度考えた。

男は、少女を抱いている最中に、よく、ぎゅっとしがみついてきた。抱きしめてくれるのではなかった。しがみついた。まるで自分がどこかへ引きずり込まれそうになっているところに、ちょうど身を引き止められるものがあったとでもいうように。

きな臭さを感じたのは、男が手を振った直後だった。嫌な臭いだった。ふいに、運転席でエンジン・トラブルを警告するビープ音が鳴り始めた。

男は微笑みながら、窓の向こうで手を振った。そして、少女の前から去っていった。

反射的にドアを開こうとして、開かないことに気づいた。ギャングは焼き殺すことを好む、と娼婦仲間が言っていたのを思い出した。死体の身分を操作しやすいように、そうするのだと。車内に硫黄のような臭いが立ちこめていた。

出ておいで、と誰かが言った。心の殻に閉じこもってないで。幼い頃、福祉施設にいた社会奉仕者《ソーシャルワーカー》のボランティアに言われた事だった。殻《シェル》に。それが自分を守ってくれるのだ。でも今はこうして閉じこめられている。

「そっか……」

少女が呟いた。こういうことだったのだ。殻に閉じこもるということは。

「ちぇっ……」

言葉にならなかった。扉は開かなかった。手はあがき続けた。自分がしたことは、そんなに悪いことなのだろうかと考えた。

雛料理《バロット》、と誰かが呼んだ。皮肉っぽく。ルーン＝バロット。それが斡旋組織での源氏名だった。卵の中の生まれる前の雛を煮殺すのだ。実に美味な名だと、客の一人が言った。そいつは人形みたいな女が好みだった。そういう好みを持つ客は非常に多かった。雛料理は斡旋組織のメインディッシュになった。

殻に閉じこもっていないで、などということは、もう誰も言わなかった。

「死ね、ばーか」

闇に消えた男の車を捜して、窓を覗いた。そこに映る、透けた自分の姿しか見えなかった。男の余韻が、まだ体内の奥深いところで熱を持ってわだかまっていた。

「クズだ。お前なんかクズだ。死ね、クズ」

窓に向かってなじりつづけた——ばーか《フーリッシュ》、クズ《トラッシュ》。歌うように。きな臭い空気を吸い込んでむせた。涙が出た。頭がぼうっとした。手はドアを開こうと懸命になっていた。

——ばーか《フーリッシュ》、クズ《トラッシュ》、灰《アッシュ》、金《キャッシュ》……

言葉が頭の中で韻を踏んでぐるぐる回った。こんなものなのだ——自分は。そう思える自分がどこかに居ないか、とっさに窓の向こうを捜した。だが窓ガラスに映った哀しい自分が見つめ返してきただけだった。

——腐った卵《ジョッシュ》、生理《フィッシュ》、めちゃくちゃ《ハッシュ》、ちくしょう《ガッシュ》……

車内の気圧が下がり、キーンと耳鳴りがした。どこかで火が点いた。痛みは一瞬だった。全身が火に包まれた。世界が真っ白になった。

――光《フラッシュ》

それがバロットの歌の最後だった。

3

「痛むのか？　ミスター・シェル？」

エアカーの運転手が訊いた。

「ストレスだ」

シェルは答えながら、額に当てた手を懐にやった。スーツの内ポケットからスコッチの瓶と、錠剤の入った瓶とを取り出した。まずスコッチを飲んだ。そして錠剤を二つ、口に入れた。それからまた、苦い物でも飲むように、スコッチをあおった。

「多幸剤《ヒロイック・ピル》か」

運転手が呟くように言った。シェルはうなずきもせず、深く溜息をついた。

「子供の時、脳にA10《エーテン》手術を受けた」

シェルが言った。

「一定以上のストレスを感じると、脳が幸福感を感じるんだ。福祉局が、スラムに施した犯罪防止策の一つだよ。だが、俺が十代の頃、欠陥が判って中止された」

シェルは運転手を見た。運転手は、聞いている、というようにうなずいた。

「脳に障害を生む可能性があるんだ。小さい頃、友達が、ストレスを感じた瞬間、目が見えなくなった。脳の視覚を司る部分が、幸福を感じるための化学物質で破壊されたんだ。俺の場合は、重度の記憶障害が起こる。……その代替品が、多幸剤《ヒロイック・ピル》だ。これは完全無欠だ。これを飲めば、ストレスを感じることは決してないし、副作用も無い。そうだろう?」

「あんたは、少なくとも、不幸の使い道を知っている」

運転手が言った。

「そのお陰で、俺を雇うことも出来た」

決して慰めたのではなかった。感情がすとんと欠け落ちたような、冷静な口調だった。がっしりとした体軀に似合わぬほど、のっぺりと滑らかな白い肌をした男だった。短く刈り上げた髪が、ほとんど白髪に近い。まるでリボルバー式の拳銃だ、とシェルは思った。

「その通りだ、ボイルド」

シェルが薄く笑みを浮かべて言った。この男に対する、シンプルな信頼があった。なにより薬が効いてきていた。隣の男と対照的な自分の顔を、サイドミラーで見比べた。浅黒い肌、黒い長髪。俺は、こんな腕利《プロフェッショナル》きの男を雇い、運転させているのだという満足感があった。それは自分のこれからの人生が計画的に改善されてゆくことの確信にもなった。

「気になることがある」

と、運転手がシェルの幸福感を遮った。

「なんだ？」

「さっきの公園で、妙な車を見た」

「妙？」

「今日は7時からベースボールの試合が、ドームである」

シェルは眉をひそめて男を見た。

「タイヤの付いた車が、この公園に居るというのはおかしい」

「タイヤとベースボールと何の関係が？」

「この公園では、騒音防止のため、中継の電波は入ってこないことになっている。彼らにとっての最大の娯楽がある時に、ボートハウスの陰で、何をしていたと思う？」

「何でもいいさ」

シェルがにこりと笑んだ。その笑みが、薄く、鋭くなるよう、意識してやっていた。

「トラブルがあるようだったら、君が処理してくれるさ。トラブルこそ、お前の商売《ビズ》だ。そうだろう、ボイルド？　なにより今の君は、俺の計画の、共犯者なんだから」

運転手の男は、小さくうなずいた。まるで、拳銃の撃鉄を起こす音がしそうな仕草だった。シェルは満足だった。

4

バロットのおぼろげな意識に、ふいに声が飛び込んできた。

「まだ生きてるぞ！　急げ、ドクター！」

怒ったような声。そして、それに反抗するような、のんびりとした声。

「ひとまず全身を防護泡で包んだから、大丈夫だよ。でもこれじゃあ、皮膚はもう駄目だね。味覚も嗅覚も、使いものにならないかも。本当に助けるの？」

「俺は、まだ生きてると言ったんだ」

「はいはい」

何も感じない世界の中で、バロットは奇妙なものを見た。

ドクターと呼ばれたのは、年齢不詳の、やたらと派手な男だった。ひょろりとした長身に、もとは白衣らしいものを着ていた。その白衣が極彩色の生地でつぎはぎされている上、腰やら胸やらに得体の知れない簡易注射器やら携帯顕微鏡やらをぶら下げているのだ。まるでサイケデリックなバンド歌手が、私は医者ですと主張しているような格好だった。

だが更に奇妙なのは、男の肩先に、金色のネズミが、ちょこんと立っていることだった。

「新しい相棒《バディ》なんだ、大切に扱ってくれ」

「新しい死体《バディ》って感じだけどね」

金色のネズミはドクターを完全に無視してバロットを見た。

潤んだような赤い目が、どこか中年の男の渋みを感じさせた。太った腹を支えるようにして、小さなサスペンダーで小さなパンツを肩で吊しているのが、ひどくおかしい。なにより、そのしかつめらしい表情《かお》に、見たこともない優しさがあった。

ふいに、目が合った。ネズミの顔に、かすかな動揺が走った。

「意識があるぞ。俺を見た」

「モルヒネを打ったんだ。まともに思考出来る状態じゃないよ。それに、相棒にするんだろ？　姿を見られることくらい覚悟の上じゃないの？」

「女性は総じてネズミが嫌いだ」

「だったら助けたりしなきゃいいのに。馬鹿だなあ」

バロットは、全身が大きなカプセルに収められていることに気づいた。それが、移動式の集中治療ベッドであることまでは判らなかったが、溶液に満たされたそこに、泡に包まれて浮かんでいると、不思議な安心感があった。

（殻《シェル》に――）

その言葉が、ふとそれまでとは違う気持ちとともに頭に浮かび、そして気を失った。

5

バロットは半ば夢の中にいた。そこでは、時折、ネズミとサイケデリックな医者が奇妙な会話をしていた。

「記憶障害?」

ネズミの訝しそうな声が聞こえた。すかさず、ドクターの声がそれに答えた。バロットはうっすらと瞼を開け、溶液の中から、ドクターのやたらと髪を染めた後頭部を見た。

「どうやらA10《エーテン》手術の後遺症らしい。ストレスを感じると、脳の一部が選択的にゲシュタルトを崩すんだ。いわば記憶の自殺だよ。それが奴の悪事《シェルビジネス》の秘密ってわけ」

「記憶の自殺?」

「その引き金は、女性の殺害と密接な関わりがある。あいつは女を殺すたびにそのことを忘れてるけど、必ず似たような女を見つけてきて殺すんだ。一種の儀式だよ。なんというか、ひと昔前の東洋の宗教では、未亡人の存在を認めなかったのと同じさ」

「なに?」

「夫が死んだら、一緒に死んで火葬されなきゃならないんだよ。嫌がった女性に、無理矢理ガソリンをかけて焼き殺したこともあったらしい。ちょっと、それに似ているかな」

ドクターが言った。どうやら運転しているらしかった。その肩先で、ネズミが、ふうんと相づちを打ったのが、荷台に置かれたバロットの目に映った。

(あの男《ひと》も死ぬ……)

呆然《ぼんやり》とした意識の中で、それだけは確かなこととして認識された。私の殻《シェル》。自分のようなスラム出身の未成年娼婦を斡旋組織から引き上げ、身分まで与えてくれた男――そしてこの街で高みへ登ろうとしてあがき続けた男の、なんとちっぽけな死だろう。かすかな哀れみが、ふいに陶酔へと変わった。一緒に死んでやろう。そう思った。それは同情に似ていた。もし人に同情することで自分が救われる瞬間があるとすれば、今がそのときだった。

「ロマンを言い訳にすると、ろくな事が無い」

ネズミの言葉が、バロットの気持ちを一瞬で遮った。

「死は孤独だ。他人の死が、自分の死の価値を高めてくれるわけじゃない」

バロットは無意識に、口に当てられた酸素マスクを外そうとした。ネズミに向かって何か言ってやりたかった。しかし指一本動かせなかった。混濁した意識の中で、ネズミに対する文句と感謝とが溶け合っていた。

「お金がかかるよ。メンテナンス代が、二人分だ」

再び意識がとぎれる間際に、そんなドクターのぼやきが聞こえた。

それから何度と無く、バロットの意識は現実の世界に浮かび上がり、そしてまた一瞬で眠りの底に落ち込んだ。意識が失われるときの不安はとてつもないものだったが、そのたびに不思議な安心がバロットを救った。それはネズミの声だったし、ドクターの声だった。死は確実に遠く離れていった。現実が近づき、生きなければならなかった。

6

頭の中で、バロットは言葉が韻を踏み続けていることに、ふいに気づいた。

——腐《ジョッシュ》った卵、壊《クラッシュ》す……

——皿《ディッシュ》、洗《ウォッシュ》う、磨《ブラッシュ》く、潰《マッシュ》す……

覚醒は一瞬でやって来た。それまでの夢遊の状態が嘘のようだった。

——おやおや《ゴーッシュ》……

奇妙な穏やかさの中で、バロットは目を開いた。最初に見たのは、部屋の天井だった。紫外線の清浄灯が天井の一角でちかちか音を立てていた。反射鏡が頭の上のところで固定され、ベッドからアームが伸びている。まるで手術台だった。

背中で動くものを感じた。ベッドのマットが、床ずれを防ぐために、ゆっくりと左右にうねっているのだ。バロットが身を起こそうとすると、ベッドの上半分が勝手に動き出し、バロットの上半身をゆっくり持ち上げた。

同時に、ベッドの下半分の更に半分が下がった。足を曲げられる形になった。

ベッドがゆっくりと安楽椅子になった。まるで揺りかごだった。バロットの視界が天井から部屋へと移り、パーティルームみたいな広い部屋に、所狭しと並べられた器械が目に入った。その一つが、バロットの心拍に合わせてパルスを打っていた。全てのコードやチューブはベッドへと伸びており、その内の幾つかが、バロットの腕や頭に張り付いていた。

器械は全てバロットのために動いていた。穏やかな、子守歌にも似たリズムで。バロットはしばらくの間、それに聞き入った。それから、部屋を改めて見た。

窓が無く、殺菌用のタイルが床と壁一面に敷かれてあった。乾いた空気が、穏やかな狂気に満ちている気がした。そしてふと、自分が生きていることを認識した。

そっと、自分の身に触れた。裸ではなく、薄い、絶縁体でできた、奇妙な患者服を着せられていた。そこから伸びる手足には、一片のくすみさえなかった。気持ちが悪くなるくらい、のっぺりとした、滑らかな肌だった。

左腕を伸ばし、もう一方の手で、肘から手首まで、ゆっくりと撫でてみた。ゆで卵の白身みたいな感触に、かすかな刺激のようなものがあった。

(電気……?)

そういう他なかった。微弱な電流が、肌の表面を無数にかけめぐっているのだ。まるでそれこそ全身をくまなく覆う衣服のように。それは複雑な回路を形成していた。精妙に織り込まれた繊維のようだった。その繊維を構成する糸の一本一本が、空気へと蜘蛛の巣のように広がっていた。

バロットは全く唐突に、どうして自分がこんなにも穏やかな気分でいるのかを知った。この部屋に対して、全く不安が無いのだ。それは、言い換えれば、この部屋をくまなく認識しているということだった。普通、死角があることによって、そこに不安を感じるものだが、バロットは今、皮膚に触れる空気を知り、空気が触れている全ての物体を感じていた。そちらを見なくとも、そこに何があるかが、正確に分かった。

バロットは、自分の体から広がる、目に見えない糸の一つ一つが、部屋の器械につながっているのを感じた。それはベッドにもつながっていたし、部屋の照明や、サーモスタットや、血圧計にもつながっていた。

バロットは、伸ばしたままの左手を、照明に向かってかざした。

細い、決して切れない糸を感じた。

自然と、その糸を指でつまみ、弾くようなイメージが思い浮かんだ。

糸を、指先で弾くようにした瞬間、照明が一気に消えた。

暗闇の中で、バロットの目が大きく見開かれた。

全身から広がる糸が、闇の中でより鮮明に浮かび上がるかのようだった。

糸をもう一度弾いた。灯りが点いた。糸を離し、今度は無数に広がる糸を片っ端から撫でてみた。エアコンが温度を変えた。計器が目を回し、手足に固定されていたチューブがひとりでに外れた。そのうち、糸として認識することさえ必要なくなった。意識しさえすれば、全ての器械を触れずして操作できることが分かった。

何かが狂っていた。自分がこうしてこの部屋に存在していること自体、気狂いじみていた。目が覚めてみたら、別の生き物になっていた。そんな感じだった。

厳密にいえば、薄皮一枚が、全く違う存在になっていた。しかもそれは力を持っていた。未知の、しかし確かな力を。吸血鬼に噛まれた者が、目覚めて渇きとともに己が授かった力を知るように。

ふと――

バロットは、部屋の片隅に、旧式のポータブルラジオを見つけた。まるでそれだけ、バロットの意志から外れたところにいるように、ぽつんと置かれていた。

ラジオに向けて手をかざした。かすかに、ラジオが抵抗を見せた気がした。だがすぐに、バロットの手の中で音を鳴らし始めた。

耳障りなノイズが部屋に満ちた。ここまで電波が届いていないのだろうか。バロットは音楽を宙に探した。部屋の外にまで自分の意識が広がっていくのが分かった。そこでは無数の電波が、それ自体複雑な不協和音のように満ちあふれていた。その内の一つをとらえた。自分の体を通して、ラジオへとつなげた。ラジオがびっくりしたみたいに表示灯をまたたかせた。そして間もなくミッドナイト・ブロードウェーを受信し始めた。音量を絞り、ちょうど良い音の大きさに調整した。

安楽椅子に頭を持たせかけた。自分は今、およそ狂った夢の中に居た。それが、不思議と心地よかった。賑やかな音楽に耳を傾けながら、ふいに泣きたくなったが、涙は出なかった。自分の中にぽっかり空いた穴があり、そこでは何もかもが乾いていた。

ラジオで黒人の女歌手がハスキーな声で歌い終えた時、部屋の外で気配がした。誰かがこの部屋へやって来ようとしていた。部屋の外の様子さえ、手に取るように分かった。男が一人。空気に流れる電子的な反応が、体格から容貌まで伝えてきていた。

ドアが開いた。

「お目覚めのようだね──」

その瞬間、バロットは反射的に部屋の灯りを全て消した。ラジオも音も止めた。男が、部屋の入り口でたたらを踏むのが分かった。安楽イスの車輪が、ゆっくりと部屋の奥へと移動した。闇の中で、バロットは男の手の届かない所にじっとうずくまった。

「あー……」

男が咳払いをして言った。

「そうだ、まずは自己紹介といこう。僕はドクター・イースター。君の修理担当……もとい、主治医だ。ドクターでも、ドクでも、やぶ《ダック》でも、好きな風に呼んでくれたまえ」

バロットは息をひそめて、男がそれ以上、部屋に入ってこないのを見守った。

「まあ、安心したまえ。ここは我々の隠れ処《シェル》の一つでね。もとは死体安置所《モルグ》だったんだが、近隣の反対運動に合って廃棄されたんだ。ほら、ちょうどこの部屋が、元検屍室で、手術にはもってこいの場所さ。この部屋の廊下を突き当たりまで行くと、安置室があって、800体余の遺体を保管できる大施設だったんだよ。すごいだろ。800体も自由にいじれるなんて夢みたいだ。でも、ここら一帯に地震があって、電力回路に故障が起きたんだ。ほぼ40時間ほど電力が停止してしまって、そのときの悪臭に対して市民が猛反発したのさ。そこを、我々が事務所兼工場として買い取り、アパートメントにしたってわけ」

まるで観光案内のようにスラスラとした口調だった。ドクターは一息ついて言った。

「で……灯りを点けてもらえると嬉しいんだけど」

これだけ説明すれば大丈夫だろう、とでもいうような言い方だった。

結局、バロットが耳に留めたのは、隠れ処《シェル》という言葉だけだった。それはバロットを納得させた。それ以外の説明が無用なくらいに。自分が危険な目に合ったこと、そして今は安全な場所に居るということ。結局のところ、その二つが重要だった。

バロットはゆっくりと部屋を明るくしていった。同時にラジオの音楽も低く鳴り始めた。

ドクターはラジオの方へ妙な視線を投げると、ベッドの傍らにイスを引っ張ってきて、そこに座った。

「勝手に服を着替えさせてもらった。気を悪くしないでくれ。なにせ、君のドレスはマッチの消し炭みたいになっていたものでね」

その通りだとバロットは思った。あれはあっさり燃え上がった。煙草の箱を包んでいるセロファンみたいに。溶けて形がなくなり、あとは醜く黒い固まりがこびりついて残っているだけのはずだった。自分と一緒に。

「はい、あーん」

ドクターが胸元にぶら下げたペンライトを手に取り、口を開くよう促した。バロットは素直に従った。ドクターはバロットの喉をのぞき込みながら、ちょっと眉をしかめた。

「あー……やっぱりダメだ。組織が剝がれてしまってる」

バロットが喉に違和感を覚えたのはそのときだった。今まで、自分の得た新しい感覚の方にばかり気を取られていて、自分が失ったものについては全く気づいてもいなかった。

「声は出る？」

ドクターが言った。ペンライトをオフにして胸元に戻すまでの間、バロットは馬鹿みたいにぽかんと口を開いたままだった。

「鼓膜の再生はわりとうまくいったんだけどね。声帯のような組織は揺れが激しい分、安定が難しい。ま、そのうち治す方法を考えつくよ」

替えのパーツの無い、電化製品のような言われ方だった。

バロットはゆっくりと息を吐いてみた。ひゅうひゅうと息が漏れた。声は出なかった。喉がまるで干からびた木の虚《うろ》のようになっていた。

「肌の具合は？　痛みや痒みはある？」

ぼんやりとドクターを見た。やがてゆっくりと首を振った。自分が得たものと失ったものと。両方を結びつけて考えようとしてみたが、駄目だった。

「さすがに女性は、自分の体を知るのが早い。術後、まだ十日も経ってないのに」

ドクターが感心したように言った。さきほどの照明について言ったのだと知れた。ポータブルラジオから流れる音楽についても。ドクターはバロットがそれらに手も触れていないことを知っていた。

「代謝性の金属繊維だ」

とドクターは言った。

「それが今の君の皮膚を構成している物質だ。これは同時に感覚に対する加速装置《アクセラレーター》の働きを有していて、宇宙空間を体感的に把握するために開発されたものでね。加えて、電子的な干渉を行う出力系《アウトプット》を形成している。君はいってみればあらゆる電子機器に対する、生きた遠隔操作器械《リモートコントローラー》ってわけ」

　ドクターはそこで眼鏡をちょっと指で押し上げた。自分の言葉を強調するための仕草だと知れた。

「僕は昔、宇宙開発の現場に居てね。そこでは何でも出来た。やろうと思えばどんな狂ったことも許された。政府は予算を惜しまなかった。宇宙開発は、資源と、他国に対する戦略的優位とを確保するためのものだったからだ。でも、あるとき全てがひっくり返った」

　バロットは同意的なものは何も示さなかった。仕事をやっている内に覚えたのだ。何もしないということを。相手がこちらに必要なことを言い出すまで、うなずいたり首を振ったりせず、ただぼんやりと相手に喋らせておくべきだった。

「時代の流れってやつでね。他にいいようが無い。僕は全ての博士号を剝奪された上に、人体実験の責任を問われて、数年の間、刑務所に放り込まれた。刑務所を出てから、仲間と一緒に仕事を始めてね。今はそれが、そこそこうまくいっている。ときどき、こうして自分の開発した技術を使うチャンスもあるしね」

　ドクターはにこりと笑った。皮肉でもなんでもない。純粋に、それを喜んでいた。自分の開発した技術。かけがえのない人生の喜びについて、語るみたいに。

「というわけで、君のその体は、はっきりいって生きているだけで違法だ。しかし我々ならば、君の生命保全プログラムを、法務局《ブロイラーハウス》に提出することができる」

ドクターは物事を結びつけて考えるのが得意なタイプらしかった。ときどき、客の中にそういう男がいた。たとえば男がこなさなければならない仕事と、バロットのような存在を買うこととを、うまく結びつけて考えるのだ。これは必要なことなのだと、バロットを抱きながら客は言う。卵を割らねば、片面焼き卵《サニー・サイド・アップ》は作れないとでもいうように。けれども、矛盾の無い人生《サニー・サイド・アップ》の裏側ではいつでも暗がりが焦げ付いている。割られて良い卵は、この世にごまんとあった。この街は、あまりに多くの卵を割りすぎる。

「生き延びた理由は、君自身がなんとでも解釈したまえ。復讐を望むのなら復讐を。人生のやり直しを求めるのならば、思う通りにすればいい。金もたっぷりあるし……というか、これから作るんだ。ただし、それは我々に協力してくれた後の話だ。分かるだろう？」

ドクターの言っていることはよく分かった。うなずくのはこういうときだ。それで、相手は自分に何を求めているのか言ってくれる。

「我々は、委任事件の任意担当官なのさ。フリーの、ね。民間から申請された事件の解決報酬として、法務局から謝礼をもらう事件屋《トラブルシューティング》だ。君に協力してもらいたいことは、第一に、法務局に今回の事件委任を要請すること。次に、そこで今回の事件の担当として我々を指名すること。後のことは、またおいおい協力を請うよ……」

《――事件？》

声がした。突然だった。

ドクターがはっとした。バロットも意表を突かれた。全くの無意識だった。

《誰の事件?》

ノイズそのもののような声。ポータブルラジオだった。正確には、バロットが音声出力に干渉して、言葉に変えていた。

だが奇妙なことは、ラジオの方から働きかけてきたような感じがしたことだった。バロットの言いたい事を察して、代わりに言ってやろうとでもいうように。

ドクターはラジオからゆっくりとバロットに目を向け、

「シェル=セプティノス」

と言った。

「我々が追っている男の名前だよ。事件はヤツが起こした。我々はそれを料理する。とはいえ、あの男も、利用されているだけの小悪党といえば、それまでだがね」

《……どういうこと?》

「あの男が所属している組織の、そのまた上の大企業が切り回している、違法金融を叩く。そのためには、あの男を狙うのが一番早い。ヤツがスラム出身でありながら今の立場を得た、最大の理由さ。精神の自殺《サイコロンダリング》——ヤツは、それを自分でサイコ・ロンダリングと呼んでいる。不正金の洗浄《マネーロンダリング》ならぬ、精神の洗浄ってわけだ。ヤツは企業から違法金融の管理を一手に任されている。しかも自分がどんな悪事をしたのか、自分自身の記憶からさえも全て捨て去ってしまうんだ」

　バロットは自分の心臓がふいに強く脈打つのを感じた。自分の心情からくる肉体の変化が、まるで時計のネジの巻き加減のように、正確に把握できた。

「ヤツの悪事《ビジネス》の仕組みは、だいたい女で決まる。まず偽造した身分を女に与え、あたかもその女が使い込みか何かをしたみたいに、体裁を整える。君は、今自分が何者か、知ってるかい？　とある銀行の女性社員だ。もちろん、この銀行は、シェルが囲われている企業とベッタリくっついてて、政府の人間も、一通り絡んでいる」

　それこそが、偽造された身分証《ID》のゆえんだった。バロットは、その仕組みを漠然と理解した。一度も本人が確認したことのないＩＤなど、すぐに怪しまれるに決まっていた。だから、あの男は、バロット自身にそれを確認させ、アクセスの履歴が残るよう仕向けたのだ。あとはどうとでもなる。それこそ、バロットの存在など必要無いくらいに。

「まず、コンピュータに架空の預金データを打ち込み、偽物の預金証書を作成するのさ。偽造された、君の名義でね」

　ドクターが言った。

「そしてその書類に、これまた架空の賃金設定書を付けて、ノンバンクから金を引っ張ってくるんだ。ちょいと百億ほどね。ただし、ノンバンク側の資金調査に時間がかかるから、そこにつけ込める隙があるのさ。あと数日の間に、事件成立が認められれば、我々に攻め入る権利が与えられる。逆に、今月末の決済が終わり、シェルのおつむからも今回の記憶が全て消えてしまえば、我々には何も手が出せない」

バロットはドクターの言っていることを聞き逃さなかった。その意味も。ドクターの話の中で、矛盾は一切なかった。バロットは殺されるべくして殺されたのだ。心臓は、もう既にゆっくりと打っていた。心の温度が恐ろしく冷えていた。まるで昆虫か何かになったみたいに。昆虫だったら本能が生かしてくれる。だが今、この生には何もなかった。

バロットは、ドクターの言葉の一番大事な部分を待った。

「協力してもらえるかな？　この事件の報酬を山分けしたとして、数千万ドルは下らないだろう。今後の君の人生を、自由に変えられるだけの額だ」

ドクターはそれしか言わなかった。それ以上のことを言う気配も無かった。

肝心なところで、呆気なく放り出されたような気分だった。

バロットはうなずきもしなかった。目は何も見ていなかった。口の中で、炎の味がした。焼き殺されたときに吸い込んだ爆煙の味が。古傷の痛みのようにまざまざと甦った。

ラジオは古い曲を流している。ピアノに合わせて女歌手がさめざめと歌っている。やがて曲が終わり、ドクターが何かを口にしようとしたとき、バロットはラジオに干渉した。

《ネズミ》

ラジオのノイズが、そういう言葉を作り出した。

「なに？」

《可愛くて、喋る《キュート・アンド・トークス》》

ドクターの眉がよった。驚いているようだった。バロットは、さらに、

《卵の黄身みたいな色の》

と付け加えた。

「ヒョウ！」

突然だった。ドクターがのけぞって笑い出した。

「すばらしい！　君はあの状態で、意識を保っていたというわけだ！　素晴らしい適性だな、君は！　専門に訓練された宇宙飛行士だって、なかなかそうは行かないもんだ！」

訳の分からないことをひとしきりがなりたてると、そこで初めて、ポータブルラジオを振り返った。

「さあ、ウフコック！　彼女を仲間にしようと言ったのはお前だぞ！　お前から彼女を説得するんだ」

だが、応える者は居ない。

「お前がそんなにシャイなヤツだとは思わなかったよ」

何が面白いのか、ドクターははしゃぐように席を立つと、意地の悪い顔でラジオを手に取った。あっという間もなかった。何を思ったのか、思い切りラジオを床に叩き付けた。

アンテナが取っ手ごと弾け跳んだ。スピーカーが外れ、音量調節用のつまみが床に転がった。

これには、バロットも驚いた。

転がったつまみが、バロットの足下で倒れた。

「あんまり女性を驚かせるものじゃない、ドクター」

つまみが、言った。どこか、困ったような口調だった。

「こいつは、どんな破片からでも再構成できるんだ」

ドクターが、つまみの声を無視して、言った。

「こいつも、もともとは宇宙開発用でね。体内の亜空間に貯蔵している物質を、こちら側の空間に向かって、ひっくり返すことで、どんな物体にでも変形できるんだ」

バロットは、ラジオのつまみを拾った。手の中で転がしてみた。そして、さきほどから、このラジオと交わした、奇妙な交流を、思い出した。

「ウフコック」

とドクターが紹介した。

「いざとなると、煮え切らないヤツでね」

かと思うと、確かにそれはひっくり返った。つまみである物体は内側へ。そして、一匹の、金色の毛並みを持つネズミが、こちら側へと現れた。夢に現れたあのネズミだった。

「こんばんは、お嬢さん」

バロットの手の中で、ていねいにお辞儀した。なんと、二本足で立っていた。

「ネズミは、お嫌いじゃないですか？」

訴えかけるように両手を開くネズミへ、バロットは首を傾げてみせた。

「当方は、普通のネズミとは、微妙に違いますから。そう気持ち悪がらずにお話しして下さいね。いやいや、喋れないんだ。その、ご入り用ならもう一度ラジオになりますよ、ええ。いつでもおっしゃって下さい、ラジオだろうとテレビだろうと」

バロットはまた首を傾げた。悪い気はしていなかった。夢の中で、ネズミが重要なことを言っていたのを思い出した。死について。そしてその価値について。それをもう一度言って欲しかった。

「何を言ってるんだ？」

ドクターが呆れたように口を挟んだ。

「仕事の話を――」

「段取りというものがあるだろう」

ウフコックは、ドクターに向かって指を突きだし、言った。

「彼女にとってはショックな出来事だったんだ。まずはメンタルなケアも必要だろう」

「抗鬱剤でも処方しようか？　仕事に支障が無い程度にラリっててもらって……」

「そういう物が必要無い状況を作るべきだと言ってるんだ、俺は」

《……どうすればいいの？》

ふいに、床に転がったラジオのスピーカーが、言葉を発した。

ドクターとウフコックが、同時にバロットを振り向いた。

《……肯《うなず》けばいい？　それとも、契約書にサインを？》

「話が早い」

ドクターが喜色満面としていった。

「よし、じゃあ、そいつ——ウフコックを握ったまま、シェル＝セプティノスのことでも思い浮かべてもらおう」

バロットはその通りにした。そっと、ウフコックの体に指を絡ませた。

ウフコックの赤い目が、バロットを見つめた。

バロットは、ウフコックから目をそらした。そして、シェルが最後に見せた微笑を思い浮かべた。車のドアの向こうで、決定的な何かを秘めて手を振っている姿を。心臓がゆっくりと毒を吐くようだった。哀しみが、ふいに手のひらを通してウフコックに伝わった。

それがバロットの新しく得た力だったし、ウフコックの能力だった。

ぐにゃりとウフコックが変形した。一瞬だった。ウフコックの困ったような表情が視界の隅に映り、消えた。代わりに、手にずっしりとした重みが生じた。リボルバー式の拳銃が、バロットの手の中にあった。

　バロットはその拳銃を見つめた。これが答えなんだろうかと思った。その途端、ひとりでに撃鉄が起き上がった。かちり。弾丸が、鋼の内部から装填されるのが分かった。それは間違いなくバロットの意識によって操作されたものだった。この拳銃はバロットの絶望を知っていた。

「まあ……これは、念のためさ」

　ドクターがちょっと遠慮がちに言った。

「これで、ウフコックの中に、銃の形状と、君の精神紋《サイコプリント》とが記録された。殺意や復讐心が。君の殺意の、物的証拠というわけだ。君が裏切った場合、法務局にそれを提出する。殺人未遂で君は逮捕、我々には金一封――」

「やめろ、ドクター」

　ウフコックが、拳銃の姿のまま、遮った。

「彼女は、自分を撃つぞ」

　ドクターが目を剝いた。

「まだ、男に未練が？」

「そうじゃない」

　ぐにゃりと銃が形を失った。バロットはそのとき初めて、拳銃には引き金が付いていなかったことに気づいていた。それがウフコックの意志だった。手のひらに体温が生じた。金色のネズミが、バロットを見上げた。

「殻を割れずにいるだけだ」

バロットの目が見開かれた。

「何の話だ？」

ドクターは怪訝そうな顔でいる。明らかに話についていっていってなかった。

「彼女は十分、協力的だ。我々も、紳士にいこう。彼女を助けたのは我々だ。彼女は全てを失った。彼女が今生きている意味を、一緒に探す責任がある」

そういって、ウフコックはバロットの目をまっすぐに見た。愛嬌と威厳とがまざったような、渋みのある目——

バロットはウフコックを見つめ返した。結局のところ、ドクターでさえ、ウフコックの言葉には逆らえないのだ。バロットはすぐにそれを理解した。その理由も理解した。ウフコックは価値を知っていた。バロットや、ドクターや、この街で生きる人間が、忘れてしまった、人間の価値を。

ネズミと少女はじっとお互いを見つめ合った。離れていたピースが当てはまるように。

「スポットライトでも当ててやろうか？　お二人さん？」

ドクターが、憮然とした顔で言った。

マルドゥック・シリーズ既刊リスト

- ●マルドゥック・スクランブル〔改訂新版〕

- ●マルドゥック・スクランブル
  The 1st Compression ――圧縮〔完全版〕
- ●マルドゥック・スクランブル
  The 2nd Combustion ――燃焼〔完全版〕
- ●マルドゥック・スクランブル
  The 3rd Exhaust ――排気〔完全版〕

- ●マルドゥック・ヴェロシティ　1
- ●マルドゥック・ヴェロシティ　2
- ●マルドゥック・ヴェロシティ　3

著者略歴　1977年岐阜県生，作家
『マルドゥック・スクランブル』
で第24回日本ＳＦ大賞受賞，『天
地明察』で第31回吉川英治文学新
人賞および第7回本屋大賞を受賞

HM=Hayakawa Mystery
SF=Science Fiction
JA=Japanese Author
NV=Novel
NF=Nonfiction
FT=Fantasy

マルドゥック・フラグメンツ

〈JA1031〉

二〇一一年五月　十　日　印刷
二〇一一年五月十五日　発行

（定価はカバーに表示してあります）

著　者　冲《うぶ》方《かた》丁《とう》
発行者　早川　浩
印刷者　西村正彦
発行所　株式会社　早川書房
郵便番号　一〇一 - 〇〇四六
東京都千代田区神田多町二ノ二
電話　〇三 - 三二五二 - 三一一一（大代表）
振替　〇〇一六〇 - 三 - 四七七九九
http://www.hayakawa-online.co.jp

印刷・精文堂印刷株式会社　製本・株式会社川島製本所

ISBN978-4-15-031031-8 C0193

＊本書は活字が大きく読みやすい〈トールサイズ〉です